红楼梦

痴人谁解红楼梦　入世修行大禅书

禪解红楼梦

上

陈嘉许 ／著

上海古籍出版社

图书在版编目(CIP)数据

禅解红楼梦/陈嘉许著. —上海:上海古籍出版社,2019.4

ISBN 978-7-5325-9119-0

Ⅰ.①禅… Ⅱ.①陈… Ⅲ.①禅宗—关系—《红楼梦》

研究 Ⅳ.①I207.411

中国版本图书馆 CIP 数据核字(2019)第 033544 号

禅解红楼梦

陈嘉许 著

策　　划　刘海滨

责任编辑　刘海滨

装帧设计　黄　琛

技术编辑　伍　恺

出版发行　上海古籍出版社

地　　址　上海瑞金二路 272 号

邮政编辑　200020

网　　址　www.guji.com.cn

E-mail　guji1@guji.com.cn

印　　刷　上海丽佳制版印刷有限公司

开　　本　787×1092　1/16

印　　张　46.5

版　　次　2019 年 4 月第 1 版　2019 年 4 月第 1 次印刷

印　　数　1—4,300

书　　号　ISBN 978-7-5325-9119-0/B·1095

定　　价　149.00 元

前　言

年少的时候，看到南怀瑾先生说《红楼梦》是禅学书籍，感到很好奇，于是开始读《红楼梦》。读的方式，是教理学习加上阅读原文，就这样，慢慢地看进去了。看进去以后，首先引起笔者反思的，记得还不是贾宝玉，而是王熙凤。她为什么会这样呢？我难道没有这样的倾向或者表现吗？这种性格，问题出在哪里呢？很久以后，突然明白了“王熙凤”的含义，原来小说已经提醒了，问题就出在这里。慢慢地，袭人、晴雯……也有了线索，研红的兴趣也就越来越大。

早先研红，纯粹是为了自家受用，所以没有关注红学界的说法，直到决定动笔解读的时候，才有所关注。红学几个流派里，有个从修道角度理解的，比如张新之的《妙复轩评石头记》。翻阅了一下，发现跟笔者的思路不一样，于是决定动笔。（最近几年，也有从佛禅角度解读的新书问世，读者稍加对照的话，自然会发现其中的不同。）

那时面临毕业，压力很大，写书成了忙里偷闲的一大乐趣。零零星星地写了两年，解读到第40回左右，觉得够了，关键之处好像差不多了。行文的风格，属于一本正经、半文半白的那种。过了好久，在恩师冯焕珍先生主持的一次学术研讨会上，遇到了上海古籍出版社的刘海滨博士，聊到手头的书，他说你回去后不妨给我寄一本。再后来一次聊天的时候，他说何不改成现代人容易接受的语言风格呢？笔者照做了，并且按照他的建议，花了几个月的时间，集中精力，把《红楼梦》120回全部解读完毕。

本书的一个特色，是按照原著的行文顺序，追随曹公的心路历程，尽可能详细地依次解读完120回，而不是先有自己的结论，再从原著找论据。读完本书以后会发现，《红楼梦》120回是完整的，从前世说到今生，从今生发心说到今生明白，在悲欢离合的背后，是曹公一步步踏实的脚印，一滴滴辛勤的汗水。

本书在思路和方法上有独特性，但是在内容上，并不是独创的。除了小说本身传达的见地以外，书里涉及的圣贤之道，一般是对圣贤言教的重复，或者换一个表述形式而已，合理的地方要归功于前人。此外，在具体解读某些细节的时候，也会上网搜搜红迷们的见解，印象最深的是宝琴的怀古诗，里面藏着谜语，笔者是把红迷们的说法和自己的思考结合起来，才得出结论的。

刘海滨博士在百忙之中，多次通读书稿，并提出了许多建议。寂双居士审读了书稿，也提了一些修改意见。李世浩先生参照程乙本的原文，仔细校对了书中引用原著的部分，作了一些更正。在他们的指点和帮助下，这才完成了《禅解红楼梦》一书。

本书的定位，只是一部红学作品，不是指导修行，这一点必须说明。由于学识和精力所限，书里有问题的地方，还请读者朋友们批评指正。

陈嘉许

己亥孟春于岭南

目录

上册

下册

壹

《红楼梦》总说

读一本悬疑小说，咱们不需要知道它的基本套路，只需要被作者牵着鼻子走，饭也顾不上吃，觉也顾不上睡，最后熬几个通宵，终于真相大白即可。但是，要读《红楼梦》，你得知道它的基本套路，否则，被作者牵着鼻子，绕来绕去，绕晕了，也不知道作者到底想说啥。自从《红楼梦》问世以来，一代又一代的读者已经绕了N年，还是公说公有理，婆说婆有理，不知道曹雪芹葫芦里到底卖的是什么药。

（一）《红楼梦》的基本套路

读一本悬疑小说，咱们不需要知道它的基本套路，只需要被作者牵着鼻子走，饭也顾不上吃，觉也顾不上睡，最后熬几个通宵，终于真相大白即可。但是，要读《红楼梦》，你得知道它的基本套路，否则，被作者牵着鼻子，绕来绕去，绕晕了，也不知道作者到底想说啥。自从《红楼梦》问世以来，一代又一代的读者已经绕了N年，还是公说公有理，婆说婆有理，不知道曹雪芹葫芦里到底卖的是什么药。

民国以前，红学算冷门，民国以后就热闹了，出现了索隐、考证、文学批评等诸多派别，蔚为大观。这些派别的观点，我觉得都没有问题，至少，他们从《红楼梦》里得到启示了，得到消遣了，不是挺好的么？

不过，要是《红楼梦》就只有这些解读的话，还是不免让人有点遗憾的。这就是《禅解红楼梦》写作的缘起。

本书的"禅解",是按照原著行文次序,解读完120回的。

解读古人的东西,最容易的是"六经注我",也就是天马行空那种套路,解读者先设定一个前提,然后随手从原著里一拈,当作证据,你看,原著就是我说的那样吧?然后,再东拈西拈,不顾前后,甚至断章取义,一本解读的书就出来了,而且刚好符合他的预定前提,于是,前提就成了结论。这种套路,至少宋朝的时候就开始玩了,碰到自己弄不通的地方,就怀疑原著有问题甚至是伪作,民国的时候开始流行,到文革的时候登峰造极,现在学术界称这种套路为"立场优先"。

解读古书,比较难的套路是什么呢?就是尊重原著本身的行文逻辑。拿《红楼梦》来说,回与回之间,上一个情节跟下一个情节之间,逻辑关系是怎样的?难道真的只是日常生活的流水账?如果是日常生活的流水账,那为什么主角的年龄七颠八倒的,甚至按照小说提供的描述,现代人连贾府的准确地图,都绘不出来一个?进一步说,为什么安排一个跟贾宝玉一模一样的"甄宝玉",他爸爸叫"甄应嘉",平时不露面,特定时刻才现身?

钻到细枝末节里,不统观全局的逻辑结构,这在过去的几千年里,是除了佛经以外,人类文化领域的常见现象,外国也差不多。孔孟是最明显的,《论语》基本上被解成了一部杂乱无章的语录汇编,《大学》《中庸》都成了格言警句集锦,后人编了《菜根谭》《增广贤文》以后,愈发让人觉得儒典就是一系列道德箴言。朱子解的《四书》,明确叫"章句集注",再看一看他在注解《中庸》时经常使用的"承上章以起下章""其下八章,杂引孔子之言以明之""自此以下十二章,皆子思之言,以反复推明此章之意"之类的说法,就可以知道他对于《中庸》的主体部分,在结构上的理解有多么模糊了。老庄没那么严重,但总体上也被围绕着“清静”“避世”这个预定的主题，提炼成了一系列醒世录。外国的《圣经·旧约》部分，尤其是前面几篇（这往往是一部圣贤经典的精华），篇与篇之间，每一篇的情节之间，究竟是什么关系，好像也没有得到应有的重视，于是，引用其中的格言警句、或者讲解某个单独的故事（比如伊甸园故事），就大行其道了。

为什么说佛经例外呢？这是因为，在汉传佛教里，对于佛经的解释，有个“科判”的传统。面对一部经，某位高手读熟了之后，再理个大致的头绪出来，就像小学生语文课堂上训练的那样，总结出一篇文章的中心思想、每段大意，于是一篇课文的“提纲”就出来了。对佛经来说，一部经的“提纲”就出来了。这样做有什么好处呢？好处多多，最起码的，他尊重了原著的行文顺序，后人捧起一部佛经，一头雾水的时候，浏览一下“科判”，哦，原来这部经是这样的。当然了，“科判”未必是唯一的，这就仁者见仁智者见智了，别的高手读熟了之后，也可以自己弄个“科判”，佛法不是死的。

我不想详细说科判传统本身，只是要借此说明，过去孔孟老庄两千多年的“注疏传统”，容易掉进细枝末节里，佛教的科判传统本来可以成为很好的借鉴。

当然，也不是说过去的“注疏传统”就错了。为什么呢？注疏传统有注疏传统的好处，他围绕一个字、一句话、一段文字注疏半天，其实读经的趣味、受用也在其中了，这种趣味、受用，恰恰正是圣贤经典的一个重要意义所在。会科判的人，跟守定字句的人，谁更靠近圣贤原意，还很难说呢，因为圣贤经典的宗旨本来就不在字面上，自家身心受用只有自己知道。

言归正传，《红楼梦》的基本套路是什么？就是以修行为核心，从发心修行，到后来的明白和行愿，中间经历的种种心路历程。还要注意的是，人名、地名往往信手拈来，是破解整个迷宫的钥匙。

这样读下去，就可以发现，原来人家不过是借小说的形式，让读者自己参悟、借鉴罢了。既然只是借小说形式来表达修行义理，那么，小说所要求的逻辑一致性，就可以降到第二位甚至更低了，人名、地名、年龄都可以信手拈来，只要不出大的漏子，也就达到目的了。

为什么作者不直接讲道理，编出来类似《永嘉证道歌》《悟真篇》那样的文章，而是要费那么多笔墨，写出数十万字的小说，把哲理隐藏在故事背后呢？这里面有他的苦心。原因至少有这么两条：

一是，他是建立在个人经历的基础上写的，很多东西只能给后人参考，没法适用于所有人。比如，尤二姐、尤三姐以及尤老娘那些情节，是作者讲自己怎么通过非常漂亮的二妾、三妾来对女色逐渐死心的，能适用于所有人吗？如果没有他这种用心，三千佳丽恐怕都不够。再比如，元春、迎春、探春、惜春四位小姐，隐喻有作者自己怎么用琴棋书画打发日子的经历，有多少人是四样都通的呢？探春读了那么多古书，有多少修行人能够，或者说愿意，读那么多佛经以外的古书呢？显然，作者自己玩过的很多套路，只能给别人参考一下而已。要是明确地用道理写出来，就会误导很多人。

二是，修行人往往面临"所知障"的困扰。什么是"所知障"呢？就是主观见解。这种主观见解，一个重要的表现，就是所学到的"道理"。他按照自己所学到的一大堆道理（而不是自家真切体悟出来的东西），来为这个世界立法，就没办法从内心深处跟世界和谐起来了。这就像父子之间，朋友之间，一方对另一方老是灌输道理，或者坚持认为另一方应该怎样不应该怎样，您说双方能融洽吗？还不如两人没事下下棋，说说故事，哈哈一笑。孟子是不主张“严父”的，认为当爹的应该以慈爱为本，至于打骂这种事，跟别人换孩子打就行了，以免伤害父子亲情。明白了这个，也就知道《红楼梦》为什么要讲故事了。要那么多道理干什么呢？真理隐藏在把戏中，看得懂的人自然看得懂，看不懂的人，当故事看也不错。当然要说讲故事，我觉得《西游记》比《红楼梦》更成功，以至于连四五岁的小孩都能跟它结下深厚的缘分。

借助把戏讲真理，可以说是古时中外圣贤的常见手法。佛教不用说了，故事一大堆。《庄子》里面大量的故事，都非常经典。（顺带说一句。庄子其实是儒学传人，可惜后世学术主流硬是把他归到道家里了，他的《人间世》一篇，世间法、出世间法两面都谈了，只不过后人不太重视这一篇，甚至怀疑是伪作，注解的时候也往往粗枝大叶，带着先入为主的定性成见，含糊解释过去。）古代犹太先知是如此的会讲故事，以至于大家真的拿它当故事了，这是一种极端情形。从《旧约》第一篇开始，几乎全是故事，看得人晕头转向，不得不求助于专业人员，请他们转达上帝的旨意。

孟子有段话，可以为讲故事提供必要性证明：

> 君子深造之以道，欲其自得之也。自得之，则居之安；居之安，则资之深；资之深，则取之左右逢其原，故君子欲其自得之也。（《孟子·离娄下》）

他说，修道的人（不一定是佛道概念，中国两千多年的文化传统，一般以“道”

为根本追求),要的是自家体验,那才是自己的东西。自己体悟出来的,才能踏实,才有根,到用的时候,才能左右逢源,应变无碍。直接灌输给人家的道理,人家不一定接受,即使接受了,说不定是给人家增加所知障,自己提炼、发现的道理,甚至拿自家性命实验出来的,才是贴身棉袄。

(二) 谁在写谁?

红学界有一种观点认为,《红楼梦》是曹雪芹写的,相当于他的自传。曹雪芹亲眼见证了曹家从繁华到衰落的转变,痛定思痛,写出来这样一部回忆录。这里描写了贵族的纸醉金迷、勾心斗角,描写了真爱无果,更包含了对当时社会的失望,后来,他在回忆的痛苦中,在“举家食粥酒常赊”的贫病打击中,凄凉地死去了。至于小说后面的结局,居然不是悲剧?居然他们家又复兴了?不对,那肯定不是曹雪芹写的。找来找去,对了,肯定是那个书商程伟元伙同高鹗改编或续写的!于是,前80回是曹雪芹写的,后40回是高鹗续写的,就这么成了定论。反正,既然是没落子弟的回忆录,就肯定是悲剧,而且必须是悲剧。

这种观点,我觉得也没有问题。还是那句话,只要你按照自己的理解受用了,那对你来说作者就没有白写,一花一世界,一叶一如来嘛。

关于《红楼梦》的各个版本，我觉得还是程乙本最可靠，所以解读的时候依据的底本都是程乙本。《红楼梦》开头的成书历程交待值得深思：

空空道人听如此说，思忖半晌，将这《石头记》再检阅一遍。因见上面大旨不过谈情，亦只是实录其事，绝无伤时诲淫之病，方从头至尾抄写回来，问世传奇。从此，空空道人因空见色，由色生情，传情入色，自色悟空，遂改名情僧，改《石头记》为《情僧录》。东鲁孔梅溪题曰《风月宝鉴》。后因曹雪芹于悼红轩中披阅十载，增删五次，纂成目录，分出章回，又题曰《金陵十二钗》，并题一绝。即此便是《石头记》的缘起。

最早是石头的翻跟头经历，“石头”（就是后来的贾宝玉），没翻过跟头之前，喻指一切修行人的“意”，翻过跟头之后，虽仍是那块石头，但已经是“修成圆觉”的了。

空空道人明白了以后，反观自心，回想过去的各种修行经历，就是与石头对答的喻象。他思忖，公开这些经历，会不会害人呢？不会的，我又不是诲淫诲盗，如实记录一下，给别的修行人做个参考吧，涉及现实社会的，也都没有敏感词，怕啥呢？想完了，写出来吧，于是笔录成书，问世传奇。再一直传到曹雪芹手里，经过曹雪芹完成最后的加工工作。曹雪芹“披阅十载，增删五次，纂成目录，分出章回”，这个工作量是极大的。

曹雪芹又是何许人也？这又有意思了，民国以后流行的说法，说他是康熙年间重臣曹寅的孙子，晚年穷困潦倒、“举家食粥酒常赊”、幼子夭折而备受打击，等等，所依据的抄本、脂批等文献材料，其真实性现在还在争论。笔者不想介入这些争论，只想解读小说本身，因为在笔者看来，小说的主旨和情节都够清楚了，如果非要再考证其他的方面，那也是别人做的事情。有时使用“作者”，有时使用“曹雪芹”，都是本书行文上的方便。

至于说这空空道人又是何方神圣呢？既然叫“空空道人”，就是叫咱别考证了，考证了也考证不出来，人家根本就不想留名，而且写那么多文字跟没写是一样的，“空空”嘛！这世界从来都是法尔如是，所以佛经说“是法住法位，世间相常住”，佛说自己说法四十九年，没有说过一个字。

写的是谁呢？宗旨并不是要说贵族家族怎么样，也不是官宦子弟的真爱怎么样，而是围绕一个主题：梦幻。《红楼梦》说：

> 更于篇中间用“梦”“幻”等字，却是此书本旨，兼寓提醒阅者之意。

知道梦幻了又怎样呢？就是觉悟嘛，醒了嘛！

《红楼梦》写的其实就是一个人，一个修行人。他盖起了红楼，他玩了一系列的修行游戏，最后红楼也不要了，在修道这条路上，他终于得到了无数修行人梦寐以求的“成就”，其实是什么也没有得到，因为有得有证无非半路风景。贾宝玉比喻修行人的“意”（贾宝玉，就是假宝意，借意识这个假，来修真），众多女子比喻修行人的各种妄情，女子们死的死散的散，最后贾宝玉也失踪了。为什么要失踪呢？但凡有个下落，不管是哪个地方，就还有“意”，就不是涅槃。这可以参照《大乘入楞伽经》的说法：

> 一切识自性习气，及藏识意、意识见习转已，我及诸佛说名涅槃，即是诸法性空境界。

可见，意识不转，就还是凡夫，转了，才能成圣。众生有八识，为什么偏偏只有意识最关键呢？《大乘入楞伽经》告诉我们为什么：

> 大慧言：“若建立者，云何但说意识灭，非七识灭？”
>
> 佛言：“大慧，以彼为因及所缘故，七识得生。大慧，意识分别境界起执著时，生诸习气，长养藏识，由是意俱我、我所执，思量随转；无别体相，藏识为因、为所缘故，执著自心所现境界，心聚生起，展转为因。大慧，譬如海浪，自心所现境界风吹而有起灭。是故意识灭时，七识亦灭。”

祸是意识闯的，解铃还须系铃人。有了意识，辗转就有了其他的七识，相互纠缠，相互滋长，众生因此轮回；灭了意识，其他的七识也就灭了。

为什么叫“红楼”呢？不是北大的红楼，不是富豪的红楼，是修行人的红楼。借假修真，虽说本来无所修，但是该经历的你还是得经历。佛法在世间，不离世间觉，在红尘世界里修，所以叫“红楼”。《心经》是佛门的精华，很多人都会背，但是有故事的人，跟没故事的人，背出来的《心经》也许是不一样的。黑格尔也说过类似的话，他说，同样一句话，从一个少年嘴里出来，跟从一个饱经沧桑的老人嘴里出来,分量是不一样的。

为什么主要是一大群女子来比喻妄情,不是男人呢?这可以参考丹道家的说法。他们说,众生的身心,都是阴阳混杂,甚至以阴为主,阴就是各种妄情,修成就了,就可以转变为纯阳之躯。比如吕洞宾有一首诗,是这么说的:

独上高峰望八都,黑云散后月还孤。

茫茫宇宙人无数,几个男儿是丈夫?

古人推崇"大丈夫",根本的标准,不是肉体上的性别特征,而是心。就像《圣经》所推崇的义人,或者说"以色列人",根本的标准,不是国家或种族,而是信仰程度。

第17回以后,《红楼梦》又以大观园为核心空间。关于这个大观园,现在还有人在找,有说在苏州的,有说在北京的,也是公说公有理婆说婆有理。我的看法,大观园就是修行人的内心世界,当你开始有意观察内心的时候,就会发现,各种情绪、各种念头来来去去,圣人和凡夫来来去去,一会儿是佛做主,一会儿是钱做主,一会儿是女人做主……不修行的人,没有起观,就是杂乱而若有若无的内心世界;修行的人,起了观,就是大观园。《红楼梦》全书所涉及的人物纷繁复杂,实际上是放之而为大千,收之则唯一心,全书的主角其实就是修道者自己;至于具体的某一位人物,包括贾宝玉,一般只是参与这种复杂的心理化学反应的某一种元素或化合物而已。

（三）《红楼梦》的修行门槛

修行门槛，就是对于宿世善根的要求。作为全书的开篇，第 1 回叫“甄士隐梦幻识通灵，贾雨村风尘怀闺秀”，是从追溯修行人的宿世善根说起，一直说到甄士隐放下俗缘跟着道士走掉，来拉开全书的修道序幕。

什么叫“宿世善根”呢？就是你过去多少辈子干了哪些善事，相当于说你过去在银行存了多少钱，制约着这辈子的提款额度。对修行人来说，过去佛缘有多深厚，制约着这辈子在佛门里的修行成就，于是乎就有了上等根器、下等根器这些说法。上等根器的，这辈子就可能悟道，下等根器的，修福修慧慢慢来，总会开花结果的。

《红楼梦》怎么追溯“宿世善根”呢？他先是说那块石头，是女娲当年炼过的，这就跟普通石头不一样了，是“自经锻炼之后，灵性已通，自去自来，可大可小”的，万事俱备只欠东风，就等来人世走一遭了。

说完石头，开始说“甄士隐”，说他是“仁清巷”“葫芦庙”旁边的，“禀性恬淡，不以功名为念，每日只以观花种竹、酌酒吟诗为乐，倒是神仙一流人物”，这就是说这种上等根器的人，来人世投胎之后，骨子里从小就会有这种禀性。为什么会有这种禀性呢？因为必须有。修行，就是要回到本心，整天追逐财色名利的凡夫，叫他往心里看，他会接受不了，最要命的是，他不一定有那个闲暇，吃个早餐可能都是一边往嘴里塞一边跑步去赶公交，好不容易“五一”小长假了，又得忙着哥几个搓搓麻将，没办法，他心里装的都是别人，唯独没有他自己。《红楼梦》最后，空空道人想找个传书的人，结果“仍袖至那繁华昌盛地方遍寻了一番。不是建功立业之人，即系糊口谋衣之辈，那有闲情去和石头饶舌？”《西游记》开头，美猴王寻仙访道，到了南赡部洲之后，“见世人都是为名为利之徒，更无一个为身命者”，也是差不多的意思。

“仁清”，是世间人伦道德，“巷”是条条框框，“仁清巷”比喻修行人做过很多辈子的世间善人。“葫芦”是糊涂，超越善恶对立，“庙”跟佛法有关，“葫芦庙”比喻修行人熏修过很多辈子的佛法。

“甄士隐”，就是“真士隐”，真正的“士”，他是有个人原则的，活着不是为了个人的功名利禄，这种人即使高官厚禄，也不会以高官自居，以厚禄自傲，始终在内心里平平凡凡的。古人称这种情形为“大隐在市朝”。甄士隐的老婆姓“封”，“性情贤淑，深明礼义”，这是什么意思呢？就是这种上等根器的人，对于外界诱惑天生有抵抗力。在《大般涅槃经》里，佛说，须陀洹人（就是初果罗汉）即使在野蛮的时代投胎到野蛮的地方，也不会作恶，因为他有前世带来的“道力”。

当然，有人会反驳说，那贾雨村整天想着功名利禄，他不也是修行人的一个心理侧面吗？是的，假如修行人只有甄士隐这一个心理侧面，后面的小说不用写了。就因为修行人还要追求觉悟，所以才来人世走一遭。对于凡夫来说，富贵是最大的建功立业；对于修行人来说，成佛是最大的建功立业。都是建功立业，表面不一样，性质上是相通的，都叫躁动，只不过凡夫的明显一点而已。凡夫的躁动容易看见，三杯酒一灌就出来了，修行人的躁动，则每每是暗流涌动，所以才会有很多人对于宗教徒的诋毁，才会有这部《风月宝鉴》的问世，帮修行人照照镜子，因为潜在的很多心理侧面，连修行人自己都不知道，看看这部书，就知道了。

“贾雨村”是什么呢？就是“假雨村”，濛濛细雨中，一处偏僻村落，看我多悠闲，看我多清高，其实心里浮躁得要死，讽刺得很。禅宗很多公案，就是帮人认清内心深处的这种浮躁。“贾雨村”所比喻的这种烦恼习气，对于修行人来说，一是体现在早年对世间功名的不死心上，二是体现在修行方面对于证果的热望上。贾雨村“风尘怀闺秀”又是怎么回事呢？想在色声香味触法这六尘世界里抓个东西到手，以为佛法是可以到手的，却不知道可以到手的都不是真货，禅宗公案里，好多人在挨棒子之前大约都是这样的，挨了棒子，没准就老实了，再也不想了。成佛作祖不是向外求的，向六尘里讨究竟想成佛，跟怀念女子的俗情性质上是一样的，都是对于外在某个对象的“念兹在兹”，只不过结果不一样罢了，前者可以通过三宝熏修来达到放下的目的，后者则是局限在五欲里打滚。

说完甄士隐的来历，小说开始说“神瑛侍者”和“绛珠仙子”的来历：

只因当年这个石头，娲皇未用，自己却也落得逍遥自在，各处去游玩。一日，来到警幻仙子处，那仙子知他有些来历，因留他在赤霞宫中，名他为赤霞宫神瑛侍者。他却常在西方灵河岸上行走，看见那灵河岸上三生石畔有棵绛珠仙草，十分娇娜可爱，遂日以甘露灌溉，这绛珠草始得久延岁月。后来既受天地精华，复得甘露滋养，遂脱了草木之胎，幻化人形，仅仅修成女体，终日游于离恨天外，饥餐秘情果，渴饮灌愁水。只因尚未酬报灌溉之德，故甚至五内郁结着一段缠绵不尽之意，常说："自己受了他雨露之惠，我并无此水可还；他若下世为人，我也同去走一遭，但把我一生所有的眼泪还他，也还得过了！"因此一事，就勾出多少风流冤家都要下凡，造历幻缘。那绛珠仙草也在其中。

"警幻仙子"，就是佛菩萨。灵河岸上三生石畔的故事，就是进一步交待宿世深厚佛缘。神瑛侍者大体比喻阿赖耶识，绛珠草比喻修行人所理解的"佛法"，是阿赖耶识里所种下的一个种子，其他的"多少风流冤家"代表的是修行人的其他妄情。一念妄动，无量无边的乌云都跟着起来了，就像张拙秀才的偈子说的，"一念不生全体现，六根才动被云遮"。"终日游于离恨天外，饥餐秘情果，渴饮灌愁水"，是说没有明白的人，还得靠读经维持慧命，其中感觉如人饮水冷暖自知，烦恼了就自己捧一本经来品品。西方灵河岸边灌溉久了，绛珠草决心投胎走一遭，以眼泪还报灌溉之恩，是比喻累世佛缘既深，这辈子将以证悟佛法为惟一使命，不穷尽"佛法"，决不罢休。

（四）解谜太虚幻境

太虚幻境是什么东西呢？前后出现三次，简直是贯穿《红楼梦》的一条线索。本书后面基本上是按照原著行文顺序解读的，这里干脆单独挑出来，打破原著行文顺序，三次场景汇在一起解析一下。

太虚幻境，就是每个众生的“本地风光”。没有信根的人，是不相信的；准备求道的人，只能听人家（包括佛经、公案等）讲是怎么回事，其实自己还是不知道怎么回事；过来的人，是体会了的。太虚幻境在《红楼梦》里的三次出现，就是分别比喻修行人对于本地风光的结缘、入门、体悟。

太虚幻境显得非常神秘。说它有，却虚无缥缈、不可把捉；说它无，种种妄情便是从它里面化生出来的，修道到了后来，很多女子仍要返归太虚幻境“销号”。这种情形便是佛教所说的“真空妙有”，也是老子所说的“玄之又玄，众妙之门”。

太虚幻境的第一次出现，是在第1回“甄士隐梦幻识通灵，贾雨村风尘怀闺秀”。甄士隐跟随一僧一道来到太虚幻境，比喻前世善根成熟，这辈子遇到相应的法缘。这时牌坊两边写的对联是“假作真时真亦假，无为有处有还无”，意思是说这世界你把它当真了，它就真了，其实还是假的，你无中生有了，它就有了，其实还是空的。这种强调“空”“假”的观念，属于佛门的初步教学。这次只是结缘，没有进去，初步知道，原来人心里还有这些名堂好玩，都说外面的世界很精彩，原来里面的世界更精彩。

这种结缘意义非常大，举凡世界上的一切学问，凡是开始把人往内心引的，不管正道还是歪理，都有它的某种妙用，大可不必因为见解上的差异，就动辄乱扣帽子攻击人家。

第一次见识太虚幻境，领路的是一僧一道，这两位在甄士隐眼里是高人，但甄士隐一时还有太多牵挂，没法跟着他们走，只是被他们吸引了注意力而已。这里的道士并不是真的道士身份，只是喻指佛教中的有为法部分，一僧一道，即是比喻在甄士隐心目中，佛法是半有为半无为的。这是依据《维摩诘经》里讲的，菩萨修行，“不尽有为，不住无为”。《红楼梦》里，有时候是和尚单独出场，有时候是道士单独出场，有时候是二人一起出场，就是要以和尚比喻究竟、无为，以道士比喻善巧、有为。比如，佛教有些法门，要遵守一系列严格的程序，次第而修，那这是有为还是无为呢？在旁观者看来，可能就是半有为半无为的，在有为的背后，贯穿着无为。

有人说《红楼梦》是在讲丹道，其实《红楼梦》是以佛教为核心的，极少涉及丹道的东西。当然要说到丹道，依区区之见，那是有上中下差别的，通常理解的什么寻草烧茅、炼金炼铅、打通二脉甚至房中之术，在号称“万古丹经王”的《周易参同契》里早就被否定了。结合后来的丹道祖师吕洞宾、张伯端、刘一明等人的著作来看，真正的金丹大道，要在心上用功，心才是一切秘密的宝藏。《红楼梦》借用“贾敬”（谐音“假径”）服丹暴毙的例子，来提醒修行人，不要死在小道上。

第 5 回“贾宝玉神游太虚境，警幻仙曲演红楼梦”，是正式入门了，开始领教佛对于这个世界的一系列开示。入门的时候，佛说，烦恼无尽啊，一切都是因为“执著”引起的啊，执著就是情，情就是执著，无量无边的众生迷在里面，造下种种孽业：

转过牌坊，便是一座宫门，上面横书着四个大字，道是：“孽海情天”，也有一副对联，大书云：

厚地高天，堪叹古今情不尽；

痴男怨女，可怜风月债难酬。

这次只是入门，并不是究竟，好像“孽”“情”都是确定真有似的，好像都有很大的问题似的，所以要等到第三次进去，换了一副对联，才明白佛说的，这世界本来没事，一切法当处解脱，烦恼本不异菩提。

这一回里，警幻仙子主要干了两件事，一是讲解修行人的心理主要有哪些死结，二是通过“法喜”引导贾宝玉从世俗欲乐里脱开，转向对三宝的清净欲乐。

贾宝玉偷看的正册、副册、又副册，评价了各个主要女子；舞女们所唱的《新制红楼梦十二支》，进一步地作了评价。这些都是讲解修行人的心理主要有哪些死结。

这些讲解，贾宝玉一时无法领会，因为才刚入门，对于佛法，没有从内心深处生起真正的热爱之心。就像一个嘴巴上表示要接触佛经的人，他可以捧起一本佛经看一会儿，但是，内心深处其实未必有什么触动，因为他还没有亲自体验到甜头。接下来，就需要“法喜”了。

法喜是什么呢？简单地说，就是亲自体验到身心的愉悦，证明佛说的某某道理、或者某某法门，原来是真实不虚的，佛没有骗我。有了这种愉悦，他会从内心真正生起动力，不用别人督促，也会用功。孔子说过类似的话，“知之者不如好之者，好之者不如乐之者”，也是说，只有有了法喜，才会真正走在道上而不回头。《维摩诘经》上讲：“先以欲钩牵，后令入佛道。”《法华经》也说了“火宅三车”“化城”之类的比喻故事，用意是什么呢？佛说，是为了引导大家继续前进，总是让你觉得前面还有更好玩的，等福德智慧累积到一定时候，机缘成熟，才知道宝贝不用到处找。

古人说饥来吃饭困来眠，听起来简单，但不经过一番大折腾，恐怕不会甘心的。所以警幻仙子告诉贾宝玉说：

今既遇尔祖宁荣二公，剖腹深嘱，吾不忍子独为我闺阁增光，而见弃于世道，故引子前来，醉以美酒，沁以仙茗，警以妙曲，再将吾妹一人——乳名兼美，表字可卿者——许配与汝。今夕良时，即可成姻。不过令汝领略此仙闺幻境之风光尚然如此，何况尘世之情景呢？从今后，万万解释，改悟前情，留意于孔孟之间，委身于经济之道。

修行的路上会有各种美妙体验，经历了这些法喜，对于尘俗的五欲之乐自然就看淡了，等该体验的都体验过了，自然就死心了，就可以回归平凡，原来世间万法跟实相不违背，原来大道这东西真的是人人有分，也就不用吃着碗里的望着锅里的了。上面引文里的“宁荣二公”“兼美”“可卿”等人名含义，本书后文会有专门解析，这里暂且略过。

太虚幻境明明是仙境，这次在宝玉的眼里，却到处都是“情”：(1)他之所以来到这里，是受了“秦”(情)氏的引领；(2)追随的是绝色美女——警幻仙姑，本来是要为众生“警幻”的，结果在宝玉的眼里成了绝色仙姑，这可以参考《楞严经》卷一阿难说自己出家的因缘；(3)进来了之后，连那些“大士”(菩萨)竟然也都是以情为名——“一名痴梦仙姑，一名钟情大士，一名引愁金女，一名度恨菩提，各各道号不一”，不过，这四位大士的名号，两个是含情的，两个是度情的，总体上是半凡半圣；(4)警幻仙子给贾宝玉喝的茶、酒，也都是以

"情"命名的。

同样一个东西,不同的人,理解的可能不一样。

在清净的人眼里,世界是清净的;在烦恼的人眼里,世界是烦恼的;在想从烦恼转为清净的人眼里,世界是烦恼与清净掺杂的,而这,就是贾宝玉此时对佛门的理解。所以,他看到的太虚幻境,仍然以情为主。

第三次来到太虚幻境,是在第116回"得通灵幻境悟仙缘,送慈柩故乡全孝道":

> 又要问时,那和尚早拉着宝玉过了牌楼。只见牌上写着"真如福地"四个大字,两边一副对联,乃是:
>
> 假去真来真胜假,无原有是有非无。
>
> 转过牌坊,便是一座宫门。门上也横书着四个大字道:"福善祸淫。"又有一副对联,大书云:
>
> 过去未来,莫谓智贤能打破;
>
> 前因后果,须知亲近不相逢。

这一次是和尚领进去的,不再是追随美女进去的,不是"情"了,是真净、无为,所以回目使用了"悟"字。从报恩来看,这个时候是真正报恩了,报佛恩,报父母恩。

"假去真来真胜假,无原有是有非无"是什么意思呢?不再追随假的东西了,那么真的东西自然就出现了,就像苏轼《后赤壁赋》说的"山高月小,水落石出"。这个在佛门的术语,就叫"一真法界",一切都是真的,一切都不虚妄。

被假的东西牵着走的时候，一假一切假，所以是凡夫；不被假的东西牵着走的时候，一真一切真，所以是觉悟。佛说了许多年的“无常、苦、无我、空”，后来则告诉徒弟们，那是为了引导你们，方便说法，现在我再说另一个版本的“常、乐、我、净”你们听听：

> 汝等当知，先所修习无常苦想非是真实。……汝等应当善学方便，在在处处，常修我想、常乐净想，复应当知先所修习四法相貌悉是颠倒。欲得真实修诸想者，如彼智人巧出宝珠，所谓我想、常乐净想。
>
> （《大般涅槃经》）

一味地往“无常、苦、无我、空”那边跑，就容易跑岔路了，可以修定修得很厉害，可以解脱肉身执著，但跟无上菩提还隔层皮，到了一定的时候，要懂得调整调整。佛说，他要讲的东西很微妙，一不小心就有人抓住只言片语跑偏了，所以叫人“依义不依语”。在《大般涅槃经》（北本）卷第三十三——卷第三十四里，佛举了一些“我诸弟子闻是说已，不解我意，定言……”的例子，就是这种情况。

“福善祸淫”以及那副对联“过去未来，莫谓智贤能打破；前因后果，须知亲近不相逢”又是什么意思呢？就是“不可思议”“一切法当处解脱”，换成《金刚经》的说法，就是“一切有为法，如梦幻泡影，如露亦如电，应作如是观”。不用多想了，想也想不清楚，世上一切的一切，自然有它的因果秩序（六祖称为“色类自有道，各不相妨恼”），不要再以为自己的大脑是银河超级计算机。不想了，反而清楚；想了，反而糊涂。这像个悖论，鸠摩罗什的徒弟僧肇专门写了一篇《般若无知论》，来解释这个悖论。

贰

前世今生

从这一章开始，咱们按照原著行文顺序开始解读了。『甄士隐』和『贾雨村』名字的含义，咱们前面解释过了。曹公弄个『真事隐』和『假语村言』，又是怎么回事呢？从这个谐音解释，跟咱们前面的解释并不冲突，可以起到补充理解的作用。『真事隐』，借小说来谈修行，别迷在字面的热闹上；『假语村言』，天下本无事，现在要来谈修行，你只当我啥也没说好了，别执著，秘密在你自己心里，不在这本小说里。

（一）说来话长

从这一章开始，咱们按照原著行文顺序开始解读了。

此开卷第一回也。作者自云：曾历过一番梦幻之后，故将真事隐去，而借"通灵"说此《石头记》一书也，故曰"甄士隐"云云。但书中所记何事何人？自己又云：今风尘碌碌，一事无成，忽念及当日所有之女子，一一细考较去，觉其行止见识皆出我之上，我堂堂须眉，诚不若彼裙钗。我实愧则有余，悔又无益，大无可如何之日也！当此日，欲将已往所赖天恩祖德锦衣纨袴之时，饫甘餍肥之日，背父兄教育之恩，负师友规训之德，以致今日一技无成，半生潦倒之罪，编述一集，以告天下。知我之负罪固多，然闺阁中历历有人，万不可因我之不肖自护己短，一并使其泯灭也。所以蓬牖茅椽，绳床瓦灶，并不足妨我襟怀。况那晨风夕月，阶柳庭花，更觉得润人笔墨。我虽不学无文，又何妨用假语村言敷衍出来，亦可使闺阁昭传，复可破一时之闷，醒同人之目，不亦宜乎？故曰"贾雨村"云云。

"甄士隐"和"贾雨村"名字的含义，咱们前面解释过了。曹公弄个"真事隐"和"假语村言"，又是怎么回事呢？从这个谐音解释，跟咱们前面的解释并不冲突，可以起到补充理解的作用。"真事隐"，借小说来谈修行，别迷在字面的热闹上；"假语村言"，天下本无事，现在要来谈修行，你只当我啥也没说好了，别执著，秘密在你自己心里，不在这本小说里。这种自嘲，在禅师那里，非常常见。说也不是，不说也不是，说了，平地起风雷，平地让人摔跤，有时候是迫不得已的，已经干了，那就自我嘲笑一下，还能怎么办呢？

作者说，那些女子"行止见识皆出我之上"。乍一看，好像他真的好差劲的样子，或者说，好谦虚的样子，不如那些女人，其实，牛皮都被他吹破了。

我如今了账了，精神上穷得一无所有，回想当年，被那些妄情缠绕的时候，妄情们真的好厉害，整天牵着我走，你说，作者这到底是在吹牛，还是在抬举那些妄情呢？赵州老和尚说，在我这里，"下等人来，出三门接；中等人来，下禅床接；上等人来，禅床上接"，段位越低越客气，什么缘故呢？

"使闺阁昭传，复可破一时之闷，醒同人之目"，这就是说，要把修行人常见的心理侧面揭示出来，而且，一味读那些讲道理的书，天天跟道理打交道，弄本小说看看，也可以解解闷，如果是同道中人，看熟了，自然明白其中的道理。

却说那女娲氏炼石补天之时，于大荒山无稽崖炼成高十二丈、见方二十四丈大的顽石三万六千五百零一块。那娲皇只用了三万六千五百块，单单剩下一块未用，弃在青埂峰下。谁知此石自经锻炼之后，灵性已通，自去自来，可大可小。因见众石俱得补天，独自己无才，不得入选，遂自怨自愧，日夜悲哀。

一日，正当嗟悼之际，俄见一僧一道，远远而来，生得骨格不凡，丰神迥异。来到这青埂峰下，席地坐谈，见着这块鲜莹明洁的石头，且又缩成扇坠一般，甚属可爱。那僧托于掌上，笑道："形体倒也是个灵物了，只是没有实在的好处；须得再镌上几个字，使人人见了，便知你是件奇物，然后携你到那昌明隆盛之邦、诗礼簪缨之族、花柳繁华之地、温柔富贵之乡那里去走一遭。"石头听了大喜……

女娲炼石，太久远了，还是暗示修行人的善根需要久远、深厚。"大荒山无稽崖"，就是先天本性无形无相，找也找不着，摸也摸不到。"高十二丈、见方二十四丈"，时间上是十二时辰，空间上是二十四方（八干四维加上十二地支，也就是风水上常用的"二十四山"），时空都是通的，所以个个石头都是通灵的好汉。八干，就是甲乙丙丁庚辛壬癸；四维，就是乾艮巽坤；十二地支，就是子丑寅卯辰巳午未申酉戌亥。"顽石"，对于世俗一般的把戏，懒得睬了。

周天三百六十五度，女娲炼出了 36501 块石头，自然要剩下一块。站在这剩下的一块立场上来说，我也知道这世界已经圆满了，可是我怎么办？我没能加入到那个圆满的阵容当中去，换句话说，我也知道，我跟佛、跟一切众生本来是平等的，这世界本来就是净土，可是我光知道这个道理，没有亲自体证这份平等，体证这种净土，怎么办？

于是，“青埂峰”出现了。“青埂峰”就是“情埂峰”，从先天的“智”堕入后天的“识”，是因为“情”；要从后天返回到先天，还是要靠“情”。“情”是一条界埂，所以叫“青埂峰”。

如果不了解佛法，没事傻乐，倒也是一生；可了解了，知道有一种东西是这世界上所有的美妙加起来都赶不上的，那就费寻思了。所以，那块石头“自怨自愧，日夜悲哀”，林黛玉的性格、泪水，也都与这有关。但不要以为这是坏事，离开了佛法，纵然有一些傻乐的瞬间，可以发到微信朋友圈炫一炫，但是接下来更多的彷徨、忧伤，就不敢往朋友圈发了，只好抱怨苍天为什么这样待我，其实跟玉皇大帝一毛钱关系都没有，还不如修行人索性以那个大忧为忧，鸡毛蒜皮的打击反倒无所谓。

善根深厚，机缘来了。一僧一道出现了。“骨格不凡，丰神迥异”，是因为善根深厚才认得，要不然看到佛经说不定躲着走。但这也给后文埋下了一些曲折的伏笔，因为一开始是被人家的“相”吸引的，读者还是可以参考《楞严经》开头的故事。

和尚打开天窗说亮话，告诉石头，你是块料，你修大乘吧，到那红尘里好好磨炼磨炼，水里长出来的莲花不稀罕，火里长出来的才是真家伙。石头真是块料，一听就很高兴，没怀疑是不是遇上人贩子了。

石头果然答道：“我师何必太痴？……况且那野史中，或讪谤君相，或贬人妻女，奸淫凶恶，不可胜数，更有一种风月笔墨，其淫秽污臭，最易坏人子弟。至于才子佳人等书，则又开口文君，满篇子建，千部一腔，千人一面，且终不能不涉淫滥。……只愿世人当那醉余睡醒之时，或避事消愁之际，把此一玩，不但是洗旧翻新，却也省了些寿命筋力，不更去谋虚逐妄了。我师意为如何？”空空道人听如此说，思忖半晌，将这《石头记》再检阅一遍。因见上面大旨不过谈情，亦只是实录其事，绝无伤时诲淫之病，方从头至尾抄写回来，闻世传奇。

这是把《金瓶梅》和《西厢记》之类的情爱小说都给一票否决了，提醒读者，你不要拿这部《红楼梦》跟那些“淫滥”的东西相提并论，不是谈男女的，是帮助人解脱的，教人“不更去谋虚逐妄”的。

因这甄士隐禀性恬淡，不以功名为念，每日只以观花种竹、酌酒吟诗为乐，倒是神仙一流人物。只是一件不足：年过半百，膝下无儿，只有一女，乳名英莲，年方三岁。

“甄英莲”，谐音“真应怜”，后文说她是“平生遭际实堪伤”，可怜的很。从觉悟的理论角度看来，一切众生无非如此，出生不久，就迷失了，找不到自己的故乡，在三界里到处流浪。

甄英莲，字面意思是真正的好莲花，后来又改了名，叫“香菱”。有些地方常见这种水生植物，很难把根扎进水底的泥巴里，往往是漂浮在水面上，比浮萍好不到哪里去，小说用来比喻众生的流浪情形。

她元宵节看热闹，就被人拐走了，从此再不知自己父母是谁、故乡在哪。众生的迷失，也无非就是因为“看热闹”，扑到外境上了，然后各种冤亲债主都来了，是是非非纠缠不已，所以英莲被拐了以后，先卖给“冯渊”（逢冤），然后遇上薛蟠、贾雨村，整个一笔糊涂账，忍气吞声地活着，直到薛大爷改过自新才开始改观，最后由生父甄士隐度出迷津，不迷了，她的角色使命也就完成了。

（二）今生立志

这里雨村且翻弄诗籍解闷。忽听得窗外有女子嗽声，雨村遂起身往外一看，原来是一个丫鬟在那里掐花儿。生得仪容不俗，眉目清秀，虽无十分姿色，却也有动人之处。雨村不觉看得呆了。……雨村见他回头，便以为这女子心中有意于他，遂狂喜不禁，自谓此女子必是个巨眼英豪，风尘中之知己。

目标出现了。平时乱翻书，也不过就是解解闷而已，忽然遇上了一个“掐花儿”的姑娘，这就是跟禅门缘分的开始。

从解脱的理论角度看，世俗各种文章书籍也就是“且翻弄”“解闷”而已，解决不了大惑，所以在《大乘入楞伽经》中，佛说这些世俗文笔“但饰文句，诳惑凡愚，随顺世间虚妄言说，不如于义，不称于理，不能证入真实境界，不能觉了一切诸法,恒堕二边,自失正道,亦令他失,轮回诸趣,永不出离”。当然话说回来,对于不是“凡愚”的人呢?对于觉悟者来说,一切世间法不异于佛法,世间的学问倒是可以拿来帮助度人。

“虽无十分姿色,却也有动人之处”,跟禅门有缘的就会动心,无缘的一看,也就是一个普通丫鬟而已。动了心,原来知我者乃禅门也!

雨村此时已有七八分酒意,狂兴不禁,乃对月寓怀,口占一绝云:

时逢三五便团圞,满把清光护玉栏。

天上一轮才捧出,人间万姓仰头看。

接下来,就是自信心的激发。学禅的人,稍一接触禅法,往往都要体验这个情况,自信的很,因为禅门教人,哪怕你是再普通的凡夫,也仿佛会释放一个信号:你本来就是佛,你是好样的。

沉溺在这种自我感觉良好的心态里,就是“已有七八分酒意”。自信再往前一小步,就成自负了,成狂禅了,觉得自己很牛,要接受万人顶礼膜拜了,这就是雨村此时此刻的心情。

士隐令家人霍启抱了英莲去看社火花灯。半夜中,霍启因要小解,便将英莲放在一家门坎上坐着。待他小解完了来抱时,那有英莲的踪影?

祸事开始了,“祸起”了。太自负,要在六尘世界里抓个东西到手,来证明自己很牛，于是背离了清净本心的故乡，准备开始红楼幻梦的历程，在流浪中寻找故土家园。社会上热热闹闹，所以叫“社火花灯”。

不想这日，三月十五，葫芦庙中炸供，那和尚不小心，油锅火逸，便烧着窗纸。此方人家俱用竹篱木壁，也是劫数应当如此，……也不知烧了多少人家。只可怜甄家在隔壁，早成了一堆瓦砾场了，只有他夫妇并几个家人的性命不曾伤了。急的士隐惟跌足长叹而已。与妻子商议，且到田庄上去住。偏值近年水旱不收，贼盗蜂起，官兵剿捕，田庄上又难以安身。只得将田地都折变了，携了妻子与两个丫鬟投他岳丈家去。

“炸供”，自己把自己的供养毁了。背离本心，就是舍弃自家福田。

往外一驰求，哪能安家呢？流浪生涯正式开始。所以甄士隐到处跑，最后连田地都亏本卖了，投靠岳父去，谁知他岳父也靠不住。“岳父”是外姓的，本家和外姓都靠不住，世间靠不住，只有求道了。

儒家也有类似的说法，比如孟子说“仁，人之安宅也”，《中庸》说“君子素其位而行”“君子无入而不自得焉”，拼命想抓住外面的东西，其实都不靠谱，只有回到内心，才是真正的豪华别墅。

那疯跛道人听了，拍掌大笑道：“解得切，解得切！”士隐便说一声“走罢”，将道人肩上的搭裢抢过来背上，竟不回家，同着疯道人飘飘而去。

怎么回到内心呢？修道去。于是甄士隐跟着疯道人走了。这辈子的修道历程，正式拉开序幕。

这个道士很奇怪，又疯又跛的。咱们前面说过，《红楼梦》里的道士，一般只是比喻佛法中的有为部分，不是修丹道的那种道士。跛，就是残缺，说明这个时候修行人的佛法见解非常有问题，修行才刚刚开始。下面古董商人冷子兴出场，把贾府如数家珍地描述一番，并介绍了林黛玉的家世，才喻指修行人在佛经古卷的餐厅里恶补了一番，大体明白了修行的方法和目标。

甄士隐毅然决然地跟着道人走，这种决心，是所有修行的第一步要求，极其可贵。

试看孔孟老庄的经典，乃至老外的《圣经》，开篇都是要人定下这种决心，因为，要是没有这份决心的话，后面说的东西都会大打折扣。

《大学》起手就是“格物致知”，要人在修身和事功之间作出明确的重要性判断，《中庸》开篇是关于什么才是大智、什么才是大善的辨析，告诉我们，一统天下、为国壮烈都了不起，但还不是他要谈的大智大善，《论语》开篇是《学而》，叫人定下真正的求学之志，不管别人知与不知，都乐在其中，而不是为了讨个好名声。

《庄子》开篇是《逍遥游》，告诉我们，真正的大道，绝不是世俗的小知小见所能信受的，《老子》前两章开宗明义，讲大道的不可思议，要人立志效法圣人，不掉进各种二元对立的陷坑。

《圣经》开篇《创世纪》告诉大家，要相信那个超越一切的存在，要回到那里，才是回家，后面讲的亚伯拉罕、约瑟等“义人”，就是给读者树立修行的榜样。

前面列举的这些圣贤,还比较客气,没有从字面上强调说你必须立下决心,要不然后面你学不了,因为众生根机不一样,很多人虽然没有决心,看不懂开篇的东西,但他可以先拣后面对胃口的东西看,看着看着,没准什么时候决心就来了。搞丹道的祖师,好多可就不客气了,话说的很直,比如张伯端的《悟真篇》,开篇就警告,如果不下定决心学这个东西,那活了一百年也是白活,到头来两手空空,傻子一个。

(三) 知命,皈佛

却说娇杏那丫头便是当年回顾雨村的。因偶然一看,便弄出这段奇缘,也是意想不到之事。谁知他命运两济:不承望自到雨村身边,只一年,便生一子;又半载,雨村嫡配忽染疾下世,雨村便将他扶作正室夫人。正是:"偶因一回顾,便为人上人。"

原来雨村因那年士隐赠银之后,他于十六日便起身赴京,大比之期,十分得意,中了进士,选入外班,今已升了本县太爷。虽才干优长,未免贪酷,且恃才侮上,那同寅皆侧目而视。不上一年,便被上司参了一本,说他"貌似有才,性实狡猾";又题了一两件徇庇蠹役,交结乡绅之事。龙颜大怒,即命革职。

“娇杏”,就是“侥幸”。存有侥幸心理,就是不老实,因为还没看清楚自己是干吗的,那得撞撞墙,才能死心,才能知道,哦,原来我这辈子真的只能干这个。孔子说:“不知命,无以为君子也。”子思也说:“君子居易以俟命,小人行险以徼幸。”不在这些地方死心,老是心存侥幸,没办法做君子,因为这一刻做了君子,到了下一刻有点诱惑的时候,又成了小人。《红楼梦》后文还有“赖大”,“赖升”,“赖尚荣”(谐音“赖上荣”)等人名,进一步提醒修行人,你得的那点物质好处,真的是你自己的本事吗?

“偶因一回顾,便为人上人。”这句诗也很好玩。所以世上但凡回头向内看的,开始修心的,都不可思议。

接下来贾雨村先升职又革职的,也都是在解释撞墙是怎么回事,这世界就这样,有好就有坏,有升就有贬,迷在那里边浮浮沉沉的其实没意思。

这林如海姓林,名海,表字如海,……只嫡妻贾氏生得一女,乳名黛玉,年方五岁,夫妻爱之如掌上明珠。

“林黛玉”,森林里的一块青黑色的玉,是个宝贝,但很难发现,她爸爸又叫“林海”“林如海”,可见这个森林是莽莽大森林,更难找到那块玉了。

林黛玉比喻修行人心目中所追求的佛法,很多时候直接比喻佛经。贾宝玉一直追求林黛玉,却一直没法到手,总是像“水中月”“镜中花”,是因为,佛法是“无所得”的,就像《心经》说的,“无智亦无得,以无所得故”。为了苦苦追寻佛法，放弃世间其他的乱七八糟的追求，最后，再放下追寻的心，才能一切现前。

林黛玉的母亲叫“贾敏”，丫鬟叫“紫鹃”（谐音“字卷”）、“雪雁”（谐音“学言”），又养了一只鹦鹉，一起构成了“鹦鹉学舌”的喻象，而且这是一只很聪明的鹦鹉（“敏”就是反应快）。林黛玉本身美貌无双，比喻在修行人看来，佛法无比美妙。

林黛玉与贾宝玉的姻缘，叫“木石前盟”，薛宝钗与贾宝玉的姻缘，叫“金玉良缘”。“木石”的说法，在禅门里是有来历的，比如百丈怀海禅师就教导徒弟们，你们先把各种乱七八糟的追求放下，好的坏的什么也别想，什么也别管，让身心放开、自在，“心如木石，无所辨别”，心空了，本来的大智慧就自然现前了。简单地说，木石就是死心，就是多少人梦寐以求的“成就”。附带解释一下，呆傻的人，他是不是心如木石呢？不是的，他是神智昏乱，兴趣点跟常人不一样。那植物人呢？更不是了，没有生机，连“心”都很难谈的上，怎么有接下来的“如木石”呢？“心如木石”，不是叫人做木石，里面是活泼泼的。

林黛玉的性格又是怎么回事呢？虽然聪明，但是多心，过于谨慎，经常忧伤，老是有寄人篱下的感觉。这是描述了在家修行人的一种常见的心理侧面，对当前状态不认可，融不进去，总以为有另外的妙法可求，就会或多或少地带有这种症状。

莽莽森林里寻找一块青黑色的玉，这同时暗示了“躲进小楼成一统，管他春夏与秋冬”的自闭倾向，这跟薛宝钗是相反的。咱们顺带说说薛宝钗的名字含义。雪地里黄澄澄的金钗，这就耀眼了，不像“林黛玉”那么难找了，而且,跟玉比起来,金是有些俗气的东西,没那么清高。薛宝钗,代表的是修行人跟众生打成一片、不离不弃的心理侧面,这就是菩萨精神。钗是戴在头上的,比喻尊重一切众生。

一个人躲起来修,想弄个东西到手,美其名曰"得道",其实得不到,所以林黛玉最后还是死了;以无我的精神投入到普度众生的事业中去,生生世世继续下去,这叫菩萨大愿,每一世都会活得很充实、无悔,所以薛宝钗挂的项圈上写的是"不离不弃""芳龄永继",表面上有一世一世的生死,其实是不生不死。林黛玉回报给贾宝玉的是泪水,薛宝钗回报的不光是结婚,而且生儿子,而且是有大出息的儿子,家里出了大事也能挽回的贵子,这就告诉我们,帮助众生没错的,你会得到远远想不到的回报。

薛宝钗从娘胎里带来一股热毒,有个和尚就给他开了个方,叫"冷香丸",定期服用,就能对治热毒,这是怎么回事呢?天天跟众生打交道,一般来说,难免会有热毒,换句话说,你跟人打交道,难免会有情绪的波动吧,或贪,或瞋,或痴,或贪瞋痴一齐来,积累下来,心里就有了热毒。中医常说"上火","毒火攻心",表面上是生理的东西,其实说到底,就是念头上的贪瞋痴积累的结果。摩擦生热嘛,念头也一样,乱七八糟摩来摩去的,热火就起来了,一念清静,火就下去了。所以佛教教人注意经常回归内心,不要向外攀缘:对最上等的人来说,虽然在缘中,但当下就脱开,不攀缘;其次的,经常读读佛经、拜拜佛、念念咒啥的,增强自己对于贪瞋痴的免疫力;又其次的,每天有一定的独处时间,别没事到处窜;再次的,找个深山老林住下来,整个世界清静了。薛宝钗从娘胎里带来这种热毒,也就是说,菩萨不畏惧生死,也就作好了面对贪瞋痴的心理准备,那不是问题,自己经常清理内心的垃圾就行了。

咱们再来说说林黛玉的存在意义。要不是觉得有法可修,有果可成,那么多修行人就不会追求修行了,那就继续在苦海里轮回做个普通凡夫了。有了林黛玉,大家觉得,佛法无比美妙,我要弄明白,不弄明白不罢休,一路追下去,一路超越凡夫,最后,把这个追求的心放下,原来如此。佛法虽然"无所得",但那是对于修行人自己来说的。他自己不觉得有什么,但在别人看来,可能就"高大上"了。

(四) 昧真禅,求古董

贾雨村遇到了真禅,却错过了,转而去跟古董商人喝上了。

在解释这个情节之前,让咱们先插播一段《西游记》的故事,说是唐僧师徒四人历尽艰辛,终于到了灵山,取了无字的经书就走,燃灯古佛就笑了:"东土众僧愚迷,不识无字之经,却不枉费了圣僧这场跋涉?"于是把白雄尊者叫来,吩咐他:"你可作起神威,飞星赶上唐僧,把那无字之经夺了,教他再来求取有字真经。"

《西游记》这段情节另有含义,不过也不妨从字面看:读不懂无字经的时候,只能读有字经。这就是雨村接下来的遭遇。

这一日，偶至郊外，意欲赏鉴那村野风光。信步至一山环水漩、茂林修竹之处，隐隐有座庙宇，门巷倾颓，墙垣剥落，有额题曰“智通寺”。门旁又有一副旧破的对联云：“身后有余忘缩手，眼前无路想回头。”雨村看了，因想到：“这两句，文虽甚浅，其意则深。也曾游过些名山大刹，倒不曾见过这话头。其中想必有个翻过筋斗来的也未可知，何不进去一访？”走入看时，只有一个龙钟老僧在那里煮粥。雨村见了，却不在意，及至问他两句话，那老僧既聋且昏，又齿落舌钝，所答非所问。

这庙外观很破落，名叫“智通”，就是说，别用势利眼来看它，别拿普通常识来看它，才能知道它的妙处。

在佛教里，“智”和“识”经常是一起出现的一对概念，前者经常比喻本来的大智慧，不一定跟文字有关，跟直觉很接近，后者比喻我们后天的各种知识、成见，往往跟文字水平成正比，跟推理很接近。

一个人通达的程度，主要以他的“智”为衡量标准，而不是“识”。世界上三百六十行，行行的顶尖王者，主要是他的“智”，把他跟业内其他的人区别开来。爱迪生说，天才是1%的灵感加上99%的汗水，但如果没有那1%的灵感，世上所有的汗水加一起也不过是汗水而已。再拿管理来说，既是一门科学，又是一门艺术，对基层和中层来说，管理主要是科学，对高层来说，管理主要是艺术，老板可以连小学都没毕业，但手底下恨不得雇的全是博士，偏偏这博士学的一肚子学问，没准就是为打工做储备的。

庄子举过“浑沌”的例子，说这浑沌有一天殷勤招待了远道而来的两位朋友，人家无以为报，一想，人都有七窍，用来呼吸、吃饭、看电影、听音乐，浑沌却没有七窍，干脆，咱俩在他身上凿出七个窍来，不就报答他了吗？说干就干，每天在浑沌身上凿个窟窿，七天之后七窍都有了，浑沌也死了。庄子的这个故事，就是说，你知识越多，可能就背离这世界的真相越远，因为这世界的真相，要靠“心”去沟通、接近、合一，而不是各种见解。

《法华经》里，佛说，满世界的高人聚在一起，也测度不了佛智，乍一看，佛智怎么这么难懂呢？六祖惠能一句话捅破窗棂纸：“诸三乘人不能测佛智者，患在度量也，饶伊尽思共推，转加悬远。”用“识”不用“智”，推理一辈子，也是外行。

“身后有余忘缩手，眼前无路想回头。”这个对联，正是修行人当前阶段状态的反映：以前不知道苦海无边回头是岸，忘了“缩手”、回头，但是现在，世间的路已经不想再走了。

他也知道“翻过筋斗来的”好，但是，真的遇上了，又不甘心，因为大道是最为平凡的，本来就在平常日用之中（比如这里老僧在煮粥），而修行人这时候要的，是如何如何高大上，比如腾云驾雾、手眼通天之类的，要的是折腾，给他个不折腾的，他不甘心，所以就错过了。

“老僧既聋且昏，又齿落舌钝，所答非所问”，这还是在强调“智通”跟“识通”的不一样。

庄子也举过类似的例子，啮缺问王倪，听说你知道“物之所同”？王倪说，我哪知道啊！啮缺又问，你知道自己的不知吗？王倪说，我哪知道啊！啮缺进一步问，这么说，我们是没法知道什么东西的喽！王倪说，我哪知道啊，不过，看你这孩子挺诚心的，勉强给你啰嗦解释一下吧，你哪里知道，我说的“知”其实是“不知”，我说的“不知”其实是“知”呢？明白了《红楼梦》的基本套路之后，再来看《庄子》，原理都差不多，随手编的人名有时候就是一个故事的钥匙，什么是“啮缺”呢？就是被知识见解撕裂了，就像乔布斯的那个苹果，咬了一口，不圆满了。什么是“王倪”呢？王，就是心。倪，就是“兒”，简体字写成“儿”，就是婴儿，天真。王倪，就是本来的天真圆满。庄子其实是在讲雨村遇到真禅当面错过的故事。《庄子》大谈的什么“无知”，“无用”，无非都是告诉他的追随者们，别闹了，回家洗洗睡吧。在《庄子·人间世》这一篇里，有棵大树，因为无材，所以没被人砍，长寿的很，匠伯的徒弟无法理解这种妙用，匠伯就告诉他，人家的处世之道跟凡夫不一样，你却要用凡夫的脑瓜去理解，岂不是南辕北辙吗，越想会越糊涂的。犹太人也有个谚语，说“人类一思考，上帝就发笑”，也是差不多的意思，亚当跟夏娃之所以堕落，就是因为被后天情识牵住了，坏就坏在那棵“分别善恶树”上。

雨村忙看时，此人是都中古董行中贸易，姓冷号子兴的，旧日在都相识。雨村最赞这冷子兴是个有作为大本领的人，这子兴又借雨村斯文之名，故二人最相投契。

“冷子兴”，一个很冷很冷的孩子出现了。谁呢？修行的人。世人热心肠，修行的人冷静，定的住，不热了。

修行人这时候毕竟不是佛，还要折腾的，所以是做古董贸易的。研究佛经，读古书，不纯粹是为了自家受用，还有拿出来搏喝彩的潜在意图。追求腾云驾雾，手眼通天，图个啥？还不就是万众瞩目、高高在上吗？

冷子兴"有作为大本领",是因为研究古书,可能会让人具有非凡的洞察力,像今天世界上流行的利学、管理学这些显学,抛开纯技术的细节知识,就其基本原理而言,很多都可以在古书里找到渊源。

(五) 拿什么修,修什么?

古董商人冷子兴向贾雨村演说了荣国府的情形,比喻修行人在佛经的指导下,对于所要修行的要领有了初步的概观。回目叫"演说荣国府",实际上连宁国府一起说了,为什么标题只提"荣国府"呢?这是因为,荣是外在的言行,可操作,而宁呢,是内心的东西,没法说清楚,等会儿再详细解释两个府的名字含义。

雨村道:"去岁我到金陵时,因欲游览六朝遗迹,那日进了石头城,从他宅门前经过,街东是宁国府,街西是荣国府,二宅相连,竟将大半条街占了。大门外虽冷落无人,隔着围墙一望,里面厅殿楼阁,也还都峥嵘轩峻;就是后边一带花园里,树木山石,也都还有葱蔚洇润之气:那里像个衰败之家?"子兴笑道:"亏你是进士出身!原来不通!古人有言,'百足之虫,死而不僵',如今虽说不似先年那样兴盛，较之平常仕宦人家，到底气象不同。如今人口日多，事务日盛，主仆上下都是安富尊荣，运筹谋画的竟无一个。那日用排场，又不能将就省俭。如今外面的架子虽没很倒，内囊却也尽上来了。这也是小事，更有一件大事：谁知这样钟鸣鼎食的人家儿，如今养的儿孙竟一代不如一代了！”

“金陵”，可别理解成南京哦，这是指本心净土，岂止是金山，各种上妙的珍宝应有尽有。后人闹不清贾府到底在哪，到底是在南京还是北京还是长安，也就是因为把“金陵”当成真地名了。

本来是净土，想在这里面有所追求，“欲游览六朝遗迹”，马上就从金山转变成“石头城”了。《中庸》说：“道也者，不可须臾离也，可离非道也。”大家天天都在金陵里，问题是你一闹腾，马上各种幻觉纠缠就招架不住了，就怂了，金陵就变成石头城了。

贾府的空间结构，大体上是宁府在东、荣府在西。大观园从宁府花园开始，一直贯通到荣府的西北角。这种方位上的玄机，就得求助阴阳五行了。东属木，主仁，主生起；西属金，主义，主成熟。

“宁”，就是宁静，代表修行人起心动念，即未形成为行动之前的心理；“荣”，就是繁茂可见，代表修行人已经表现在外的言行。

像修身养性这事儿，得注意“宁”这方面，如果等到错误的言行发出来，再来纠正，就已经是逐末了。《大学》说得很清楚，“修身”之前是要“正心”，那才是根本。后文贾宝玉去太虚幻境，偷看仙册里鸳鸯的判语时，看到“漫言不肖皆荣出，造衅开端实在宁”，就是这个意思，别以为仅仅是言行的错误，其实是起心动念导致的偏差。

贾雨村还处在折腾状态，无法深切体会“无常”“死”这些东西，所以他把贾府夸的跟一朵花儿似的，读了佛经，才能明白，眼前的一切都是靠不住的，所谓“内囊却也尽上来了”，“养的儿孙竟一代不如一代”，就是修行人对照圣贤教导自我提醒，人生光阴苦短，如果不好好修，放任自流，就会沉沦的。

当日宁国公是一母同胞弟兄两个。……只剩了一个次子贾敬，袭了官，如今一味好道，只爱烧丹炼汞，别事一概不管。幸而早年留下一个儿子，名唤贾珍，因他父亲一心想作神仙，把官倒让他袭了。他父亲又不肯住在家里，只在都中城外和那些道士们胡羼。这位珍爷也生了一个儿子，今年才十六岁，名叫贾蓉。如今敬老爷不管事了，这珍爷那里干正事？只一味高乐不了，把那宁国府竟翻过来了，也没有敢来管他的人。再说荣府你听：方才所说异事就出在这里。自荣公死后，长子贾代善袭了官，娶的是金陵世家史侯的小姐为妻，生了两个儿子：长名贾赦，次名贾政。

宁国公与荣国公一母同胞，比喻内心和外在言行本来是一个东西，有些人可以把外在言行伪装得很高明，但碰上更厉害的，就可以看出他的真实想法。

为什么叫“国公”呢？这就涉及到中国传统文化的一个特点了：身国同治。丹道家常说，人身就是小宇宙；老子经常把修身和治国串起来一起讲；孔子说，“无为而治者，其舜也与？夫何为哉？恭己正南面而已矣”，意思是说舜无为了，坐龙椅上不用费心，国家就治理好了；中医说，心是君，身是臣，心要无为,身自然就调和了,《黄帝内经》开篇就谈这个根本规律。

“贾敬”,谐音“假径”,小说专门用来比喻修行人早先对丹道的错误追求。丹道这东西,玄得很,所以后世出现了各种名堂,很多人迷进去玩得不亦乐乎,尤其是在三教合一思潮流行以后,更有一些高明之士把丹道和佛学混起来讲,佛门的人也参与玩起了丹道。丹道是中国文化的一个重要组成部分,错在哪里呢?《周易参同契》等丹道经典指出,错的是后世的一些理论偏差,偏离本旨,掉进有为法里面出不来,偏偏有为法这种东西,越玩越像那么回事,越玩越有滋味、越觉得自己了不起。

“贾代善”“世家史侯”,意思是说,真正的善在我们当下的心里,自己暂时发现不了,怎么办呢?向几千年来传承不绝、有史为证的圣贤们学,虽然他们不是我们内心真正的善,但权且也能代指一下那个善,毕竟是几千年流传的。就像一个拜佛的,他不妨先把佛像当成真佛,对着拜,机缘成熟了,自然会知道真佛在哪。

“贾珍”“贾蓉”“贾赦”“贾政”,分别谐音“假真”“假容”“假色”“假正”。把假东西当真了以后,就是执著,就会把包括异性容貌在内的各种色相当真。当真了以后,觉得不安,又想来纠正,比如晚上临睡前在日记里大骂自己,我今天怎么动那种念呢,我真是禽兽不如啊,这就是“贾政”。当真也好,纠正也罢,这都还是在妄想里纠缠计著,像水缸里按葫芦,暂时按下去了,手一松,又起来了,可以修得像那么回事,让世人觉得,哇,大师啊,大德啊,君子啊,可是在佛眼看来,不过还是凡夫,比普通人层次高些而已,还不叫觉悟。所以在《楞严经》里,佛说,这么多的修行人,往往迷在这些妄想里玩,即使得了九次第定,也仍然不能解脱成阿罗汉,可怜啊!

“贾琏”，就是“假怜”“假琏”。被情感牵着走的“慈悲”，就是“假怜”，因为情感的出发点还是“我”，这种慈悲还是自私的，不是佛菩萨的大慈大悲。庄子说过，“大仁不仁”“和不欲出”（对人家好不用写在脸上），老子也说，“天地不仁”“圣人不仁”，都是差不多的告诫。被情感牵着走，乱对人家好，经常就会招来桃花，本来是恩人，结果成了人家的追求对象。小说里说，只要凤姐没在身边，贾琏就欲火难耐，必定要找发泄对象，有时候是人家女的主动送上门来，这就是“假怜”的一个效验。

“假琏”是怎么说呢？这要从孔子对徒弟子贡的评价说起。子贡有一天问老师，您能不能评价一下我这个人呢？孔子说，你啊，是块料。子贡说，什么料呢？孔子说，是瑚琏。瑚琏，是古代宗庙祭祀的时候用的一种器皿，很高贵，孔子用来评价子贡，就是对子贡的入世才能给予了高度肯定，子贡本来就是富豪，经常低吸高抛，行情判断得很准，外交方面也是大才，孔子很欣赏他。“假琏”，就是在世间法这方面，修行人也是块料，只不过心思不在那上面，好材料用在自家修行上了，没拿来追求豪贵，所以是假的瑚琏。试看禅宗历史，也有具备帝王才具的禅师，但人家对世间那些游戏没兴趣。贾琏出身宁府，去荣府做了办事方面的顶梁柱，就是瑚琏之用的一种体现。

宁府还有“尤氏”“秦可卿”，分别指“尤物”“情可亲”。《红楼梦》说的“色”和“情”，一般都泛指对这个世界一切色尘的执著和贪恋，包括了男女方面的，但不局限于那个方面。

子兴冷笑道：“万人都这样说，因而他祖母爱如珍宝。那周岁时，政老爷试他将来的志向，便将世上所有的东西摆了无数叫他抓，谁知他一概不取,伸手只把些脂粉钗环抓来玩弄。那政老爷便不喜欢,说将来不过酒色之徒,因此便不甚爱惜。独那太君还是命根子一般。说来又奇:如今长了十来岁,虽然淘气异常,但聪明乖觉,百个不及他一个。说起孩子话来也奇。他说:'女儿是水做的骨肉,男子是泥做的骨肉。我见了女儿便清爽,见了男子便觉浊臭逼人!'你道好笑不好笑?将来色鬼无疑了!"

雨村罕然厉色道:"非也。可惜你们不知道这人的来历。大约政老前辈也错以淫魔色鬼看待了。若非多读书识事,加以致知格物之功、悟道参玄之力者,不能知也。"

贾宝玉被大家冤枉,以为他真的有多好色,贾雨村这里替他解释一下,你们自己不懂,不要乱说,你得多读点书,孔孟老庄佛学都要有研究,还要以修行为本分并且有一定的身心体验,才能懂。

《红楼梦》里的女孩子,一般都不是人,只是比喻修行人的各种心理侧面,这个咱们前面解释过了。贾宝玉比喻"意",他喜欢跟这些女孩子打交道,讨厌男人,比喻修行人天生是个修道的种子,喜欢跟自己的各种心理活动打交道,偏重于内心的各种体验,而不注重世俗的各种应酬、功业。叫他研究什么利学、管理学、政治学之类的,一个头三个大;但一见内典丹经,就喜欢得要命,表现出非凡的信解能力。

贾政就是"假正",娶的是王夫人、赵姨娘(儿子叫贾环)、周姨娘。王,就是心王。赵,就是"造业",她是偏房,造的都不是正业。周,跟"环",都是比喻周围。贾环是赵姨娘的儿子,一起比喻往外境攀缘,造下各种不正之业。

对于起心动念，本来无所谓纠正的问题，当下觉察到了，不被它牵着乱跑，就没问题了，因为念头本来就是空的，不纠缠它，它自己会走掉，一纠缠，就掉进漩涡里去了。把坏念头当了真，试图拿一个更好的念头去取代它，就会成为头上安头，就是“假正”，这是满世界心灵鸡汤所提倡的，也没什么不好，对普通大众来说，有很大的教育意义，总比没有强，只是如果要往上乘走的话，在佛学看来，这些还是在善恶二元对立里兜圈子，充其量成为天人，还是在三界里转。

贾政字“存周”，“周”泛指内外一切，“存周”就比喻对内外一切当真然后试图维护秩序。所以对他来说，这个世界总有需要纠正的地方，自己的内心也不例外。对修行人来说，要是没有“假正”，也就谈不上修行了，要么当下明白本心，要么就随波逐流做凡夫去了，所以贾政有时候还是要狠狠地揍贾宝玉一顿，因为有些妄念太重的时候，还是得使劲纠正一下才行。

史老太君，即贾母，代表的是修行人心目中所理解的佛。我们要注意，是“心目中所理解的”。《红楼梦》里的贾府、大观园，都是在贾母的护持下运转的，大家都以贾母为拥戴的核心。出点儿什么事儿，贾母就出来维持一下，可以说，修行的路上，离开佛力的加持和护念，不敢想像会怎么样。《维摩诘经》里讲了类似的原理，说维摩诘从香积佛那里取来了香饭，给大家吃，大家吃了以后都非常安乐，身上毛孔都散发妙香，阿难就问维摩诘，这顿饭什么时候消化完呢？维摩诘就告诉他，根据吃饭的人修行程度的差别，不一而足。这里其实说白了就是告诉修行的人们，当你还在路上的时候，离开佛力加持是不行的。自己觉得自己行了，往往就要走火入魔了，这就是《楞严经》五十阴魔招感的缘由。

贾宝玉虽然他爸不喜欢，“独那太君还是命根子一般”，这又是怎么说呢？从宽泛的意义上说，发菩提心的人，三世诸佛都会护念。从狭窄的意义上说，意根，是众多修行法门的重要参与因素，前面我们引用《楞伽经》的说法也看到，人的八识里，意识最关键，所以贾宝玉是修行的核心。《法华经》密义极多，比如序品里提到了八位王子，名号都非常有意思：“一名有意，二名善意，三名无量意，四名宝意，五名增意，六名除疑意，七名向意，八名法意。”都围绕“意”来取名，咱们看经的时候不妨留意一下。

天地生人，除大仁大恶，余者皆无大异。若大仁者，则应运而生；大恶者，则应劫而生。运生世治，劫生世危。尧、舜、禹、汤、文、武、周、召、孔、孟、董、韩、周、程、朱、张，皆应运而生者；蚩尤、共工、桀、纣、始皇、王莽、曹操、桓温、安禄山、秦桧等，皆应劫而生者。大仁者修治天下，大恶者扰乱天下。清明灵秀，天地之正气，仁者之所秉也；残忍乖僻，天地之邪气，恶者之所秉也。今当祚永运隆之日，太平无为之世，清明灵秀之气所秉者，上自朝廷，下至草野，比比皆是。所余之秀气，漫无所归，遂为甘露，为和风，洽然溉及四海。彼残忍乖邪之气，不能荡溢于光天化日之下，遂凝结充塞于深沟大壑之中，偶因风荡，或被云摧，略有摇动感发之意，一丝半缕，误而逸出者，值灵秀之气适过，正不容邪，邪复妒正，两不相下，如风水雷电，地中相遇，既不能消，又不能让，必致搏击掀发。既然发泄，那邪气亦必赋之于人。假使或男或女，偶秉此气而生者，上则不能为仁人为君子，下亦不能为大凶大恶，置之千万人之中，其聪俊灵秀之气，则在千万人之上；其乖僻邪谬不近人情之态，又在千万人之下。若生于公侯富贵之家，则为情痴情种；若生于诗书清贫之族，则为逸士高人；纵然生于薄祚寒门，甚至为奇优，为名娼，亦断不至为走卒健仆，甘遭庸夫驱制。如前之许由、陶潜、阮籍……崔莺、朝云之流，此皆易地则同之人也。

这段话，像是现代物理学，但又经不起推敲；像是八字命理学，但又比八字学说多了一大套哲理论证，慧学不是慧学，八字不是八字。简直是胡扯。真的是胡扯吗？且慢，咱们细细品味一下作者隐藏的寓意。就像佛经，古人说的好，“依文解义，三世佛冤；离经一字，允同魔说”。

作者大体上把人分成了三等，仁者、恶者、仁恶都有者。仁者，比喻已经证道的；恶者，比喻这辈子没救了的；仁恶都有者，是修行人。“或男或女，偶秉此气而生者”，是喻指有觉醒意识的迷途中人，也就是修行人。他已经知道了自己的一大堆问题，对自身的罪业已经厌倦（意识到自己秉“残忍乖邪之气”），又遇上了佛法（“值灵秀之气适过”），那这辈子就决定不会再错过了（“两不相下，如风水雷电，地中相遇，既不能消，又不能让”），不觉悟不罢休（“必致搏击掀发”）。

仁者以仁为乐，乐在其中；恶者以恶为乐，乐在其中；唯独有觉醒意识、不甘现状的人，最为痛苦。但也就是这种痛苦的意识，成为了向道的微因，极其可贵。有了觉醒意识，虽然会有痛苦，但是在向上提升的时候，会付出比常人更多的努力。当然了，向上提升是有岔路的，不求助于佛法，经常就不知跑哪条道上去了，例如这里列举的陶潜、阮籍、卓文君等人，或用力于文学，或用力于仙隐，可获得一定的解脱感觉，但到底能不能解脱，就不好说了。搞艺术的人，比如写狂草的，他在困顿之中，大笔一挥，畅快淋漓，烦恼就消失了，但如果把他的笔拿走，还能潇洒的起来吗？佛法就是要解决这个问题，你借以消除烦恼（或者叫转移烦恼）的工具没有了，怎么办？

“今当祚永运隆之日，太平无为之世，清明灵秀之气所秉者，上自朝廷，下至草野，比比皆是。所余之秀气，漫无所归，遂为甘露，为和风，洽然溉及四海。”作者为什么要这么肉麻地歌功颂德呢？这是提醒修行人，要谦虚。当今这个时代（历史上咋样就不好说了），别人不管他地位尊卑、职业如何，都是秉清明灵秀之气的，是我自己有问题，秉了“残忍乖邪之气”，要看到别人的好，别以为自己懂点佛法，就天天有资格去教训人，好像人家都不对都要下地狱似的，这世界没事，觉得有事的时候是自己心里颠倒。修行这事，越修，有时候越容易掉在特定的执著里，比如修某个法门得了些受用，可能就开始玩自大了，觉得身边的修行人这也不行那也不行，反正就自己行，至于凡夫嘛，那简直是没得救了。（当然了，修行总是好事，自大也只是阶段性的现象，只要发了心，一切问题都终将不是问题。）佛法是教人去掉执著的，要不执著，谈何容易！禅宗祖师经常告诉徒弟，管好你自己，不要去管别人的是非，是非一起，天下大乱。其实《论语》从“学而”开始，以“尧曰”终结，跟《大学》《中庸》的“平天下”逻辑是一样的，都是一语双关，平天下不一定是指武力平定天下，自己不颠倒了，自然发现“天地位焉，万物育焉”，原来天下本来就是平的。孔子跟颜回说“一日克己复礼，天下归仁焉”，后人注解“天下归仁”时，有一种解释，说天下的人都会称赞你是仁人，好像孔子和颜回修了半天，只是为了得一顶最佳男主角的桂冠，这恐怕不是圣人本怀。

雨村道:“正是这意。你还不知,我自革职以来,这两年遍游各省,也曾遇见两个异样孩子,所以方才你一说这宝玉,我就猜着了八九也是这一派人物。不用远说,只这金陵城内钦差金陵省体仁院总裁甄家,你可知道?”子兴道:“谁人不知!这甄府就是贾府老亲,他们两家来往极亲热的。就是我也和他家往来非止一日了。”

金陵省体仁院,是说人的本心具有一体之仁。万物本来就是一体的,人本来就是慈悲的,之所以不大慈大悲,把你我界限分得那么清楚,只是因为被眼前的一点点所爱好的东西给框住了。有的人爱钱,有的人爱色,有的人爱ipad,有的人爱艺术,有的人见啥爱啥,不一而足。一叶障目,不见泰山,说的就是这种情况。有了爱,就必定同时会有恨,有了恨,怎么还会对所恨的众生慈悲呢?

甄家是“钦差”,因为这种一体之仁是天赋就有的,任何一个众生本来都有,就像《中庸》说的“天命之谓性”。甄家又是“总裁”,倒不是董事长或者CEO的意思,是说这世界本来就是真的,佛教称为“一真法界”,自己颠倒的时候,看不到真相,佛就说了很多“空”“假”的道理来引导人去掉原先的颠倒,到了一定的时候,不颠倒了,就知道原来真和妄是不二的。所以甄家平时不露面,到了小说的后面又出来了,甄宝玉玩的就是世间法,因为世间法本来就不异于出世法。在半路修行的时候,一路是出世法,到了后来,还是世间法,只不过,再来做世间法的时候,心态已经不一样了,不是凡夫那样迷死在世间法里,不掉进去了,所以贾宝玉最后跟甄宝玉分道扬镳了,就是比喻心和事的脱开。

甄府就是“真府”,看起来像是贾府的影子,家道兴衰以及宝玉最初的性情，都跟贾府差不多，与贾府一起构成了真假不二的喻象。“这甄府就是贾府老亲，他们两家来往极亲热的”，其实何止是“亲热”而已，本来就不是两家人。到了后文，甄宝玉的“禄蠹”表现，便是本分人家行履；甄家的仆人包勇来投靠贾家，喻指修行之旅的关键转折。

> 政老爷的长女名元春，因贤孝才德选入宫作女史去了。二小姐乃是赦老爷姨娘所出，名迎春；三小姐，政老爷庶出，名探春；四小姐乃宁府珍爷的胞妹，名惜春。

四位小姐围绕着“春”字命名，其中的缘故，倒是可以用曾国藩的一句诗来解释：“养活一团春意思，撑起两根穷骨头。”修行人过日子，也得有乐才行，除了修行本身带来的愉悦（法喜），还可以有业余爱好带来的乐子，比如琴棋书画，浇花种地，等等。元、迎、探、惜四位小姐，就包含了琴棋书画方面的快乐含义。附带说一句，今天这个时代，修行人面临的一个问题是静多动少，身上湿气很重，这是因为现代人的生活方式，跟古人已经有了很大的不同，在这种情况下，要么拜佛，要么搞点武术体育，经常动一动，而不是只有琴棋书画这些静功，就显得格外必要了。

元春比喻修行人心中对高尚情操的追求。她的丫鬟叫抱琴。在所有的艺术门类里，古琴是特别高雅的，曲高和寡，阳春白雪，所以元春成了小说主要叙事时空里贾府荣耀的直接来源，而且丫鬟只有一个。元春也是大观园建立的起因，因为只有当你想高尚的时候，你才会开始关注内心，要不然酒色财气浑浑噩噩也是一辈子。

迎春的丫鬟叫司棋、绣桔(谐音"绣局"),一起比喻修行人对下棋的爱好。下棋这种事,看似高雅,实则总是免不了功利之心,下的时候你得算计怎么弄死人家的子,下了半天,最后也还是图个输赢而已。偶然下下棋还行,要是天天下,好朋友的关系都不一定能经受住考验。类似的是打扑克,偶然打一下是娱乐,没准还能促进大脑发育,天天打就成了赌棍,人会变得格外奸诈,而且要神志不清了。要图个赢,内心就软了,这就叫"欲则夺志",所以迎春很懦弱,俗话说"英雄爱美女"也是这回事,争强好胜的人其实内心脆弱得要死,内在的防线不堪一击。今天你赢了他,明天他要赢你,三十年河东,三十年河西,所以迎春最后结局很悲惨,跟冤家遇上了,被人家弄死了。这就是提醒我们,人间万事一局棋,没有绝对的赢家,掉进去了,是非计较没完,很惨的。迎春的丫鬟司棋,跟表弟潘又安(谐音"攀缘")里外勾搭,第 71 回开始败露,比喻这种是非计较之心是一种隐形的攀缘,天天把外面的是非往心里引,最后把司棋撵出大观园,就清净多了。

探春的丫头叫侍书、翠墨,她比喻修行人对世间书籍的阅读爱好。琴棋书画的书,本来是书法,但问题是,那年头,谁不会点儿书法呀,哪像现在,键盘侠们连硬笔字都快写不好了。秀才提笔忘了字,在过去是讽刺人的,在电子时代则是新常态。探春虽然是赵姨娘生的,但跟她母亲的气质实在是没有半点继承关系,这是比喻,书能改变气质,化解先天不利因素,腹有诗书气自华。从修道的角度看,书只能借以为筏,不可执以为道,还是要从脑海里放逐掉,所以探春最后坐个小船嫁得远远的。注意,探春所喻的书,只是世间的书,诸如谈政治的谈利益的谈谋略的谈戏曲的谈电影的等等。林黛玉才能比喻佛经这种书。

惜春的丫头叫入画、彩屏，一起比喻修行人对国画的爱好。国画是特别通灵的东西，不用文字，目击道存，所以惜春悟性很高。

元春和惜春都是嫡出，迎春和探春都是庶出，这是在暗示，不同的娱乐活动跟修道的远近关系不同。

若问那赦老爷，也有一子，名叫贾琏，今已二十多岁了，亲上做亲，娶的是政老爷夫人王氏内侄女，今已娶了四五年。……谁知自娶了这位奶奶之后，倒上下无一人不称颂他的夫人，琏爷倒退了一舍之地。模样又极标致，言谈又爽利，心机又极深细，竟是个男人万不及一的！

王熙凤，顾名思义，就是陪在王(龙)旁边的快乐的“凤”。这种“熙”，主要是外表上的快乐的样子，至于内心怎么样，就不好说了。

这么得意的陪王伴驾，就是因为有“恃”。外在的恃，是恃贾母和王夫人的“势”，那是靠山；内在的恃，是自己的才。觉得自己有才，又有靠山，那不得意才怪！就像曾国藩给他老弟的信里说的：“凡中心不可有所恃，心有所恃则达于面貌。”第65回描写王熙凤，说她是“嘴甜心苦，两面三刀；上头笑着，脚底下就使绊子；明是一盆火，暗是一把刀”，这只不过是一种典型化的描述，大多数人，尤其是政商学界有点头脸的人，只要你有“恃”，都或多或少地具有王熙凤这一心理侧面，所以大家骂王熙凤的时候，有没有想过，自己就是王熙凤呢？风月宝鉴这面镜子，有多少人想到，镜子里照的是自己呢？老版的电视剧是如此地痛恨王熙凤，以至于把王熙凤的结局，安排成是一床芦席卷起来扔到野外，其实小说里，王熙凤还是死得比较风光的，回到了金陵，回到了本心，因为一切的心理侧面，都无非是那个真如佛性变现出来的幻象。

贾母代表的是修行人心中所倚靠的外在的佛，有了这个执著，修行人的性格中，就出现了王熙凤的一面：对上一副嘴脸，对下又是一副嘴脸，但宗教教义要求待人要仁慈和蔼，所以表面的追求与内心的仗势一结合，就出现了王熙凤这种两面三刀的性格，表面上待人很好，骨子里还是很自私；同时因为执著于外在有个高高在上的形像、境界，所以又追求“有所知”“有所得”，然后觉得自己很有才，一有机会就卖弄一下。

这么说，是不是王熙凤这个角色，主要是佛教徒具有的呢？其实对于所有的宗教都是一样的，学宗教的人，有这个问题不是问题，问题是不知道自己有这个问题。常言道，人贵有自知之明，自知之明真的很难。不学宗教的呢？就更多了，兜里稍微有几张票子，就得意得不得了，哪怕没有票子，八竿子打不着的一个远房亲戚在京城做了官，也能成为得意的理由，等等。《红楼梦》面向的是佛教徒，一般来说，佛教徒以观心为本分，所以它专门弄个王熙凤出来，给佛教徒照照镜子，把自个儿心里平时没留意的死角都挖出来晒晒。

王熙凤是邢夫人的媳妇。“邢”，就是“刑”，即“刑克”，刻薄寡恩，连亲人都受不了她，恨不得弄的翻脸变成仇人。小说里描写邢夫人，说她“禀性愚弱，只知奉承贾赦以自保，次则婪取财货为自得。家下一应大小事务，俱由贾赦摆布，凡出入银钱，一经他的手，便克扣异常。以贾赦浪费为名，须得我就中俭省，方可偿补。儿女奴仆，一人不靠，一言不听”。这都是跟王熙凤密切相关的心理症状。

王熙凤还喜欢卖弄才干，就是因为觉得自己有才。第 13 回“王熙凤协理

宁国府”,秦可卿的丧事很麻烦,贾珍接受贾宝玉的建议,来求王熙凤出面主持,小说里对王熙凤的心理描写得非常细腻:

王夫人心中为的是凤姐未经过丧事,怕他料理不起,被人见笑。今见贾珍苦苦的说,心中已活了几分,却又眼看着凤姐出神。那凤姐素日最喜揽事,好卖弄能干,今见贾珍如此央他,心中早已允了,又见王夫人有活动之意,便向王夫人道:“大哥说得如此恳切,太太就依了罢。”王夫人悄悄的问道:“你可能么?”凤姐道:“有什么不能的!外面的大事已经大哥哥料理清了,不过是里面照管照管。——便是我有不知的,问太太就是了。”王夫人见说得有理,便不出声。

其他典型的还有第 15 回“王凤姐弄权铁槛寺”等,都是她卖弄才干的体现。

不过,我们也不要以为王熙凤就该死,绝对没有一点好处似的。整个大观园甚至贾府,如果没有王熙凤,那是打理不下去的。

例如,在淫欲方面,如果不是王熙凤下狠手,是治不死“贾瑞贾天祥”(假瑞,假天祥)的,只有下狠手从“不净”“白骨”上用功,才有紧接着而来的“秦可卿死封龙禁尉”“贾宝玉路谒北静王”,意思是淫欲淡泊了以后,堵住了往畜生道跑的路口,北方肾水安静了,修行才开始上路,后面咱们解读到那些情节的时候再详谈。王熙凤的作用还有很多,包括调节气氛(喻指调整心态),设计为宝玉订婚的策略(修行的一些微妙用心之处),等等。

修行人要有好强之心,普通人的好强之心经常针对别人,修行人的好强之心主要是针对自己。《中庸》开头不久,有一段专门讨论什么是"强"的,孔子赞叹了君子的"强哉矫",说有了这种好强之心,才能把修道进行到底,哪怕是全世界没有一个人欣赏、理解,也不气馁,不至于半途而废。丹道家用的术语隐讳一些,其实也讲究这个,刘一明解释"安炉立鼎"的时候说,金鼎,就是心志专一,玉炉,就是平和渐进,两个配合起来,才能刚柔相济、修道成功。

所以,"强"不一定是坏事,就看用在哪方面。小说把王熙凤的缺点说得很明显,优点则明说得很少,以至于后世读者往往对王熙凤反感的要命,冤枉啊!

叁

大体次第：显→密→显

第3回『托内兄如海荐西宾，接外孙贾母惜孤女』，主要讲修行人开始注意言行，让佛经入心，等等。第4回『薄命女偏逢薄命郎，葫芦僧判断葫芦案』，主要讲修行人不要再像以前那样，在乎别人的打击，专心一致走自己的路。这两回都是属于粗显层次的用功，这个『粗显』不是说低段位的意思（其实贯穿了整个修行历程），而是指容易观察、容易操作。第5回『贾宝玉神游太虚境，警幻仙曲演红楼梦』，初步了解本地风光，自己内心主要有哪些妄想侧面，进入了密的层次。第6回『贾宝玉初试云雨情，刘姥姥一进荣国府』，回到跟众生打交道的显的层面。

第3回“托内兄如海荐西宾，接外孙贾母惜孤女”，主要讲修行人开始注意言行，让佛经入心，等等。第4回“薄命女偏逢薄命郎，葫芦僧判断葫芦案”，主要讲修行人不要再像以前那样，在乎别人的打击，专心一致走自己的路。这两回都是属于粗显层次的用功，这个“粗显”不是说低段位的意思（其实贯穿了整个修行历程），而是指容易观察、容易操作。第5回“贾宝玉神游太虚境，警幻仙曲演红楼梦”，初步了解本地风光，自己内心主要有哪些妄想侧面，进入了密的层次。第6回“贾宝玉初试云雨情，刘姥姥一进荣国府”，回到跟众生打交道的显的层面。

（一）谨言慎行

却说雨村忙回头看时，不是别人，乃是当日同僚一案参革的张如圭。他系此地人，革后家居。今打听得都中奏准起复旧员之信，他便四下里寻情找门路，忽遇见雨村，故忙道喜。二人见了礼，张如圭便将此信告知雨村。雨村欢喜。

依教起修，就开始注意言行了，所以张如圭出现了。

“圭”的典故，来自于《论语》。孔子的弟子南容，奉《诗经》里的一句

“白圭之玷，尚可磨也；斯言之玷，不可为也”为座右铭，经常拿出来念叨，提醒自己要留意言行，孔子非常欣赏，知道他靠谱，女孩子嫁给这种人会很平安，于是就把自己的侄女嫁给他了。朱熹解释说：“此邦有道所以不废，邦无道所以免祸，故孔子以兄子妻之。”小说这里，张如圭曾经跟贾雨村一起被免官，现在又起用，寄寓了这种意思：无论世道如何，只要你小心言行，总有你的福气。

表面上看，张如圭跟贾雨村是要去做官，其实喻指的，是修行人要开始走上成佛之路了，这是最大的功名事业。

咱们这里还得解释一下，张如圭比喻开始留意言行，那怎么还有后文的晴雯、薛蟠这些粗枝大叶的人呢？都是同一个修行人的不同心理侧面，那这个修行人岂不是多重人格？这就有意思了。

原因至少有二。一是，留意言行，并不意味着一切时清醒，有时还是会有各种习气的爆发。二是，《红楼梦》的这种修行人，包括小说的作者，以及跟他差不多修行方式的读者，正是这种多面型性格的人（威廉·詹姆士教授在《宗教经验之种种》第八讲中，列举了很多“分裂的自我”的例子，感兴趣的读者可以参考）。他豪爽，有时又抠门；谨慎，有时又粗枝大叶……充满了自相矛盾的性格，充满了争议。为什么这样呢？众生本来就是这样的，只不过在这种修行人那里，得到了集中的观察。

这黛玉尝听得母亲说他外祖母家与别人家不同，他近日所见的这几个三等的仆妇，吃穿用度，已是不凡，何况今至其家，都要步步留心，时时在意，不要多说一句话，不可多行一步路，恐被人耻笑了去。

林黛玉正式登场。

她是“别父进京”，就是告别“如海之林”，进入闹市，从一开始就走的是大乘路线，菩萨道的修法。

中国这片土壤很有意思，在佛教传进来之前，就有大乘精神。孔子明确表示过，我不会躲到深山老林去跟鸟兽为伍的，还是要在红尘里修。稍后的《中庸》，在赞叹大道奥妙之后，紧接着就引用了孔子的说法，“道不远人，人之为道而远人，不可以为道”，用一大段话，进一步阐释了你要修道就不要躲起来，还是要在跟人类打交道的过程中修炼大道。这跟后来六祖的“佛法在世间，不离世间觉”没有什么两样。《论语》的《微子》一篇，其实很微妙地表达了孔子对于避世隐居的看法，那些隐士，有他赞成的，有他不赞成的，跟其他篇章一样，都不是随意凑编的。老庄之道，后人往往根据只言片语理解成要避世清修，这也是为什么《庄子·人间世》这一篇在后世相对遭到冷落的原因，骂这个世界混蛋，大家都喜欢，居然说要在这世界与人为善、好好活着，这个就不像庄子说话了，至于《人间世》鼓吹的忠孝原则，完全是无条件的，简直就是后来汉朝人弄出来的三纲五常，比孔子、孟子说得还过分，这更不像庄子的腔调了，所以当代有学者干脆认为，《人间世》是后人伪造的，然后又有学者站出来，用考证说话，用统计数据说话，证明《人间世》确系庄子亲笔，到现在没有人公开怀疑了。

林黛玉“步步留心，时时在意，不要多说一句话，不可多行一步路”，这是接着前面解释过的“张如圭”来的。

（二）选择大乘

那一年，我才三岁，记得来了一个癞头和尚，说要化我去出家，我父母自是不从。他又说："既舍不得他，但只怕他的病一生也不能好的！若要好时，除非从此以后总不许见哭声，除父母之外，凡有外亲一概不见，方可平安了此一生。"

曾经有"癞头和尚"要带她出家，比喻修行人也曾经考虑过选择小乘路线，拿个果位，平安自了，但是修行人发现，他是"癞头"的，不圆满，不究竟，那还是决心走大乘路线。

走大乘，那就得在尘缘里牵牵扯扯。因为觉得另有佛法的缘故，每到自己痛苦或者见到别人痛苦的时候，就想出离，却又不是真的出离，岂不是活受罪？所以"只怕他的病一生也不能好的"，直到第98回死掉，大约才算是"好""了"。

无故寻愁觅恨，有时似傻如狂。纵然生得好皮囊，腹内原来草莽。

潦倒不通庶务，愚顽怕读文章。行为偏僻性乖张，那管世人诽谤？

又曰：

富贵不知乐业，贫穷难耐凄凉。可怜辜负好时光，于国于家无望。

天下无能第一，古今不肖无双。寄言纨袴与膏粱：莫效此儿形状！

通过这两首词，一个不求上进的纨绔子弟跃然纸上。那只是表面上的，咱们还是解释一下背后的东西。

贾宝玉比喻的是“意”，众生的“意”差不多都是上面描述的这样，只不过初学修行的人可能更容易对号入座，因为他已经有意觉察自己的毛病了。

众生的“意”有往下走的倾向，见到好的声、色，马上就跟过去了，一天到晚颠颠倒倒、稀里糊涂，活了一辈子、忙了一辈子，也不知道自己到底追求的是什么，为谁辛苦为谁甜，所以叫“无故寻愁觅恨，有时似傻如狂”。

本来无一物，何处惹尘埃，所以说“腹内原来草莽”“天下无能第一，古今不肖无双”，智慧越高的人，越知道自己真的没有什么了不起的，这就叫满瓶水不响，半瓶水响叮当。

大家天性中都讨厌繁琐、刻意之类的东西，都爱听通达之言，所以说“潦倒不通庶务，愚顽怕读文章”。

任性是众生的天生特点，这是“行为偏僻性乖张”。

身在福中不知福，到了患难之际又往往受不了，这是“富贵不知乐业，贫穷难耐凄凉”。

“可怜辜负好时光，于国于家无望”，这就尴尬了，古来有多少人是真对国、家有贡献的呢？按照庄子的说法，那些自以为在做利他的大事业的人（更别提王莽之流了），很多其实是在干着修补箱柜、预防小偷的活计而已，等到大盗一来，结结实实的修补工作正好为大盗整体搬运提供了方便。

要真求上进，就不能任由自己的“意”胡来，所以小说劝人，“寄言纨袴与膏粱：莫效此儿形状”。

宝玉听了，登时发作起狂病来，摘下那玉，就狠命摔去，骂道：“什么罕物！人的高下不识，还说灵不灵呢！我也不要这劳什子！”吓的地下众人一拥争去拾玉。贾母急的搂了宝玉，道：“孽障！你生气，要打骂人容易，何苦摔那命根子！”宝玉满面泪痕，哭道：“家里姐姐妹妹都没有，单我有，我说没趣儿；如今来了这个神仙似的妹妹也没有，可知这不是个好东西。”

通灵玉比喻后天名相意义上的觉性，所以一切的蠢动含灵，都是衔着通灵玉诞生的（含灵）。那先天的超越名相的真正的觉性在哪呢？就不是什么东西能比喻的了。等到后面解释第 8 回“女娲炼石已荒唐，又向荒唐演大荒”那首诗的时候，咱们再进一步解释一下这块玉。

在贾母那里见到林黛玉，马上把玉掼了，比喻在佛门里见到佛法，欢喜的要命，悲伤的要命，原来我的东西都不值钱，好东西在这里，这么多年来白活了！我原来在一大堆外道妄想里想理个头绪，外道妄想都不主张有什么觉性

（“家里姐姐妹妹都没有，单我有，我说没趣儿”），现在有了佛法，我读经拜佛就是了，还管什么觉性（“如今来了这个神仙似的妹妹也没有，可知这不是个好东西”）！这是从原先的外道妄想执著，转向对佛法的执著，是从一个极端转向另一个极端，背离了觉性的话，其实都是外道，因为都是在心外求法。佛门的一切修行，不管什么法门，都是要指向觉性的，都是要帮助人回到本心的，假如背离了这个宗旨，用五祖告诉六祖的话说就是“不识本心，学法无益”。

第一念，太悲欣交集了，把玉扔了；接下来，结合佛理，明白这玉扔不得，一切修行都要指向觉性，这才是命根子，所以贾母安慰宝玉，还是戴上了。

这段掼玉的情节，读者还可以结合《楞严经》“心存佛国，圣境冥现；事善知识，自轻身命”等有关经文自己参究，这些都是很微妙的心理化学反应。

原来这袭人亦是贾母之婢，本名蕊珠。贾母因溺爱宝玉，恐宝玉之婢不中使，素喜蕊珠心地纯良，遂与宝玉。宝玉因知他本姓花，又曾见旧人诗句有“花气袭人”之句，遂回明贾母，即把蕊珠更名袭人。

却说袭人倒有些痴处：伏侍贾母时，心中只有贾母；如今跟了宝玉，心中又只有宝玉了。只因宝玉性情乖僻，每每规谏，见宝玉不听，心中着实忧郁。

袭人的哥哥叫“花自芳”，她叫“花袭人”；服侍贾母的时候叫蕊珠，服侍宝玉了就叫袭人。袭人的喻象，是柔和护持意念的那一面情识，跟她哥哥的名字以及自己原先的名字一起，比喻“酒不醉人人自醉，花不迷人人自迷”，就像祖师说的“万法本闲，惟人自闹”。你不动情识，那就是本来圆明的珠子，花儿自在芳;动了情识,情丝开始入心了。

袭人“心地纯良”,由贾母安排,专门侍奉宝玉,是说袭人所喻的,是帮助护持意念、走正道的那一面情识。比如说,常见的那些“心灵鸡汤”,劝人要忍啦,要宽容啦,要天天保持快乐心情啦,每天早晨对着镜子笑一笑啦,都是这种情识的范畴,虽然不究竟,但对于觉悟、解脱是有帮助的。由于还在情的范围之内,所以后文嫁给了蒋玉函,才算干净。“蒋玉函”就是“将玉函”,把玉装在盒子里,不往外乱跑了。

“伏侍贾母时,心中只有贾母;如今跟了宝玉,心中又只有宝玉了”,这又是怎么说呢?修行人须这样用心护持意念才行,所以佛说“涅槃以不放逸为食”。

(三)以素报冤

第4回“薄命女偏逢薄命郎,葫芦僧判断葫芦案”,大体上是说,人生一世,你总会遇上一些冤家对头,说到底是过去生当中惹了人家,结了梁子,这辈子遇上了,怎么办呢?自己一颗平常心,坦然面对跟人家的恩怨情仇,难得糊涂,别太较真,得饶人处且饶人。

这李氏亦系金陵名宦之女，父名李守中，曾为国子祭酒。族中男女无不读诗书者。至李守中继续以来，便谓“女子无才便是德”，故生了此女，不曾叫他十分认真读书，只不过将些《女四书》《列女传》读读，认得几个字，记得前朝这几个贤女便了。却以纺绩女红为要，因取名为李纨，字宫裁。所以这李纨虽青春丧偶，且居处于膏粱锦绣之中，竟如槁木死灰一般，一概不问不闻；惟知侍亲养子，闲时陪侍小姑等针黹诵读而已。

这平常心人人本有，所以“亦系金陵名宦之女”，从金陵来的，从本心净土来的。李纨就是比喻这种素心。

“纨”，即“素”；“宫裁”，即“公裁”。她又自号稻香老农，对于什么知识、富贵、男女这些，一概是心如死灰，只以尽自己的人伦本分为务。不被私欲或者私利蒙蔽了，遇事自然就能“公裁”了。

她爸爸叫“李守中”，“国子祭酒”是国家最高学府的最高长官，这是因为学问的极致就是“致中和”，不管你认不认得字，这才是最高的学问。

在小说的主要叙事时空里，她儿子贾兰一直比较幼小，但后来家道复兴，就要靠这孩子出头了。幽兰在空谷，不求人知，但就因为品格高贵，世人反而敬重；人也一样，你越是素心不求闻达，大家越觉得你厉害，越抬举你，即使一时上不去，迟早也有上位的一天，这就是《老子》反复谈的“不敢为天下先”“大器晚成”的原理。在儒家看来，这种现象，不光是人事上的原因，还有老天爷欣赏的因素，比方说，《中庸》有一大段“鬼神之为德，其盛矣乎！……故大德者必受命”的话，插在“修身齐家”和“治国”的中间，就是告诉我们，你修身齐家做得好了，福报积累够了，上天会给你天命的。孟子也说，“修其天爵，而人爵从之”，意思差不多。

雨村听了大怒道：……只见案旁站着一个门子，使眼色不叫他发签。雨村心下狐疑，只得停了手，……雨村道：“我看你十分眼熟，但一时总想不起来。”门子笑道：“老爷怎么把出身之地竟忘了？老爷不记得当年葫芦庙里的事么？”

这里“门子”“出身之地”，都是关键字眼。面对冤怨之事，世间的逻辑是“以牙还牙”，“人不犯我，我不犯人；人若犯我，我必犯人”，但修行人现在已入了佛门，来自“庙”里，以修行为务，还能“大怒”然后报复吗？一念瞋心起，八万障门开。所以“门子”提醒雨村不要忘了自己的“出身之地”。

如今凡作地方官的，都有一个私单，上面写的是本省最有权势极富贵的大乡绅名姓，各省皆然。倘若不知，一时触犯了这样的人家，不但官爵，只怕连性命也难保呢。所以叫做“护官符”。方才所说的这薛家，老爷如何惹得他！

门子告诉雨村，后天的因果，不是普通人力所能强行违背的。就像佛说的：“纵经百千劫，所作业不亡，因缘会遇时，果报还自受。”

祖师说，修行这种事，就是“随缘消旧业，不更造新殃”，坦然面对过去的业报现前，该还的债还了也就是了，别再闹腾出新的孽债了。

禅宗的初祖达摩，写了《大乘入道四行观》，在“四行”里，有一个“报冤行”，告诉修行人，受到冤害的时候，明白那是我宿世恶业现前了，不是谁加给我的，说到底是我自己的问题，我也别怨天尤人了，这么一想，跟道就相应了。

儒家重视射箭，认为射箭是一种君子式的体育活动，射不中，或者比别人射的成绩低，不怪人家，从自身找原因，总结提高，这跟孔子提倡的“上不怨天，下不尤人”是一致的。面对冤怨，孔子说，你不用那么虚伪搞什么“以德抱怨”，你就“以直抱怨”就行了，始终回到自己的心上来，不要掉到讨好人的陷阱里去，想讨好人家的话说明你还是把这个事当真了，这个“直”，不是反击人家，而是回到内心。

现代有些人很反感这种教导，就像尼采看不惯基督教倡导的“有人打你的右脸，连左脸也转过来由他打”一样，鲁迅写了很多文章，说你们看看，这种教导害死人，对于敌人，我们一个都不能宽恕，一定要痛打落水狗。其实圣贤经典本来就只是针对愿意听的人才有效的（即使听了，有多少人照着做呢？），萝卜青菜各有所爱。

贾不假，白玉为堂金作马。阿房宫，三百里，住不下金陵一个史。东海缺少白玉床，龙王来请金陵王。丰年好大雪，珍珠如土金如铁。

雨村尚未看完，忽闻传点报：“王老爷来拜。”雨村忙具衣冠接迎，有顿饭工夫方回来。问这门子，……

乍一看，护官符好吓人，天好黑呀！实际上，四大家族贾、史、王、薛的豪贵情况，是要修行人反观内求，本心之中无限自足、无限宝贵，面对敌怨的时候，千万不要向外计较，把自己的无量财富便宜卖了。不光是面对冤家的时候，凡是贪瞋痴，都是向外计较，不懂得、不珍惜自心的无量财富。俗话说“人比人，气死人”，也是这个情况。

这贾、史、王、薛到底是怎么回事呢？“王”是心，本心的财富，说“假”其实不假，虽然我暂时还没有看到，但是有过去的无数圣贤作证（“史”），是昭彰的（“雪”）。

王老爷来拜，雨村出去迎接叙谈一番，喻指修行人向自心中反省。

听完门子对案情的介绍，喻指结合佛理进行的反省，雨村脑洞大开：

> 这也是他们的孽障，遭遇亦非偶然。不然，这冯渊如何偏只看上了这英莲！这英莲受了拐子这几年折磨，才得了个路头，且又是个多情的，若果聚合了，倒是件美事，偏又生出这段事来！这薛家纵比冯家富贵，想其为人，自然姬妾众多，淫佚无度，未必及冯渊定情于一人。这正是梦幻情缘，恰遇一对薄命儿女。

这就是践履“报冤行”。既然这样，那就糊涂度日算了，对眼前的不幸遭遇睁只眼闭只眼 OK，这就叫“薄命女偏逢薄命郎，葫芦僧判断葫芦案”。当然了，小说这里都是比喻，是葫芦“僧”断的案子，只对修行人自己有效，要不然国家法律都成儿戏了，法官要是也这样断案，会有相应果报的。

虽然明白以素报冤的道理，但各种习气都还很重，得慢慢来。比如说粗暴放纵的习气，薛蟠上场了：

且说那买了英莲打死冯渊的那薛公子亦系金陵人氏，本是书香继世之家。只是如今这薛公子幼年丧父，寡母又怜他是个独根孤种，未免溺爱纵容些，遂致老大无成。且家中有百万之富，现领着内帑钱粮，采办杂料。这薛公子学名薛蟠，表字文起，性情奢侈，言语傲慢；虽也上过学，不过略识几个字，终日惟有斗鸡走马，游山玩水而已。虽是皇商，一应经纪世事全然不知，不过赖祖父旧日的情分，户部挂个虚名，支领钱粮，其余事体自有伙计老家人等措办。

注意，薛蟠也是“金陵人氏”，一切习气、心性，总不过是本心变现出来的。“蟠”就是龙，在佛门里，属于畜生道，比通常所说的动物要灵得多了，跟神差不多。

龙是怎么来的呢？《佛说骂意经》告诉我们，堕在龙类里，有四个因缘：一是前世布施的多；二是瞋心重；三是瞧不起别人，怠慢别人；四是老子天下第一，觉得自己了不起。第一个因缘让他福报大，后面三个因缘导致他得畜生身。

薛蟠虽然有福报，但是性格脾气与生活作风上粗暴、自大、散漫不检，是修行人心性当中这一面习气的喻象。

“文起”，就是“靠文方能起”，靠读书转化气质。

薛蟠是薛宝钗的哥哥，薛宝钗比喻不舍众生而入世的一面，她胎里带来一股热毒，需要定期服用海上方，薛蟠比喻的就是这股热毒的部分症状。

小说里，这种习气是怎么逐渐转化的呢？

明显的线索是这样的，先是香菱学诗，这是以诗境化解燥气；然后薛蝌和邢岫烟入住贾府，这是比喻自甘寒微，你想想，跟龙比起来，蝌蚪多卑贱呀，远山偏僻处一缕云烟就更是不起眼了，还带个“邢”（刑）字，说明对自己下手狠一点，自克；然后没事跑大牢里坐坐，这是比喻栽跟头或者闭门思过；然后夏金桂（谐音“瞎金贵”，即“老子天下第一”）事发而死，真的不想自大了；最后一回香菱扶正，薛蟠发誓“若是再犯前病，必定犯杀犯剐”，都是修行人对这一恶劣习气的检点历程。

薛蟠与后面即将登场的“焦大”（骄大）很像，只是那个“骄大”是恃功而骄，觉得自己对世界、对人类还是做了点事情的，薛蟠的自大，不需要理由。

（四） 本地风光

第5回“贾宝玉神游太虚境，警幻仙曲演红楼梦”，“神游太虚境”，比喻修行人在圣贤言教的引导下，对于本地风光的入门，贾宝玉要看到的女孩子们的判册，是交待一下那些主要的心理喻象；“曲演红楼梦”，是对这场修行大梦作一个大体上的描述。

就是宝玉黛玉二人的亲密友爱，也较别人不同，日则同行同坐，夜则同止同息，真是言和意顺，似漆如胶。不想如今忽然来了一个薛宝钗,……黛玉心中便有些不忿。……(宝玉)如今与黛玉同处贾母房中,故略比别的姊妹熟惯些;既熟惯,便更觉亲密;既亲密,便不免有些不虞之隙,求全之毁。这日,不知为何,二人言语有些不和起来,黛玉又在房中独自垂泪。宝玉也自悔言语冒撞,前去俯就,那黛玉方渐渐的回转过来。

三个人之间的微妙关系,为接下来的神游太虚做了铺垫。黛玉对宝钗的"有些不忿",喻指修行人在别寻佛法和入世之间面临矛盾;宝玉跟黛玉更亲密,且"同处贾母房中",感觉有点不对的时候,还要"前去俯就",比喻修行人此时还是更愿意别寻佛法,那才是让人魂牵梦绕的。

当下秦氏引了一簇人来至上房内间,宝玉抬头看见是一幅画挂在上面,人物固好,其故事乃是《燃藜图》也,心中便有些不快。又有一副对联,写的是:"世事洞明皆学问,人情练达即文章。"及看了这两句,纵然室宇精美,铺陈华丽,亦断断不肯在这里了,忙说:"快出去!快出去!"

《燃藜图》,说的是汉代有个刘向,读书非常刻苦,白天黑夜地读,把神仙都给感动了,给他燃藜照明,并传授秘要。这幅画,连同接下来的对联,以及后面警幻仙子劝贾宝玉学习四书五经、经济之道,都是正儿八经的本分事,本来没有什么问题,但是这个时候修行人正面临学佛和入世的矛盾,正打算在出世这块儿大干一场,所以一看到这些东西,就烦得要死,嫌人家俗,叫"快出去!

快出去”，于是，这些东西就起到了从反面激励修行学佛的作用。

古往今来，很多大修行的，年轻的时候喜欢研究世间学问，等一见到佛经，感叹，我这么多年白活了，于是把学过的东西都扔掉，全力研究佛学，等到佛学学到一定的时候，才明白原来孔孟讲的也都是本分事。他在决心扔掉世间学问的一刹那，那些世间学问就起到了反面激励的作用，跟上面贾宝玉叫嚷“快出去”的心态是一样的。

万法都有妙用啊！

秦氏听了，笑道：“这里还不好，往那里去呢？要不，就往我屋里去罢。”宝玉点头微笑。一个嬷嬷说道：“那里有个叔叔往侄儿媳妇房里睡觉的礼呢？”秦氏笑道：“不怕他恼，他能多大了？就忌讳这些个？上月你没有看见我那个兄弟来了？虽然和宝二叔同年，两个人要站在一处，只怕那一个还高些呢。”宝玉道：“我怎么没有见过他？你带他来我瞧瞧。”众人笑道：“隔着二三十里，那里带去？见的日子有呢。”说着大家来至秦氏卧房。

“秦可卿”就是“情可亲”，凡夫堕落是因为“情可亲”，那是乱七八糟的情，掉进去没完没了；要解脱也需要“情可亲”的引导，这是圣贤示现出来很多引人入胜的妙法、妙境，让你生起欢喜心、向往心，一步一步牵引走下去，就成佛了。所以“情”是“兼美”的（秦可卿，乳名“兼美”），要看你往哪边跑。用佛学术语讲，“情”是通于“善”“恶”“无记”这三种情形的，并不是说情就是坏东西。

被“情”牵了，就容易流于没大没小、不管远近，所以宝玉这个叔叔干脆跑侄媳妇床上睡觉，隔着二三十里要见人。

刚至房中，便有一股细细的甜香。宝玉便觉眼饧骨软，连说：“好香！”入房，向壁上看时，有唐伯虎画的“海棠春睡图”，两边有宋学士秦太虚写的一副对联云：

嫩寒锁梦因春冷，芳气袭人是酒香。

案上设着武则天当日镜室中设的宝镜。一边摆着赵飞燕立着舞过的金盘，盘内盛着安禄山掷过伤了太真乳的木瓜。上面设着寿昌公主于含章殿下卧的宝榻，悬的是同昌公主制的连珠帐。宝玉含笑道：“这里好，这里好！”秦氏笑道：“我这屋子大约神仙也可以住得了。”说着，亲自展开了西施浣过的纱衾，移了红娘抱过的鸳枕。于是众奶姆伏侍宝玉卧好了，款款散去，只留下袭人、晴雯、麝月、秋纹四个丫鬟为伴。

在痴情人眼里，对方，以及对方所处的环境、所用的东西，都是世间第一等美妙的，所以小说这里把武则天、赵飞燕、安禄山、杨玉环、寿昌公主、同昌公主、西施、红娘都搬出来了，真要考证起来，一样都经不起推敲，全是山寨货。谈恋爱的人会有这种幻觉，见到自己倾心崇拜的偶像的时候，也会有这种幻觉，觉得天上地下好东西原来都在这里。

留下服侍的四个丫鬟，袭人是情识；晴雯是有追求不甘心（后文详细解释她的喻象）；麝月谐音“射月”，喻指修行人对于“月”的主动追求；秋纹是“求文”，从文字里求大道。“月”是什么呢？这有个典故，叫“因指见月”。佛说的法，都是要引导大家明了佛性的，打个比方，佛伸出手指，指月亮给大家看，月亮才是目的，但是好多徒弟只看那根手指，以为那根手指就是月亮。

春梦随云散，飞花逐水流。寄言众儿女，何必觅闲愁？

警幻仙子唱的这首歌，禅宗公案说去说来，也不外乎这个。就像《永嘉证道歌》说的，“诸行无常一切空，即是如来大圆觉”。小说又用了一大段词句，描述警幻仙子的美丽，是比喻三宝在修行人眼里的无比殊胜。

宝玉喜不自胜，抬头看这司的匾上，乃是“薄命司”三字，两边写着对联道：

春恨秋悲皆自惹，花容月貌为谁妍？

宝玉看了，便知感叹。进入门中，只见有十数个大橱，皆用封条封着。看那封条上，皆有各省字样。宝玉一心只拣自己家乡的封条看，只见那边橱上封条大书“金陵十二钗正册”。

对联上说，著了相，就是花容月貌；同时就会有各种爱恨情感生出来，就是春恨秋悲。这些都是自己一心颠倒惹出来的。

为什么叫“薄命”呢？若说红颜薄命，那些富贵长寿的红颜，比如说一代人杰宋美龄，大概是不会赞同的。这个“薄命”，跟第22回“制灯谜贾政悲谶语”一样，不是说女孩子们真的薄命，而是比喻各种妄念、妄情本来就是空的，转眼即逝，不劳把捉。

“金陵十二钗”，是说各种妄情都是本心净土幻化出来的。这次神游太虚，贾宝玉看到的，都是女孩子们可怜的一面；等到了小说最后，再来神游，看到林黛玉、晴雯、鸳鸯等原来都是清净的神仙。

宝玉便伸手先将又副册橱门开了，拿出一本册来。揭开看时，只见这首页上画的，既非人物，亦非山水，不过是水墨滃染，满纸乌云浊雾而已。后有几行字迹，写道是：

霁月难逢，彩云易散。心比天高，身为下贱。风流灵巧招人怨。寿夭多因诽谤生，多情公子空牵念。

“晴雯”，就是晴朗的天空中美丽的云彩。《集韵》上说，“云成章曰雯”。与这个名字相反，贾宝玉看到的册子上，不仅不美丽，反倒是“水墨滃染，满纸乌云浊雾”，这是什么缘故呢？

答案在判词里。

越以为自己了不起，越是起不了。

晴雯比喻的是修行人心中对未来自我高贵地位的幻想。几乎每个人都会对未来的自我抱有某种乐观的幻想，而对于从一开始就羡慕其他补天之石的修行人来说，这种幻想更为强烈，就像雨村说的，“天上一轮才捧出，人间万姓仰头看”。

适度地这样想一想，倒也无可厚非，说不定还有一定的激励作用，想得过头了，醉了，在未来和现实之间出现了很大的落差，就会引发性格问题。落差越大，紧张感越强，心理问题越明显，严重到了一定程度，人就会活在未来的幻想中，以为自己了不起，于是骄横起来，对于眼前的人、事、物，稍不顺心就会发怒，而且藏不住肚里的东西，一有机会就卖弄才华，惹着了想说什么就说什么。这正是晴雯的性格特征。其结果就是招人嫌，自己觉得是彩云，人家看着是乌云。

好天气本来就不是天天有；即使有了，美丽的彩云也不容易出现；即使出现了，倏忽之间也被风吹散了，哪能一直留在那，供世人仰头观赏呢？

既然如此，那么这种幻想不要也罢！于是，在王夫人的主持下，对晴雯做了清算（第74回）：

王善保家的道："别的还罢了，太太不知，头一个是宝玉屋里的晴雯。那丫头仗着他的模样儿比别人标致些，又长了一张巧嘴，天天打扮的像个西施样子，在人跟前能说惯道，抓尖要强。一句话不投机，他就立起两只眼睛来骂人，妖妖调调，大不成个体统！"

王夫人听了这话，猛然触动往事，便问凤姐道："上次我们跟了老太太进园逛去，有一个水蛇腰，削肩膀儿，眉眼又有些像你林妹妹的，正在那里骂小丫头。我心里很看不上那狂样子，因同老太太走，我不曾说他。后来要问是谁，偏又忘了。今日对了槛儿，这丫头想必就是他了？"

"王善保"就是"枉善保"，"王"又有"心"的意思，比喻通过各种巧妙的算计，要达成自我的保全，这是一种很坚固的自我执著。越是想自保，越是自保不了，不过都是“枉善保”而已。那些搞谋略的，千方百计要算计别人，成全自己，在佛法看来，都是“枉善保”。这里，“王善保家的”（“家”也有自私自利的意思）跟王夫人配合起来，打破了一层晴雯幻想，然后又自己出丑，把“司棋”（喻指试图介入他人是非）也撵出了大观园，比喻修行人又打破了一层自我执著，都是独角戏，自观自心，自己发现自己的毛病而已。

晴雯被赶出大观园之后，没过多久就死了，这意味着修行人的进步。《红楼梦》里的“死”，一般都是喻象，到最后死的死，散的散，又加上抄家，落了片白茫茫大地真干净，其实是值得随喜赞叹的事。

如果把晴雯的这个喻象推广到其他领域呢？原理也一样。《老子》说“保此道者不欲盈。夫唯不盈，故能蔽不新成”，“其政闷闷，其民淳淳”，个人也好，国家也好，都不要设定未来一个完美的目标，完美是不存在的，反倒让人眼下活得七上八下的。进一步说，对于一个统一国家来说，某个部门可以有局部的目标，但是国家作为一个整体是不能有目标的，否则就会引导大家把幸福的希望寄托在将来某个时刻，使其揠苗助长、疲于奔命，甚至引发国家各领域之间平衡结构的紊乱。国家就像人的成长，是自然渐进的，不用激素催长素那些东西。在儒学界，有人提倡“三世说”，说社会历史的发展有三个大的阶段：由“据乱世”到“升平世”，最后到达“太平世”，甚至认为，孔子主张将来人类会进化到“大同”时代，这种学术见解的流行，跟社会达尔文主义在全球的传播有直接关系。向大家允诺将来的幸福，意味着要以多数人为工具，来达成少数人一厢情愿的幻想甚至私利，孔子作为一位圣人，怎么会有这种志向呢？

宝玉看了又不解。又去取那正册看时，只见头一页上画着是两株枯木，木上悬着一围玉带；地下又有一堆雪，雪中一股金簪。也有四句诗道：

可叹停机德，堪怜咏絮才！

唱玉带林中挂，金簪雪里埋。

这里对黛玉和宝钗在赞叹之余，也都差不多否定了。入世与出世都是两头话，本来无一物，本来无一法，所以“玉带林中挂，金簪雪里埋”，说到底都不执著。

［枉凝眉］一个是阆苑仙葩，一个是美玉无瑕。若说没奇缘，今生偏又遇着他；若说有奇缘，如何心事终虚话？一个枉自嗟呀，一个空劳牵挂。一个是水中月，一个是镜中花。想眼中能有多少泪珠儿，怎禁得秋流到冬，春流到夏？

这是让许多多愁善感的男男女女流泪无数遍的一首词，电视剧里拿它当主题歌，唱得悲情得要命。其实它的主题就一个：佛法不是能到手的。

这里的关键字，是“水中月”“镜中花”。《金刚经》里，佛说了首偈子：“一切有为法，如梦幻泡影，如露亦如电，应作如是观。”跟上面这首《枉凝眉》可以参照着看。

前半生苦苦追求的佛法、无上大道，究竟在哪呢？如果不信解佛法，就会随它生死漂沦去；如果苦苦追求佛法，为她相思为她病，则她与我又毕竟都是“水中月”“镜中花”。难啊！

提醒一下,《红楼梦》是禅宗的书,所谈的修行,跟其他有些宗派,大约还是有所不同的。有些宗派不避讳谈气脉、境界这些东西,但是,在禅宗里,祖师们几乎是不谈的(比如《赵州录》有几则公案,可以看出,赵州对路上的风景是无视的。第134则:"问:'朗月当空时如何?'师云:'阇梨名什么?'学云:'某甲。'师云:'朗月当空在什么处?'"第379则:"问:'众机来凑,未审其中事如何?'师云:'我眼本正,不说其中事。'"第437则:"问:'朗月当空时如何?'师云:'犹是阶下汉。'云:'请师接上阶。'师云:'月落了来相见。'")。

只见画着一张弓,弓上挂着一个香橼。也有一首歌词云:

二十年来辨是非,榴花开处照宫闱。

三春争及初春景?虎兕相逢大梦归。

弓(宫)上挂着香橼(元),喻指元春跟宫廷的缘分。

她专门比喻善的一面,所以是"二十年来辨是非";高尚自然高贵,所以是"榴花开处照宫闱",皇家级别的;虽然难得("三春争及初春景"),但善的一面终究还是不执著,所以"虎兕相逢大梦归",还是死了。

元春是在甲寅年冬天死的,死在立春后一天,按算八字的标准说,就是卯年的寅月死的,这比喻"寅年吃了卯年的",修人天善法所带来的福报靠不住,正在享乐,倏忽之间祸就到了。

[恨无常]喜荣华正好,恨无常又到。眼睁睁,把万事全抛。荡悠悠,芳魂销耗。望家乡,路远山高,故向爹娘梦里相寻告:儿命已入

黄泉，天伦呵，须要退步抽身早！

人间高贵，莫过皇家；三界高贵，则为诸天。这都是靠了宿世善因，才得到的荣华富贵，以佛眼观之，不过都是水泡幻影、弹指即灭，终究逃不脱“无常”的摆弄。

皇家的无常，不用说了，地球人都能理解；天人的无常，望远镜无能为力，那就看看佛典的描述。比如《瑜伽师地论》说，天上的人临死的时候，会有五种征兆：一是衣服平时干干净净，这个时候会变脏；二是头上的花蔓，平时好好的，现在枯萎了；三是两个胳肢窝，平时没汗的，现在流汗了；四是平时身上不臭，现在弄得全身臭烘烘的；五是平时在座位上坐得稳稳当当，这个时候坐不住了，烦躁得很。他躺在树林里，平时相好的那些美女，个个能把貂蝉西施都比下去的，这时候都跟别的男人玩去了，他看在眼里，闷在心里，那个苦恼就别提了。

不觉悟的话，难免恶道的恐怖，光靠这个“善”，即使生到天上，也不是究竟，所以元春年纪轻轻就死了。连“善”都不究竟，何况是“不善”呢？所以元春“向爹娘梦里相寻告”，告诫大家“须要退步抽身早”。

后面又画着几缕飞云，一湾逝水。其词曰：

富贵又何为？襁褓之间父母违。

展眼吊斜晖，湘江水逝楚云飞。

史湘云的喻象，是修行人性情中豪爽、达观的一面。她饱读诗书，满腹才华，善于做诗，不拘小节。下文说她“幸生来英豪阔大宽宏量，……终久是云散高唐，水涸湘江：这是尘寰中消长数应当，何必枉悲伤”云云，字面很清楚，不用解释了。

后面又画着一块美玉，落在泥污之中。其断语云：

欲洁何曾洁？云空未必空。

可怜金玉质，终陷淖泥中！

妙玉是修行方面有为造作的喻象。

对普通人来说，生命在于折腾；对妙玉来说，修行在于折腾。“妙”是什么意思呢？光是玉还不够，还要设法雕琢，以显得与众不同。

后文说她“世难容”，“气质美如兰，才华馥比仙，天生成孤癖人皆罕。你道是啖肉食腥膻，视绮罗俗厌；却不知太高人愈妒，过洁世同嫌。可叹这青灯古殿人将老，孤负了红粉朱楼春色阑！到头来，依旧是风尘肮脏违心愿，好一似无瑕白玉遭泥陷。又何须王孙公子叹无缘”，这些都可以参看宝志和尚的《大乘赞十首》，最后那首，跟《红楼梦》对妙玉的结论是一样的。

“俗”“垢”与“雅”“净”是不二的，莲花要从污泥中长出。否则，偏到“雅”和“净”的一边去，与众生的缘分既没有结好，道果又得不到，瞎忙一场，就会不知所终了。

后面是一片冰山，山上有一只雌凤。其判云：

凡鸟偏从末世来，都知爱慕此生才。

一从二令三人木，哭向金陵事更哀！

王熙凤。

“二令”是“冷”，“人木”是“休”，自从“冷”“休”了之后，就回到故乡金陵了。

“哭”“哀”字眼，寄托了作者对王熙凤的感慨，其实不知道该悲还是该喜。从前种种造作、追求、向上攀的心态，已经死掉了。这种转变的关键，是认识到万般皆空：

［聪明累］机关算尽太聪明，反算了卿卿性命！生前心已碎，死后性空灵。家富人宁，终有个家亡人散各奔腾。枉费了意悬悬半世心，好一似荡悠悠三更梦。忽喇喇似大厦倾，昏惨惨似灯将尽。呀！一场欢喜忽悲辛，叹人世，终难定！

表面上是悲情的，哀叹的，背后的东西，还是可以参看宝志和尚的《大乘赞十首》《十二时颂》，那里说得很清楚了。还可以参看《永嘉证道歌》，永嘉大师明白了之后，回首多年的修行之路，也不免一叹：“吾早年来积学问，亦曾讨疏寻经论，分别名相不知休，入海算沙徒自困。却被如来苦诃责，数他珍宝有何益？从来蹭蹬觉虚行，多年枉作风尘客。”后世禅宗常说“死心”，也就是这种效果，休歇了，不折腾了。

后面又是一座荒村野店，有一美人在那里纺绩。其判曰：

势败休云贵，家亡莫论亲。

偶因济村妇，巧得遇恩人。

这是巧姐。

“巧姐”一点儿也不“巧”，完全是遵循了因果规律的。她被舅舅等亲人陷害，却被她母亲偶然周济过的普通村妇救了。

这首诗是提醒读者，心量要大，不是从个人感情出发，只对自己人好，而是广结善缘，平等善待一切众生。你觉得自己人靠谱，其实害你的可能就是自己人；你觉得没有血缘关系的是外人，没准关键时刻拉你一把的就是外人。只需要广种善因，后面的善果自然会来。

诗后又画一盆茂兰。旁有一位凤冠霞帔的美人。也有判云：

桃李春风结子完，到头谁似一盆兰？

如冰水好空相妒，枉与他人作笑谈。

这是李纨。这首诗赞叹了她，跟孔子赞叹“岁寒，然后知松柏之后凋也”一样。百花开完了，大家才知道兰花原来才是最可贵的。不求闻达，其实福报在后头。

[晚韶华]镜里恩情，更那堪梦里功名！那美韶华去之何迅？再休提绣帐鸳衾，只这戴珠冠，披凤袄，也抵不了无常性命！虽说是人生莫受老来贫，也须要阴骘积儿孙。气昂昂头戴簪缨，光灿灿胸悬金

印,威赫赫爵禄高登,昏惨惨黄泉路近。问古来将相可还存?也只是虚名儿与后人钦敬。

真的福报到来的时候,也不贪著,而是明了诸行无常。就像《金刚经》里,佛说,受持这部《金刚经》,福报会特别特别大,须菩提就问佛,那"菩萨不受福德"又怎么说呢?佛说,菩萨对于福德,不应该贪著,所以说"不受福德"。

诗后又画一座高楼,上有一美人悬梁自尽。其判云:

情天情海幻情身,情既相逢必主淫。

漫言不肖皆荣出,造衅开端实在宁。

这是说鸳鸯。有人说这是描述秦可卿的,说影射的是"秦可卿淫丧天香楼"事件,我觉得太较真了,把小说真的当小说了。

"鸳鸯"是什么意思呢?就是"偶"。众生总是想要抓一个东西,比如眼睛想看好看的,耳朵想听好听的,意根总要有特定的思考对象,等等,都是要找一个"偶"。那没有"偶"的人怎么样呢?就是觉悟者了。禅宗称觉悟者是"灵光独耀,迥脱根尘""不与万法为侣",就是这个意思。众生的六根,分别与六尘为偶,根尘粘在一起,觉悟者是根尘脱开。

鸳鸯主要是陪伴贾母的,比喻修行人有道心,心里经常存念的是佛。这是《楞严经》里大势至菩萨念佛圆通法门的一个要义,心里有佛,迟早就能成佛。

那么,从究竟的意义上说,什么是佛?禅宗的修行,从一开始就指向的是自性真佛,那个外在的高高在上的佛(贾母所喻的),不过是阶段性的方便而已。就像六祖惠能说的,“迷时师度,悟了自度”。所以,第110回“史太君寿终归地府”之后,紧接着就是第111回“鸳鸯女殉主登太虚”,佛也不要,魔也不要,不攀缘外在的高高在上的形象了。古人说“悬崖撒手”,就是彻底不抓任何东西,也有这个意思。

抓个东西,就是“鸳鸯”,是因为对抓的东西有感情,所以说“情天情海幻情身,情既相逢必主淫”,“淫”是过分、陷溺的意思。比如说,谈恋爱的人,对情侣陷溺进去了;写作的人,对写的东西陷溺进去了,美其名曰“进入创作状态”;等等。

那要不过头呢?就是《中庸》说的“致中和,天地位焉,万物育焉”,不颠倒了,也是像佛经里常赞美的佛那样,叫“大觉世尊”,一切时一切处都是觉悟的,不掉进任何一个细节里,不死在任何一个点上,这就是般若。

过头了,接下来产生的一系列不合道的言行,就是顺理成章的事。外在表现,根子都在起心动念上,所以叫“漫言不肖皆荣出,造衅开端实在宁”。“荣”是表现出来的言行,“宁”是心。

“高楼”上“悬梁自尽”又怎么说呢?这就是在高起点上,进一步向上提升,“百尺竿头更进一步”。要是不顾喻意,只看字面,那就悲情了。

[好事终]画梁春尽落香尘。擅风情,秉月貌,便是败家的根本。箕裘颓堕皆从敬,家事消亡首罪宁,宿孽总因情。

“擅风情,秉月貌,便是败家的根本”,是说一著了相,身家性命就做不了主了。对外相动贪著之念,当下就忘记自家宝贝了。

路认错了，走上“假径”（贾敬）了，就会有一系列颠倒，说到底都是起心动念引发的情执，所以说“箕裘颓堕皆从敬，家事消亡首罪宁，宿孽总因情”。佛在《金刚经》里说：“若以色见我，以音声求我，是人行邪道，不能见如来。”对“假径”作了揭示。

警幻道：“非也。淫虽一理，意则有别。如世之好淫者，不过悦容貌，喜歌舞，调笑无厌，云雨无时，恨不能尽天下之美女供我片时之趣兴，此皆皮肤滥淫之蠢物耳。如尔，则天分中生成一段痴情，吾辈推之为意淫。惟‘意淫’二字可心会而不可口传，可神通而不能语达。汝今独得此二字，在闺阁中虽可为良友，却于世道中未免迂阔怪诡，百口嘲谤，万目睚眦。今既遇尔祖宁荣二公，剖腹深嘱，吾不忍子独为我闺阁增光，而见弃于世道，故引子前来，醉以美酒，沁以仙茗，警以妙曲，再将吾妹一人——乳名兼美，表字可卿者——许配与汝。今夕良时，即可成姻。不过令汝领略此仙闺幻境之风光尚然如此，何况尘世之情景呢？从今后，万万解释，改悟前情，留意于孔孟之间，委身于经济之道。”

说毕，便秘授以“云雨”之事，推宝玉入房中，将门掩上自去。

这段话，是佛菩萨告诉修行人：

通常所说的众生的“淫”，不过都是色、情引发的肉体结合，恨不得把天下的美女都压在身下供自己发泄，是“皮肤滥淫之蠢物”而已。你呢？天分中就有一种痴情，咱们可以称为“意淫”。在症状上，这东西只可意会，不可言传，当事人自己知道，别人无论如何也没法理解。怎么来的呢？是因为你追求成道，执著于有境界可追求，在乎自己的各种觉受，多少辈子的情结了，就会有这种症状。你因为这种情结，在心理活动上很擅长，领悟起内典丹经来聪明得很，但是在世上混的时候，就经常显得很呆笨，甚至会被人家当成是怪人，面前背后的招惹很多诽谤，因为你自我定位，根本就不是走他们那条道的啊！孩子别怕，你无数劫以来在心、行上都种下了深厚的善根，我们不会只让你拥有内在的聪明，还会帮助你在世间法上圆融起来的。这辈子我们又把你引入佛门，会拿各种妙法来教育你、薰陶你，再让你法喜充满，乐在其中。你会发现，法喜要比欲乐美妙得多，我给你描述一下其中的美妙，说到底是要让你明白，连这个也不过如此，何况红尘各种低俗的欲望境界呢？从此以后，你就可以放下对于成道美妙境界的幻想，什么“高”“贵”“卑”“贱”的东西，到了你这里，都会平等平等，做个平凡的人，本分的人。

《维摩诘经》有“先以欲钩牵，后令入佛道”的说法，《法华经》也有“火宅三车”的故事，原理差不多。那个故事是说，一群小孩，家里失火了，不懂得逃出来，老爸没有别的办法，只好说，你们快点出来，外面有羊车、鹿车、牛车，比你们手里玩的好玩多了，小孩们一听，蜂拥出门，就保全了性命，出来之后就看，那三种车在哪呢？没想到，老爸有的是钱，给每个孩子准备的，不是那三种许诺的车，而是高级得多得多的白牛大车，每个孩子一辆，孩子们自然高兴得不得了。这个故事是说，众生原来陶醉在各种乌七八糟的欲望境界里，佛给他们讲声闻、缘觉、菩萨这三乘妙法，他们就会被吸引，放弃原先的各种低俗欲望，发起道心，等他们修行到一定时候，自然会明白的。

小说这里专门区分了贾宝玉的“淫”和世俗的“淫”，告诉我们，这不是爱情小说，跟肉欲无关，别弄错了。

圣贤的说法，在贾宝玉眼里成了“可亲”（可卿）的，甚至后来在贾宝玉听来成了“云雨之事”，这就是“欲钩牵”的效验。修行人这时候毕竟才刚入门，听了圣贤言教之后，接下来就会产生“法执”：

正在犹豫之间，忽见警幻从后追来，说道：“快休前进！作速回头要紧！”宝玉忙止步问道：“此系何处？”警幻道：“此乃迷津，深有万丈，遥亘千里，中无舟楫可通，只有一个木筏，乃木居士掌柁，灰侍者撑篙，不受金银之谢，但遇有缘者渡之。尔今偶游至此，设如坠落其中，便深负我从前谆谆警戒之语了。”话犹未了，只听迷津内响如雷声，有许多夜叉海鬼，将宝玉拖将下去。

堕入“法执”。

从字面上看，小说这里好像把“法执”说得很吓人，其实，多少修行人没有呢？禅宗公案里，基本上都是在帮助对方解脱法执。越是初学的，往往他法执越严重、明显，这一点，我们观察一下各个宗教的宗教徒，都可以发现，这个不是什么坏事，就是阶段性现象而已，很正常。他再有法执，也不比没有任何信仰的迷执凡夫差，至少他心里有了一盏灯。越学下去，那种粗重的、明显的法执越少，微细的、深隐的法执开始显现出来。

要跳出来，只能靠“筏”，心如死灰木石才行，所以说“只有一个木筏，乃木居士掌柁，灰侍者撑篙”。“筏”是什么呢？就是佛经文字。佛在《金刚经》里告诉比丘们，我说的法，就像“筏”一样。筏是帮助人过河的，过了河，就放下。

“有许多夜叉海鬼，将宝玉拖将下去”，又是怎么说呢？不管执著什么，干净的也好，肮脏的也罢，一执著，心魔就起了。

宝玉亦素喜袭人柔媚姣俏，遂强拉袭人同领警幻所训之事。袭人自知贾母曾将他给了宝玉，也无可推托的，扭捏了半日，无奈何，只得和宝玉温存了一番。自此，宝玉视袭人更自不同，袭人待宝玉也越发尽职了。

回到现实，用情识再模拟、演练一遍在圣贤经典里看到的证悟描述，这就是这段宝玉与袭人“温存了一番”的喻意。从此以后，修行人就要借这种情识来用功了，所以说“自此，宝玉视袭人更自不同，袭人待宝玉也越发尽职了”。

（五）度众生：理想与现实

跟众生打交道，度众生，是修行的一个重要内容，所以接下来刘姥姥登场了：

却好忽从千里之外，芥豆之微，小小一个人家，因与荣府略有些瓜葛，……原来这小小之家，姓王，乃本地人氏，祖上也做过一个小小京官，昔年曾与凤姐之祖——王夫人之父认识。因贪王家的势利，便连了宗，认作侄儿。那时只有王夫人之大兄——凤姐之父——与王夫人随在京的知有此一门远族，余者也皆不知。目今其祖早故，只有一个儿子，名唤王成，因家业萧条，仍搬出城外乡村中住了。王成亦相继身故，有子小名狗儿，娶妻刘氏，生子小名板儿，又生一女，名唤青儿。一家四口，以务农为业。

说起姓“王”的，那肯定是亲戚了，因为法界无非一心。别说“千里之外”，就是来自火星的，那也是亲戚，“与荣府略有些瓜葛”，也是“本地人氏”。

根据佛学的原理，众生相互本来都是亲戚，在无量劫以来的轮回岁月里，一切众生都做过我的父母，何况是其他的各种亲属关系。比如《大乘本生心地观经》卷二说，“一切男子即是慈父，一切女人即是悲母，昔生生中有大悲故，犹如现在父母之恩等无差别”。凡夫对这个不察觉（即使听说了也未必相信），修行了，就有察觉了，所以说王家远亲一般人都不知道，“只有王夫人之大兄——凤姐之父——与王夫人随在京的知有此一门远族”。

王成，就是要“成心”，成就圆满的心。王成的儿子叫“狗儿”，这是提醒读者，心量要放大，不局限于人类，一切蠢动含灵包括猫啊、狗啊、虫啊等等，都是亲人。

刚开始面对这个现实的时候，修行人还是勉强接受的，打心眼里对众生有排斥，你说叫我拿宠物狗当亲人看，叫它“宝宝”“儿子”，这个可以，但是叫我拿一条毛毛虫当亲人看，这个真的好牵强。“板儿”“青儿”，就是青板着脸的意思，形容对众生不融洽的一面。

为什么不融洽呢？因为还有著相，有我相、人相、众生相在作怪：

刘老老只得蹭上来问："太爷们纳福！"众人打量了一会，便问："是那里来的？"刘老老陪笑道："我找太太的陪房周大爷的，烦那位太爷替我请他出来。"那些人听了，都不理他，半日，方说道："你远远的那墙畸角儿等着，一会子，他们家里就有人出来。"内中有个年老的，说道："何苦误他的事呢？"因向刘老老道："周大爷往南边去了。他在后一带住着，他们奶奶儿倒在家呢。你打这边绕到后街门上找就是了。"

这段话就是描述了与普通众生（不是平时的亲朋好友）打交道的不融洽情形，要帮人的时候，一百个不情愿。"众人打量了一会"，然后才带理不理地问了一下刘姥姥，这就是"著相"的过程。看看这个老太太有没有穿金戴银，坐宝马来的还是坐拖拉机来的，是什么气质，然后看碟下菜。

为什么叫"刘老老"呢？贾府好像就没有姓刘的，可见她不是血缘亲属。但是又叫姥姥，可见又是有亲情的。这就是要从心法的角度，拿她当作普通众生的代表了。贾府怎么对待刘姥姥，就喻示了修行人怎么跟普通众生打交道。注意，她是"从心法的角度"的喻象，不是客观的众生怎么怎么样。所以，刘姥姥的幽默风趣、质朴率真，就提醒了修行人怎么对待非亲非故的众生。

周瑞家的将刘老老安插住等着，自己却先过影壁，走进了院门。

知凤姐尚未出来，先找着凤姐的一个心腹通房大丫头名唤平儿的。周瑞家的先将刘老老起初来历说明，又说："今日大远的来请安。当日太太是常会的，所以我带了他过来。等着奶奶下来，我细细儿的回明了，想来奶奶也不至嗔着我莽撞的。"平儿听了，便作了个主意，"叫他们进来，先在这里坐着就是了。"

"周瑞"，就是周到、祥和，与所有众生的关系上的和谐，这代表了一种善愿。修行人的这种善愿，后来通过薛宝钗礼貌、周到的实际行动，得到了一定的体现。薛宝钗发自内心的愿望，是不愿意伤害任何一个她认识的人，同时她又不摆架子，所以上上下下都喜欢她。有些读者讨厌薛宝钗，说她虚伪、城府深，好像做人就应该一根筋我行我素似的（美其名曰"真性情"），最后弄到自己悲催别人悲催才是最好的结局，那是另外一种解读《红楼梦》的路数了。

凤姐心高气傲，多亏了平儿从中调节。"平儿"，就是平心，把忌刻恃才高傲之心平下来，这也是袭人所喻的情识的一个体现。凤姐死了以后，平儿扶正，喻示了一种自然平静，不用再刻意去平心了。用佛教术语来说，不用专门修什么定，随时随地都在定中了。用孔子的话说，从心所欲而不逾矩了。

刘姥姥过来，让平儿先接待，而不是一上来就由凤姐出面，小说这么安排，是告诉我们，如果对于众生拿出一副高高在上的嘴脸，而不是先平自己的心态、颜色、辞气，人家会躲得远远的。

话虽如此，下面凤姐见到刘姥姥时的那种气派、态度，还是原形毕露了。这都是修行的阶段性现象，倒也不用大惊小怪。

刚说到这里，只听二门上小厮们回说："东府里小大爷进来了。"凤姐忙和刘老老摆手，道："不必说了。"一面便问："你蓉大爷在那里呢？"只听一路靴子响，进来了一个十七八岁的少年，面目清秀，身段苗条，美服华冠，轻裘宝带。刘老老此时坐不是，站不是，藏没处藏，躲没处躲。……那凤姐只管慢慢吃茶，出了半日神，忽然把脸一红，笑道："罢了，你先去罢。晚饭后，你来再说罢。这会子有人，我也没精神了。"贾蓉答应个"是"，抿着嘴儿一笑，方慢慢退去。

很多人看到这段，都觉得王熙凤肯定和贾蓉有一腿。要是当小说看，是显得很暧昧，应该是有那么回事。要是从喻意的角度看，这是接着上文"与众生打交道"的逻辑顺序来的。

这时候著相，所以弄个"假容"出来，提醒读者，色心作梗的话，刚跟别人打交道，外相上的执著就出来障碍了，本来是要帮助人家，结果双方关系出现了微妙的转变，违背了度人的本来愿望。

这个问题浮出水面了，接下来从第 7 回"送宫花贾琏戏熙凤，宴宁府宝玉会秦钟"开始，说了贾琏夫妻白天同房，说了"情钟""假瑞"等，一直到第 16 回"贾元春才选凤藻宫，秦鲸卿夭逝黄泉路"，先后了了肉欲、了了情欲，身心开始往高贵的一面走，都是检点这种"色心"的历程。

凤姐听了说道："怪道，既是一家子，我怎么连影儿也不知道？"

私欲作怪，著了相，离度众生还差得远，打心眼儿里对众生就不接纳。这时候怎么办呢？只能回到自己身心上来，检讨自己的问题。于是接下来就有了薛宝钗“海上方”的情节，提醒读者，私欲重的一个重要原因，是因为与众生打交道的时候心态介入太深，要学会“远离”，身在红尘，心在尘外，就像《大般若经》说的，“虽居愦闹，而心寂静，恒勤修习胜远离行”。

宝钗听说，笑道：“再别提起。这个病也不知请了多少大夫，吃了多少药，花了多少钱，总不见一点效验儿。后来还亏了一个和尚，专治无名的病症，因请他看了，他说我这是从胎里带来的一股热毒，幸而我先天壮，还不相干。要是吃丸药，是不中用的。他就说了个海上仙方儿，又给了一包末药作引子，异香异气的。他说犯了时吃一丸就好了。倒也奇怪，这倒效验些。”

“海上仙方”，源于孔子有一天发的感叹：“道不行，乘桴浮于海。”他说，要是圣贤之道行不通的话，那就坐个小船，去海上玩算了。再加上传说东海有仙山，后人就经常拿“海上”比喻出世。

薛宝钗“从胎里带来的一股热毒”，喻指入世跟人打交道容易起的贪瞋痴烦恼，这个咱们前面分析过了。请世间的大夫治不了，只有一个和尚能治，喻指只有佛门清净的出世法可以对治，其他各种世间的心灵鸡汤没用。“专治无名的病症”，就是超越各种名相，清净之极。和尚开的方子，叫“冷香丸”，也是以清净治疗热恼的意思。“异香异气的”，是说跟世间法感觉不一样。“先天壮”，是说前世带来的福报大，一般的烦恼还不至于伤筋动骨。

宝钗笑道："不问这方儿还好，若问这方儿，真把人琐碎死了。东西药料一概却都有限，最难得是'可巧'二字。要春天开的白牡丹花蕊十二两，夏天开的白荷花蕊十二两，……"……周瑞家的听了，笑道："阿弥陀佛！真巧死人了，等十年还未必碰的全呢！"宝钗道："竟好。自他去后，一二年间，可巧都得了，好容易配成一料！如今从家里带了来，现埋在梨花树底下。"

这段情节是强调"佛缘"的重要性。没有佛缘，你遇不到明白的人，即使遇上了，也不会相信照办，简直是难于上青天。所以佛说，生在没有佛法的地方，是人生的一大苦难。无量劫的生生死死、驴胎马腹，有一辈子碰上了佛法，机率比中五百万大奖都低得多得多。有人说，现在网络发达，不是经常可以看到弘扬佛法的作品吗？问题是，其一，这些佛学作品参差不齐、真伪难辨，其二，对不信的人来说，看到跟没看到差不多啊，没有入他的心啊，其实还是没有碰上。

薛姨妈道："姨太太不知，宝丫头怪着呢，他从来不爱这些花儿粉儿的。"

修行人的入世，是出于修行上的本愿，不是出于红尘欲望。

肆

欲海情浓

小说接下来要谈各种红尘欲望现形、肆虐的问题，尤其是性欲和情欲的问题，所以这里描述了香菱对于故乡的迷失。沉醉在欲望里，就是忘了故乡。醉心红尘，情丝缠绕，说到底是个分别心，是非取舍的问题，所以这里描写了迎春、探春忙着下棋的情节。这段话的主旨，大致是说，对欲望的沉醉，『愚信』（『余信』）是解决不了问题的。见地上的糊涂，在得失里计较，本身就是物欲，哪里还能治病呢？惜春说，『要剃了头，可把花儿戴在那里呢』，这是暗示修行人这个时候对于佛法的信解，还停留在『求取好处』的阶段。

（一）故乡的迷失

周瑞家的又问香菱："你几岁投身到这里？"又问："你父母在那里呢？今年十几了？本处是那里的人？"香菱听问，摇头说："不记得了。"周瑞家的和金钏儿听了，倒反为叹息了一回。

小说接下来要谈各种红尘欲望现形、肆虐的问题，尤其是性欲和情欲的问题，所以这里描述了香菱对于故乡的迷失。沉醉在欲望里，就是忘了故乡。

只见迎春、探春二人正在窗下围棋。周瑞家的将花送上，说明原故。二人忙住了棋，都欠身道谢，命丫鬟们收了。

醉心红尘，情丝缠绕，说到底是个分别心，是非取舍的问题，所以这里描写了迎春、探春忙着下棋的情节。

惜春笑道："我这里正和智能儿说，我明儿也要剃了头跟他作姑子去呢，可巧又送了花来。要剃了头，可把花儿戴在那里呢？"说着，大家取笑一回，惜春命丫鬟收了。周瑞家的因问智能儿："你是什么时候来的？你师父那秃歪剌那里去了？"智能儿道："我们一早就来了。我师父见过太太，就往于老爷府里去了，叫我在这里等他呢。"周瑞家的又道："十五的月例香供银子可得了没有？"智能儿道："不知道。"惜春便问周瑞家的："如今各庙月例银子是谁管着？"周瑞家的道："余信管着。"惜春听了，笑道："这就是了。他师父一来了，余信家的就赶上来，和他师父咕唧了半日，想必就是为这个事了。"

这段话的主旨，大致是说，对欲望的沉醉，"愚信"（"余信"）是解决不了问题的。见地上的糊涂，在得失里计较，本身就是物欲，哪里还能治病呢？

惜春说，"要剃了头，可把花儿戴在那里呢"，这是暗示修行人这个时候对于佛法的信解，还停留在"求取好处"的阶段。试看世上的心灵鸡汤，不外乎是要人拥有"幸福快乐的人生"，很多初学佛法的人，也是为了从佛法中寻求快乐和幸福。真要告诉他说，佛法是要勘破苦乐的，快乐的感觉根本靠不住，他可能就不干了。还有一些人学习佛法，是要得到果位、成就，真要告诉他说，佛法是无所得的，他可能也会觉得可笑，嫌你说大话。

"智能儿",本来的"智",要拿来逞"能",就沦落成了"识"。好比有人对佛法有所体会,他要默默地走下去,就没事,但到处教训人,就可能颠倒了。

周瑞家的背地称智能儿的师父为"秃歪刺",很不恭敬,偏偏这位师父见了一下王夫人(喻指浅浅地往心上会了一下),马上"余信"就缠上了"咕唧了半日",聊收入的事情,然后她又跑到"于老爷府里"去了,即又堕入"愚"坑了。

曹山祖师有个"四禁偈",就是提醒咱们,在见地上,有四种常见的岔路:"莫行心处路,不挂本来衣,何须正恁么,切忌未生时。"他说,第一,别试图在妄想里弄通;第二,别捕风捉影装神弄鬼的,有点感觉就以为见到了本来面目;第三,别听人家说什么"正当此时"如何如何,"活在当下"如何如何,那往往还是在被感觉牵着走;第四,别听人家扯什么"一念未生时"如何如何,好像很玄似的。曹山为什么要提出这四种误区呢?因为这些是最常见的,都是想要"有得有证"的。

在《维摩诘经》里,有个故事,也是提醒修行的人,不抱着得失心去修学佛法。有一天,一群年轻公子来问罗睺罗,你是佛的儿子,放着王位不继承,却要出家,有什么好处呢?罗睺罗就说了一些出家的功德、好处,维摩诘告诉他,你不应当说这种话,因为"无利无功德是为出家",出家就是要跳出得失坑、是非坑,哪里还能站在得失里说出家有什么好处呢?维摩诘给大家讲了什么是"真出家",然后劝这些孩子们趁着佛在世的机遇都出家。孩子们说,父母不允许,没办法出家呀!维摩诘说,"汝等便发阿耨多罗三藐三菩提心,是即出家,是即具足",于是这三十二位公子立即都发了心。

（二）淫欲

周瑞家的会意，忙着蹑手蹑脚儿的往东边屋里来，只见奶子拍着大姐儿睡觉呢。周瑞家的悄悄儿问道："二奶奶睡中觉呢，也该清醒了。"奶子笑着，撇着嘴，摇头儿。正问着，只听那边微有笑声儿，却是贾琏的声音。接着房门响，平儿拿着大铜盆出来叫人舀水。

这段话说的是贾琏夫妻同房的事。夫妻之间这些事，为什么还要专门写一下呢？

是为了行文逻辑的需要。

宫花是从元春那边送过来的，元春比喻"高尚情操"。但是当花送到王熙凤那儿的时候，她根本没空接，而是在行淫，那么作者的用意就很清楚了。

那宝玉自一见秦钟，心中便如有所失。痴了半日，自己心中又起了个呆想，乃自思道：……那秦钟见了宝玉形容出众，举止不凡，更兼金冠绣服，艳婢娇童："果然怨不得姐姐素日提起来就夸不绝口。……"二人一样胡思乱想。宝玉又问他读什么书。秦钟见问，便依实而答。二人你言我语，十来句话，越觉亲密起来了。

“秦钟”，就是“情钟”，或者说“痴情”，呆了，迷进去了。这个过程的关键，就是上面这段话里说的“胡思乱想”这四个字，即，先是受到对方的外相吸引，然后辗转想来想去，一旦通了声气，就迷恋上了，无法自拔了。这个“对方”，不一定是人哦，也可能是某个物品，比如小孩特想买的某个玩具，他对那个玩具的“钟情”过程，也遵循一样的心理逻辑，最后的结果是，非得向大人缠到手不可。

从字面上看，宝玉这是要“搞南风”的节奏，这跟他平时对男子的评价是矛盾的，如果仅仅当成小说来看，书中这样的矛盾很多，所以咱们要善于看懂作者的喻意。

宝玉不待说完，便道：“正是呢。我们家却有个家塾，……今日回去，何不禀明，就在我们这敝塾中来？我也相伴，彼此有益，岂不是好事？”

这是要摆出做学问的架势了，但是欲望这么重，怎么做学问呢？做出来的“学问”，也是压根儿不靠谱的。

陆九渊说，要读书，你得先“打叠田地净洁”，把基本的那些人欲勘破，然后才会真有进益，要不然，就是“假寇兵，资盗粮”，让土匪和强盗的武器更强大。

行文到这个阶段，修行人可以说是一身的毛病，除了这里的“情可亲”“情钟”以外，还有接下来的“贾璜”（“假璜”，装点门面，“璜”是一种挂在衣服外面叮当响的玉石）、“金荣”（有钱就是好）等病，这么读书，不过是助长胡思乱想，甚至学得一肚子鸡鸣狗盗的机关而已，本来就一身病，学了一肚子知识之后，会病得更厉害，人家指破他，他还会有更多的理由为自己辩护。

（三）“我”没事？

尤氏道：“你难道不知这焦大的？连老爷都不理他，你珍大哥哥也不理他。因他从小儿跟着太爷出过三四回兵，从死人堆里把太爷背出来了，才得了命。自己挨着饿，却偷了东西给主子吃；两日没水，得了半碗水，给主子喝，他自己喝马溺。不过仗着这些功劳情分。有祖宗时，都另眼相待。如今谁肯难为他？他自己又老了，又不顾体面，一味的好酒，喝醉了无人不骂。我常说给管事的：以后不用派他差使，只当他是个死的就完了。今儿又派了他！”

对欲望的这些沉醉，一个顽疾，就是觉得自己很牛，前世积累了很多功德福报，不会有事，所以不用跟我说什么清心寡欲的话，我继续陶醉在欲望里就OK了。焦大（“骄大”）“老了”，“一味的好酒”，说的就是这种心态。

接下来，焦大骂贾府的人，说“每日偷鸡戏狗，爬灰的爬灰，养小叔子的养小叔子”，又恶狠狠地说惹着我了咱们“白刀子进去红刀子出来”，都是因为太自大了，就发狂了，各种妄语就出来了，横劲、狠劲也都出来了。贪官当官久了，被下面的人奉承惯了，也容易这样，惹着了告诉下属“信不信我现在就把你撤掉”。个别有钱的人，骄横起来，也是这样，惹着了拿一叠钞票往人脸上砸。极少数当老师的，被学生恭敬久了，也是这样，所以新闻上说有的老师（尤其是中小学和幼儿园老师，因为少年儿童只懂敬畏不懂事）作威作福的，一点都不奇怪，他修养没跟上去，光是整天生活在一种相对特权里，不骄横才怪。

“爬灰的爬灰，养小叔子的养小叔子”，到底有没有这回事呢？很多红学家据此推测出了贾府的一系列乱伦事件，我觉得还是不用在字面上较真，这里只是在说明一种发狂的状态，说话口无遮拦的，听着好像是有这么回事，细细推敲起来又没有真凭实据。

这种心理情形，曾国藩在家书里有清楚的说明。他告诉四弟说，有些人，就因为平时不从自身找原因，所以都是看到人家的不是，考不上，就骂考官，又骂考上的同学，傲气一长，更没法进步了，一辈子只能做个穷愤青了。他进一步又劝弟弟，我看你现在阅历越来越深了，这是好事，但是你来信里，总是有一股骄气，开口就是人家的缺点，这样可不行啊！你要自己带头改正，然后才能把后辈子弟都带好了。他说，“凡动口动笔，厌人之俗，嫌人之鄙，议人之短，发人之覆，皆骄也。无论所指未必果当，即使一一切当，已为天道所不许”，这不就是《红楼梦》里的焦大吗？

众小厮见他说出来的话有天没日的，唬得魂飞魄丧，把他捆起来，用土和马粪满满的填了他一嘴。凤姐和贾蓉也遥遥的听见了，都装作没听见。宝玉在车上听见，因问凤姐道：“姐姐，你听他说，‘爬灰的爬灰'，这是什么话?"凤姐连忙喝道："少胡说！那是醉汉嘴里胡唚（注：唚，音"沁"，牲畜呕吐）！你是什么样的人，不说没听见，还倒细问！等我回了太太，看是捶你不捶你!"吓得宝玉连忙央告："好姐姐，我再不敢说这些话了！"

用果报警示自己。

小厮们"用土和马粪满满的填了他一嘴"，比喻修行人知道妄语的果报。什么果报呢?《楞严经》卷八，对于"诳习"的死后果报，提到了"尘土屎尿，秽污不净，如尘随风，各无所见"。拿做梦来说，有人做梦梦见了粪便，他不修行的话，没准碰到搞周公解梦的，会告诉他说近期会有偏财，如果是修行人，就不要听人乱解了，梦到粪便，可能就跟妄语有关了，得好好反省了。

凤姐也比喻修行人的刚强之气，这种好强，对修行是有利的，咱们前面解释过了。她这里严厉警告宝玉，就是比喻修行人对自己的当头棒喝，"我再不敢说这些话了"。

（四）钱欲

偏顶头遇见了门下清客相公詹光、单聘仁二人走来。一见了宝玉，便都赶上来，笑着，一个抱着腰，一个拉着手，道："我的菩萨哥儿！我说做了好梦呢，好容易遇见你了！"说着，又唠叨了半日，才走开。老嬷嬷叫住，因问："你们二位是往老爷那里去的不是？"二人点头道："是。"又笑着说："老爷在梦坡斋小书房里歇中觉呢，不妨事的。"一面说，一面走了。说的宝玉也笑了。

于是转弯向北奔梨香院来。可巧管库房的总领吴新登和仓上的头目名叫戴良的，同着几个管事的头目，共七个人，从账房里出来，一见宝玉，赶忙都一齐垂手站立。独有一个买办，名唤钱华，因他多日未见宝玉，忙上来打千儿，请宝玉的安。宝玉含笑伸手叫他起来。众人都笑说："前儿在一处看见二爷写的斗方儿，越发好了，多早晚赏我们几张贴贴。"

这里尽是不三不四的一群人，遇到一块儿了，比喻修行人这时候对金钱的欲望之强烈。

"詹光、单聘仁"就是"沾光、善骗人"。他俩是贾政的"清客相公"，巧舌如簧，每到"假正"要纠正贾宝玉的时候，就要站出来替宝玉开脱一下，比喻修行人自护其短的心理元素。这里说"老爷在梦坡斋小书房里歇中觉呢，不妨事的"，喻意是说，"正个啥呀，且图一乐吧"。"说的宝玉也笑了"，喻指修行人这时候沉醉于各种欲望，打心眼里也不想纠正。"梦坡斋"，就是去跟苏东坡大学士梦游去了，人家苏学士身为佛门居士，一辈子不也是喝酒吃肉、左拥右抱的嘛。

"管库房的总领"，"仓上的头目"，都跟钱直接有关。"吴新登"就是"无心登”，不求上进的意思。“戴良”就是“大量”，多多益善的意思，古汉语的发音，“大”就是读“戴”。“钱华”，就是钱在放光，钱在朝我招手。这些人还拍马屁，要向宝玉求字，这都是比喻假斯文的意思，连同上文以来的逻辑，说明这时候一身病，读的书也是假斯文，不能帮助安身立命。

（五）“入世”的名义

上面詹光、钱华等人，都是在去见宝钗的路上遇到的。说明要修大乘，走入世路线，各种欲望毛病是回避不了的，只能正面直视。你要修小乘的，干脆往深山老林一躲，红尘欲望眼不见心不烦倒也罢了，但要入世，心底的那些疙瘩阴影，就要翻出来晒晒太阳了。拿钱来说，钱不是万能的，但在世上生活，没有钱是万万不能的，究竟怎么拿捏这中间的尺度，都得自己亲自经历许多，结合佛法体验许多，才能知道。

女娲炼石已荒唐，又向荒唐演大荒。

失去本来真面目，幻来新就臭皮囊。

好知运败金无彩，堪叹时乖玉不光。

白骨如山忘姓氏，无非公子与红妆。

宝玉到了宝钗的屋里，这一回的标题叫“贾宝玉奇缘识金锁，薛宝钗巧合认通灵”，两个人相互确认“是一对儿”。

上面这首诗是感叹通灵玉的，咱们依次解释一下。

通灵玉比喻后天名相意义上的觉性。真正的觉性，怎么能说得出来、想像得出来呢？本来无一物，一切语言表达出来的东西，到这里都显得舌头太短，说了半天都是迫不得已勉强而说，所以是“女娲炼石已荒唐，又向荒唐演大荒”。

迷失了本来的面目之后，就幻化出了这具肉身，臭皮囊一个，天天被饮食男女等各种身体需求牵来牵去，所以说“失去本来真面目，幻来新就臭皮囊”。

迷失在欲望里，理想跟现实总是差距很大，总是感觉眼前这个时空不对路，所以说“运败金无彩”“时乖玉不光”。

无量劫来流浪生死，投了无数次胎，在世界上留下了无数次的尸体，留下的白骨都可以堆成山了，看到一具白骨或化石，也不知道是自己哪辈子留下的了，但无非都是欲望牵引的无数次生灭现象而已，所以说“白骨如山忘姓氏，无非公子与红妆”。

这块玉的正面，有“莫失莫忘，仙寿恒昌”字样；反面的文字，是“一除邪祟，二疗冤疾，三知祸福”。这是提醒修行的人，不忘自己的觉性，经常保持观照、觉醒，不掉进各种境界里去，有病了，一观照，马上就百邪不侵了。凡夫“失”了、“忘”了，所以流浪生死；圣人不失不忘，所以“仙寿恒昌”。我们本来的生命，不在肉身上，觉悟这个，才是“长生不老”，过去很多炼丹修道的，以为肉身可以不死，那属于见地上的偏差。肉身就像一个住宅，几十年之后坏了，再搬家，住进新宅。极少数百年老宅，还可以通过维修，再住个几百上千年，但是终究不可能一直不倒。被生死现象牵着走，就是凡夫的生死；了达无生，不被生死现象牵着走，就是圣人的不生不死。

宝玉看了，也念了两遍，又念自己的两遍，因笑问："姐姐，这八个字倒和我的是一对儿。"

宝钗的项圈，两面錾的字是"不离不弃""芳龄永继"，比喻对于众生不离不弃，每一期的色身寿命，都投入到普度众生的无尽事业中去，虽然看起来还有生生死死的现象，但是其实是不生不死的，每次投胎，都不是糊涂的，他的人生轨道都是根据他的愿力开展的，所以叫"芳龄永继"。

跟那些一味追求个人解脱的小乘修行方式相比，这种修行方式有其特殊的妙用。在《宝积经》里，佛说，高原陆地长不出莲花，卑湿淤泥才能长出莲花，类似的，"无为中不生佛法"，"生死淤泥邪定众生能生佛法"。在《维摩诘经》里，文殊菩萨也有类似的说法，大迦叶听了之后就感叹，像我们这些小乘的人啊，简直没办法再发阿耨多罗三藐三菩提心了，再重罪的人，都可能发阿耨多罗三藐三菩提心，可是我们这些人呢，"诸结断者，于佛法中，无所复益，永不志愿"。

再打个比方：兜里揣一千万的人，他每天考虑的重点，可能是如何保住这一千万，而不是强烈进取，因为他伤不起、输不起；兜里只有十块钱的年轻人，每天考虑的重点，可能就是如何豁出去创业，这样他未来的潜在价值，可能就是十个亿、几百亿。这也是为什么常有长辈感叹，你们年轻人啊，是国家未来的希望。

当然，上面引用佛经的文字，字面上好像大乘比小乘高明似的，菩萨比声闻高明似的，咱们不要局限在字面上，要看懂佛经文字背后的喻意。起个高下之心，早就十万八千里了！人家大迦叶的感叹，只是在演戏，乃至整部《维摩诘经》的各位演员，都是在演戏。

宝玉和宝钗“是一对儿”，就是福慧双修、悲智双运。

黛玉道：“什么意思呢。来呢，一齐来；不来，一个也不来。今儿他来，明儿我来，间错开了来，岂不天天有人来呢？也不至太冷落，也不至太热闹。姐姐有什么不解的呢？”

黛玉这个时候说的这种话，比喻修行人这个时候对于独处自修与社交的一种不圆融的理解，是对于“入世”的不成熟的看法。初学者常常为这个困扰，本来打算读经，书刚摊开，电话来了，朋友约出去喝茶，去还是不去？正在拜佛，有人敲门，说想进来聊聊，一聊可能就是一晚上，无非家长里短天马行空，聊还是不聊？

（六）酒肉之欲

宝玉因夸前日在东府里珍大嫂子的好鹅掌。薛姨妈连忙把自己糟的取了来给他尝。宝玉笑道:“这个就酒才好。”薛姨妈便命人灌了上等酒来。李嬷嬷上来道:“姨太太,酒倒罢了。”宝玉笑央道:“好妈妈,我只喝一钟。”

结合前面的情节,可知这时候修行人的心里,是酒色财气占全了。早就有了,只是这时候开始有意察觉。

作为宝钗的母亲,薛姨妈比喻对于众生慈悲、付出之后,众生回报的温情。薛蟠娶了“夏金桂”(瞎金贵),宠了“宝蟾”(谐音“宝禅”),家里闹得鸡飞狗跳的,薛姨妈经常以泪洗面,这是比喻摆出自大的架势、真理在我的架势,导致众生的伤心甚至不满。

“李嬷嬷”,就是“理嬷嬷”。讲道理的,婆婆妈妈的,苦口婆心嘛。

咱们从小就是在“理”的氛围中长大的,大人告诫说不要这样不要那样,应该这样应该那样,所以宝玉是吃“理嬷嬷”的奶水长大的。

世上本没有道理,但是仍然需要一种相对清净的道理,来引导众生、教化众生,否则天下就要大乱了,除非是上古人心淳朴的时代,据说那时候不用教,大家也没有那么重的欲望。整个人类的历史,就是私欲越来越复杂的一部历史,拿中国来说(泛谈普遍现象,不排除个案上的例外),早先还能信得过亲人,所以有封建时代,天子给兄弟一块地,说你就在那自己做吧,军队、税收、官员全是你自己说了算,后来以“郑伯克段”为标志,亲兄弟之间信不过了,打得头破血流的,秦始皇说那我就全国一盘棋吧,就开启了集权时代,但好歹人跟人之间还有一些底线,像不孝、通奸这些事还是会遭到乡人侧目、宗法制裁的,除了极少数忘了自己是人的昏君以外,连皇帝都是有底线的,再后来,连这点底线都不敢依赖了，咱们干脆公开宣布人性本恶，民国的人就试图开启契约时代，把希望寄托在制度上而不是人性上。这很难说是进步还是退步，只能说，人类还是很厉害的，懂得变通。

回到小说这里的“理嬷嬷”上来，时代已不是上古，假如没有了圣贤之道，那人类就要沦为禽兽了，像那些发达的国家，很难想像如果没有了宗教，他们还会有那么好的社会风气吗？对修行人来讲，平时不学习佛理，怎么进步呢？所以这里，宝玉想喝酒，李嬷嬷马上出来阻拦，酒能乱性，酒是穿肠毒药啊！用唐僧的话说，酒是僧家第一戒啊！

不过，这个时候，修行人虽知道这个理，起初也能抵挡一下，但还是没能抗拒诱惑。

李嬷嬷的儿子，叫“李贵”，就是“以理为贵”，表明了修行人对于圣贤言教的敬重。虽然自己做到的有限，但是那份恭敬还是一直有的。

黛玉接了，抱在怀中，笑道：“也亏了你，倒听他的话！我平日和你说的，全当耳旁风；怎么他说了你就依，比圣旨还快呢！”宝玉听这话，知是黛玉借此奚落，也无回复之词，……说话时，宝玉已是三杯过去了。李嬷嬷又上来拦阻。宝玉正在个心甜意洽之时，又兼姐妹们说说笑笑，那里肯不吃？

有了酒，还顾什么佛法、修行，平常那些都放一边，放开了跟朋友取乐才是当务之急，所以黛玉（比喻修行人理解的佛法）这里嘲笑宝玉。小说里凡是宝玉和姐妹们之间关系出现微妙转折的地方，或融洽，或别扭，往往都不是乱写的，是修行人在特定的时候，内心面临舒畅或矛盾的体现。

小丫头忙捧过斗笠来。宝玉便把头略低一低，叫他戴上。那丫头便将这大红猩毡斗笠一抖，才往宝玉头上一合，宝玉便说："罢了，罢了！好蠢东西！你也轻些儿。难道没见别人戴过？等我自己戴罢！"

……宝玉踉跄着回头道："他比老太太还受用呢！问他作什么？没有他，只怕我还多活两日儿！"

……宝玉吃了半盏，忽又想起早晨的茶来，问茜雪道："早起沏了碗枫露茶，我说过那茶是三四次后才出色，这会子怎么又斟上这个茶来？"茜雪道："我原留着来着，那会子李奶奶来了，喝了去了。"宝玉听了，将手中茶杯顺手往地下一摔，豁琅一声，打了个粉碎，泼了茜雪一裙子。又跳起来问着茜雪道："他是你那一门子的奶奶，你们这么孝敬他？不过是我小时候儿吃过他几日奶罢了，如今惯的比祖宗还大！撵出去，大家干净！"说着，立刻便要去回贾母。……

不知宝玉口内还说些什么，只觉口齿缠绵，眉眼愈加饧涩，忙伏侍他睡下。袭人摘下那通灵宝玉来，用绢子包好，塞在褥子底下，恐怕次日带时，冰了他的脖子。

这些是描述酒能乱性，平常不骄横的，也容易骄横起来了，而且不顾伦常，不顾恩情，不顾正理，完全由着酒后的性子乱来，觉性被自己弃在一旁（"袭人摘下那通灵宝玉来，用绢子包好，塞在褥子底下"）。

"茜雪",就是"欠学",平时学的那点圣贤道理,扔到爪哇国去了。

《红楼梦》关于"学"的观念,跟先秦儒家对于"学"的看法是一致的,跟后世流行的观念却大不一样,这大约也是他通过"贾代儒"("假代儒")这个名字所要提醒的一个地方。儒家说的"学",不一定是读书,关键是落实到自己的身心上,所以子夏说:"贤贤易色,事父母能竭其力,事君能致其身,与朋友交言而有信。虽曰未学,吾必谓之学矣。"他说,哪怕大字不识一个,只要有向道之心,伦常上做得好,他也是有学问的。这跟六祖惠能的说法,英雄所见略同。后世很多人理解的"学",就是读书,书读得越多,学问越大。

(七) 情欲

淫欲是肉体上的概念,情欲是感情上的概念。

他父亲秦邦业,现任营缮司郎中,……只剩下个女儿,小名叫做可儿,又起个官名,叫做兼美,……秦邦业却于五十三岁上得了秦钟,……可巧遇见宝玉这个机会,又知贾家塾中司塾的乃现今之老儒贾代儒,秦钟此去,可望学业进益,从此成名,因十分喜悦。

“可儿”，就是“好可爱的人”，用来形容漂亮妩媚的异性。她是秦家的，就是“由感情引起的”了。

“秦邦业”，就是“情帮业”。“营缮司”，就是不断因为情而造业，一直轮转下去。“郎中”，情郎在中。

“贾代儒”，就是“假代儒”，名义上是儒家代言人。私塾本来是教育儿童的重要场所，但是当它跟功名（尤其是科举）挂钩了以后，意义就变了，小孩不上，说不定还有兴趣些，上了，兴趣往往就大打折扣了，对儒学的理解，也往往从小就遭到扭曲，以为求学就是为了功名，学习就是读书，读书就是词章记诵、训诂考究。西方的《圣经》，是教徒们发自内心要学的，可是设想一下，咱帮老外设计一套考试机制，不管考什么，升学也好，考公务员也好，《圣经》这一科必须及格，而且必须以历史上某位教父的解释为权威依据，老外还愿意这样跑教堂、学《圣经》才怪，迟早也得来一场运动，废了它。基督教历史上的新教运动，差不多也是对基督教领域“贾代儒”的一种清算。

对这种“假代儒”，陆九渊也有评价：

> 今世人浅之为声色臭味，进之为富贵利达，又进之为文章技艺。又有一般人都不理会，却谈学问。吾总以一言断之曰：胜心。（《象山语录》）

王阳明有类似的说法，他说，孔孟圣道越来越淹没了，各种歪曲的理解却越来越流行了，大家往往把“建功立业”掺进去，儒学越来越变质了，搞权谋、行奸诈、捞好处，都可以公然打着儒学的旗号了，这样走不通的时候，又出现了一些学者，以寻章摘句为儒学，说到底，不过都是清一色的自树权威、争强好胜而已，越学，社会上的私欲越猖獗。原话很长，这里就不引用了，感兴趣的读者可以查阅《传习录》。

伍

了情

第9回『训劣子李贵承申饬，嗔顽童茗烟闹书房』，列举了陆九渊所说的『田地不净洁』引起的假斯文的一系列症状。要是没有『李贵』(『理贵』)，那就乱到不可收拾了。第10回『金寡妇贪利权受辱，张太医论病细穷源』，虽然惊醒，但是起初仍然回到得失心上，直到亲近善知识，才明白这一切都是『情』和『欲』的交织症状。第11回『庆寿辰宁府排家宴，见熙凤贾瑞起淫心』，第12回『王熙凤毒设相思局，贾天祥正照风月鉴』，勘破色欲。第13回『秦可卿死封龙禁尉，王熙凤协理宁国府』，第14回『林如海灵返苏州郡，贾宝玉路谒北静王』，第15回『王凤姐弄权铁槛寺，秦鲸卿得趣馒头庵』，第16回『贾元春才选凤藻宫，秦鲸卿夭逝黄泉路』，勘破情欲。所谓的『修行』，到这里是了却生死的三岔路口。然后从第17回开始，等于又从头再来。

第9回“训劣子李贵承申饬，嗔顽童茗烟闹书房”，列举了陆九渊所说的“田地不净洁”引起的假斯文的一系列症状。要是没有“李贵”（“理贵”），那就乱到不可收拾了。第10回“金寡妇贪利权受辱，张太医论病细穷源”，虽然惊醒，但是起初仍然回到得失心上，直到亲近善知识，才明白这一切都是“情”和“欲”的交织症状。第11回“庆寿辰宁府排家宴，见熙凤贾瑞起淫心”，第12回“王熙凤毒设相思局，贾天祥正照风月鉴”，勘破色欲。第13回“秦可卿死封龙禁尉，王熙凤协理宁国府”，第14回“林如海灵返苏州郡，贾宝玉路谒北静王”，第15回“王凤姐弄权铁槛寺，秦鲸卿得趣馒头庵”，第16回“贾元春才选凤藻宫，秦鲸卿夭逝黄泉路”，勘破情欲。所谓的“修行”，到这里是了却生死的三岔路口。然后从第17回开始，等于又从头再来。

（一）自我提醒

袭人笑道：“……但只一件：只是念书的时候儿想着书，不念的时候儿想着家，总别和他们玩闹，碰见老爷不是玩的。虽说是奋志要强，那工课宁可少些：一则贪多嚼不烂，二则身子也要保重。这就是我的意思，你好歹体谅些。”袭人说一句，宝玉答应一句。

袭人比喻柔和护持意念的那一面情识。温和的、日常的自我提醒，就像花气袭人，丝丝入心，所以她这里说一句，宝玉就答应一句。

袭人说，念书的时候就念书，不念书的话就回到心上来，别陷溺在见解和欲望里迷而不返，陷得深了再来纠正就很麻烦了。虽说修行人要看书学道理，但也要有节制，一是节奏快了你消化不了，容易成书呆子，二是自家身心才是命根子，满脑知识但是健康毁了，有什么用？像那些“三更灯火五更鸡，正是男儿读书时”的说法，还有弄截圆木当枕头一翻身就惊醒然后起来读书写字的做法，你要小心，人家那样做对他来说没有问题，但是你不要盲目效仿，作息还是规律些好。

贾政冷笑道：“你要再提‘上学’两个字，连我也羞死了！依我的话，你竟玩你的去是正经。看仔细站腌臜了我这个地，靠腌臜了我这个门！”众清客都起身笑道：“老世翁何必如此？今日世兄一去，二三年就可显身成名的，断不似往年仍作小儿之态了。——天也将饭时了，世兄竟快请罢。”说着，便有两个年老的携了宝玉出去。

贾政提醒，表明修行人自己也知道毛病，也惭愧自责，但是第一念自责，第二念就开始自我辩护了，所以马上就有“众清客”出来替宝玉从功利的角度开脱。还有“两个年老的”，携了宝玉出去，可见我们心里护短的习气根深蒂固。

对于这种根深蒂固的护短习气，孔子也有个说法，他说：“已矣乎！吾未见能见其过而内自讼者也。”算了吧，我孔丘活这么大，还没见过能看到自己的毛病，然后真正发自内心对自己狠一点的人呢。也许有人会说，颜回不是这样的吗？这样提问就说明对传统学问的表达方式还不了解，中国的慧学经常使用口语化的表述，带有特定情境，甚至带上特定感情色彩，大体上是那么回事，但是你用定量、逻辑的方式去展开研究，就容易变成削足适履。

贾政因问："跟宝玉的是谁？"只听见外面答应了一声，早进来三四个大汉打千儿请安。贾政看时，是宝玉奶姆的儿子，名唤李贵的。

"理贵"，以理为贵，即对圣贤言教的敬重，这是再沉迷欲望见解也能解脱出来的关键。

宝玉道："好妹妹，等我下学再吃晚饭；那胭脂膏子也等我来再制。"唠叨了半日，方抽身去了。黛玉忙又叫住，问道："你怎么不去辞你宝姐姐来呢？"宝玉笑而不答，一径同秦钟上学去了。

要去读书，但是还很清楚，不管读什么书，心底里还是以佛法为依归。

（二）情与欲的交织

宝玉终是个不能安分守理的人，一味的随心所欲。因此，发了癖性，又向秦钟悄说："咱们两个人，一样的年纪，况又同窗，以后不必论叔侄，只论弟兄朋友就是了。"先是秦钟不敢，宝玉不从，只叫他兄弟，叫他表字鲸卿，秦钟也只得混着乱叫起来。

一味沉溺在情海之中，难以自拔，顾不上人伦礼节，所以"宝玉不从，只叫他兄弟，叫他表字鲸卿，秦钟也只得混着乱叫起来"。鲸，象征情海；卿，表达狎昵。

这个"情"，不一定是男女之情，是泛指，引导人全身心投入进去，沉浸在贪瞋痴里，迷而不返。这种东西太多了，智能手机发明了以后，咱们捧起来就舍不得放下，也都是这种"秦钟""鲸卿"的效验。至于言情读物，大概是所有的书里最典型的。

原来这学中虽都是本族子弟与些亲戚家的子侄，俗语说的好，"一龙九种，种种各别"，未免人多了，就有龙蛇混杂，下流人物在内。……又有两个多情的小学生，……一个叫香怜，一个叫玉爱。

比喻修行人这时候心中的龙蛇混杂。"香怜""玉爱"，即怜香惜玉之情。

秦钟香怜二人又气又急，忙进来向贾瑞前告金荣，说金荣无故欺负他两个。原来这贾瑞最是个图便宜没行止的人，每在学中，以公报私，勒索子弟们请他。后又助着薛蟠，图些银钱酒肉，一任薛蟠横行霸道，他不但不去管约，反"助纣为虐"，讨好儿。

“金荣”，比喻贪利之心。古人说：“书中自有黄金屋，书中自有颜如玉。”孔子也说：“学也，禄在其中矣。”这些话劝人做学问，本没有错，但是可能也有人往“读书→做官→吃皇粮”上面理解。结合有些学者的观点，现代有些大学的教育，也面临这个岔路，本来是要培养独立思考的地方，结果可能变成了职业培训班，学生上大学几年的目的，就是为了毕业后能找到一份好工作。当然，众生相如是，世界相如是，每个人的活法不一样，可以理解。

贾瑞比喻淫欲，他字“天祥”，说明淫欲一旦肆虐，偷盗人的精气神，再好的命，也顶不住攻伐，老天爷也保不了，吃再多的冬虫夏草、人参鹿茸也不济事。

淫和盗一体两面，懂点阴阳五行的都容易理解这个道理，其本质特征都是“流荡”。比方说，八字里水太旺的，就容易犯这些毛病，但是，如果他能克服这些毛病，那么反而可以在智慧上有所发挥，脑筋灵活，领悟力很强。既然是“流荡”的，当然就是“图便宜没行止”的。许多贪瞋行为的背后，都有淫欲在助纣为虐，比如孔子就评价过申枨，说他那种刚强只是表面的，其实欲心太重，心里虚了，外面只好装出刚强的样子撑门面。所以小说这里说贾瑞对薛蟠等人“助纣为虐”。

原来这人名唤贾蔷，亦系宁府中之正派玄孙，父母早亡，从小儿跟着贾珍过活。如今长了十六岁，比贾蓉生得还风流俊俏。他兄弟二人最相亲厚，常共起居。……贾珍想亦风闻得些口声不好，自己也要避些嫌疑，如今竟分与房舍，命贾蔷搬出宁府，自己立门户过活去了。这贾蔷外相既美，内性又聪敏，虽然应名来上学，亦不过虚掩眼目而已。仍是斗鸡走狗，赏花阅柳为事。上有贾珍溺爱，下有贾蓉匡助，因此，族中人谁敢触逆于他！他既和贾蓉最好，今见有人欺负秦钟，如何肯依？

“贾蔷”，就是“假墙”，专门比喻“非分”的意思，不是他的，想方设法要据为己有，跟翻墙偷东西一个性质。

他虽然“搬出宁府，自己立门户过活去了”，名义上跟贾府有了空间阻碍，但是和贾珍、贾蓉等人实际上并没有一墙的隔阂。他每天的活计，“仍是斗鸡走狗，赏花阅柳为事”，比喻一切的非分之想都是这样，其心游荡，魂不归舍。

贾蔷有时候比喻男女关系上的非分之想，比如这里闹书房事件当中就是，与贾瑞一起为祸。

当他跟龄官一起出场的时候，则比喻寿命上的非分之想。后面第 30 回“椿龄画蔷痴及局外”，修行人对于自己在“寿者相”上的非分之想开始察觉；第 36 回“绣鸳鸯梦兆绛芸轩，识分定情悟梨香院”，明白自己的寿命也是分定的，原来试图通过男女双修等法术来追求长寿是没有必要的。

这贾菌少孤，其母疼爱非常，书房中与贾蓝最好，所以二人同座。谁知这贾菌年纪虽小，志气最大，极是淘气不怕人的。……贾蓝是个省事的，忙按住砚台，劝道：“好兄弟，不与咱们相干。”贾菌如何忍得住？见按住砚台，他便两手抱起书箧子来，照这边扔去。

根据《说文解字》，“蓝，染青草也”，“菌，地蕈也”，一个是可以作染料的草，一个是蘑菇，这两个孩子的名字，真是太有意思了，充分体现了作者在人物命名上的信手拈来。

这两个人名，比喻修行人这时候心地上杂物丛生的状态，所以两个人关系最好，而且“二人同座”。心里长草，还好点，所以“贾蓝是个省事的”，但是还有蘑菇，蘑菇是阴类，常年不见阳光的，这就惹不得了，所以“贾菌如何忍得住”，先拿砚台砸人，砸着了人家脑袋说不定就开花了，被按住了又“两手抱起书箧子来，照这边扔去”。

根据阴阳五行的道理，阳性的东西，看起来好像厉害，发作一下也就那么回事，阴性的东西，看起来好像没什么，爆发起来就不得了了。

茗烟早吃了一下，乱嚷：“你们还不来动手！”宝玉还有几个小厮：一名扫红，一名锄药，一名墨雨。这三个岂有不淘气的？一齐乱嚷：“小妇养的！动了兵器了！”墨雨遂掇起一根门闩，扫红锄药手中都是马鞭子，蜂拥而上。贾瑞急得拦一回这个，劝一回那个，谁听他的话？肆行大乱。

这是描述情欲交织而“做学问”，面临的最激烈的内心动荡。假如不修行的，他未必会有这种激烈的内心冲突，但是一个修行的人，就会意识到目前状态的七颠八倒，然后很惭愧，我怎么会这样呢？

“茗烟”，后文里改名叫“焙茗”，这是以烘茶比喻心态。原先一味地猛火，把茶烤得冒烟；后来改为小心翼翼地烘焙，才能烘出色香味俱佳的好茶来。这跟丹道家说的“武火”“文火”有点类似。

“扫红”“锄药”，都比喻闲情雅趣，拿着扫把不慌不忙地扫落花，拿着锄头慢悠悠地在山里挖药，就像陶渊明说的，“采菊东篱下，悠然见南山”，多么惬意啊！可是在这次闹书房的事件中，也都跟着全乱了。

“墨雨”是怎么回事呢？他的喻象，是跟书呆子气有关。他在小说里总共出现了三次，这一次是闹书房，第二次是在第87回，告诉宝玉当天不用去上学了，第三次是在第97回“林黛玉焚稿断痴情，薛宝钗出闺成大礼”，他跟紫鹃透露了贾宝玉要跟薛宝钗当晚成婚的消息，然后“仍旧飞跑去了”，从此不见踪影，比喻修行人从此不再从文字里讨究竟，所以叫“林黛玉焚稿断痴情”。

（三）猛然一惊

外边几个大仆人李贵等，听见里边作反起来，忙都进来，一齐喝住，……李贵且喝骂了茗烟等四个一顿，撵了出去。……贾瑞道：“我吆喝着都不听。”李贵道：“不怕你老人家恼我，素日你老人家到底有些不是，所以这些兄弟不听。就闹到太爷跟前去，连你老人家也脱不了的。还不快作主意撕掳开了罢！”……茗烟在窗外道：“他是东府里璜大奶奶的侄儿，什么硬挣仗腰子的，也来吓我们！……”……李贵忙喝道：“你要死啊！仔细回去我好不好先捶了你，然后回老爷太太，就说宝哥儿全是你调唆！我这里好容易劝哄的好了一半，你又来生了新法儿。你闹了学堂，不说变个法儿压息了才是，还往火里奔！”茗烟听了，方不敢做声。

太乱了，猛然一惊，我这都是在干什么呀！所以有这段“理贵”的喝斥和弹压。

要说这闹学堂的事件，本来只是比喻修行人内心的一次激烈冲突，但是现实当中有没有呢？年轻人正处在世界观形成时期，阅世很浅，可塑性强，读书不当，导致精神出现严重问题甚至变态的，也是真有的，比如读战争英雄传记的，什么忽必烈传，拿破仑传，他读多了，就进去了，以为自己就是那个偶像，开始发狂了，天天以发动战争拯救世界为己任。再如宗教领域常见门户之争，有些门徒（入室的，或私淑的），对老师太崇拜了，也容易偏执，可是沐浴在老师的温暖阳光里的时候，他未必会意识到自己已经满身乌云了，佛说“依法不依人”，谈何容易呀！

回到小说上来，作者说，这次激烈冲突要得平息，得从两个方面着手：

第一，认准正理，定好坐标，所以由“理贵”出场收拾局面。

例如，书读得很杂，贪欲又重的人，心神会很乱，就需要择定一部或几部圣贤经典，作为日常功课，否则做学问就没有了纲要。对佛门修行的人，可能就要择定佛经，坚持每天读下去。

第二，弄明白病因。

色欲、情欲无制，是一个病因，所以李贵指责贾瑞素日“到底有些不是”。后文里，贾瑞一死，秦可卿跟着也死了，然后由凤姐治理宁国府，下狠手，纠正了宁国府众人平时的各种懒惰、不轨的习性，比喻修行人对于色欲、情欲引发的各种劣习的纠正。

求“金荣”，借学问来“假璜”“硬挣仗腰子”，又是一个病因。

遇事不能平心静气，“往火里奔”，是第三个病因。所以李贵熊了茗烟一顿，让他“不敢做声”。

（四）回到得失上

激烈冲突了之后，借“理贵”之“理”来反省，然后还是回到了得失上，用得失心来寻找出路。

那要不用得失心来寻找出路呢？就不用再继续编小说了，《红楼梦》就到此结束了，因为觉悟了。修行之路非常复杂，各种习气毛病，哪有这样容易的事啊。而且，特定阶段的得失心计较，其实也是有妙用的，要不然怎么前进啊。比如考研考博的，一般来说，就是因为他觉得考上以后，将来会有各种荣华富贵，所以会全心投入去考，这种得失心也有一种妙用在里头。

得失心，是潜藏在咱们心底最深处的计较。对钱、权、输赢的计较，很容易观察到；但是对修行利益的计较，就很细微而难以察觉了。前面引用过《维摩诘经》里罗睺罗那段关于出家功德利益的典故，就是说这个原理。再比方说，放一次生,考虑有多大功德,放一只乌龟才一条命,那我改成同样的钱放 20 只小泥鳅好了,20 条命,大概功德要大一些,这就是得失的计较。要不计较得失,该做的就去做,做完了不留在心上,那就让人没话说了。

他母亲胡氏,听见他咕咕唧唧的,说:"……若不是仗着人家,咱们家里还有力量请的起先生么?况且人家学里,茶饭都是现成的,你这二年在那里念书,家里也省好大的嚼用呢。省出来的,你又爱穿件体面衣裳。再者,你不在那里念书,你就认得什么薛大爷了?那薛大爷一年也帮了咱们七八十两银子。你如今要闹出了这个学房,再想找这么个地方儿,我告诉你说罢:比登天的还难呢!你给我老老实实的玩一会子,睡你的觉去,好多着呢!"于是金荣忍气吞声,不多一时,也自睡觉去了。

从得失的一面考虑,还是要继续做学问啊。

"胡氏",就是胡乱,不如法,她全是从利益得失的一面来压制金荣,还是能起到治标作用的,"于是金荣忍气吞声,不多一时,也自睡觉去了"。

小说接下来说,金荣的姑妈"璜大奶奶"(比"假璜"还排场)气不过,想去找秦可卿理论,结果被尤氏一番话不软不硬地先堵了嘴,只好闲扯一些其他的,然后告辞回家了,这一回的回目,就叫"金寡妇贪利权受辱",说明继续从得失的一面寻求出路,是行不通的,只会招来挫折感,"寡妇"就是比喻没有后台没有底气嘛。

在这一回里,巨匠曹雪芹犯了一个低级错误。

回目叫“金寡妇”，结合情节来看，受辱的是璜大奶奶，可是她男人贾璜根本没死，后文还有出场。胡氏倒是真的寡妇，可是她没有“受辱”。

这个低级错误，就是作者故意卖的破绽，提醒读者，你要看懂这一回的主旨，别在字面上转。

类似的低级错误，在《西游记》里也有多处，这两部小说真是绝配了。刘一明道长在解释《西游记》的时候，有段话值得咱们参考。他说：

> 《西游》大有破绽处，正是大有口诀处。惟有破绽，然后可以起后人之疑心，不疑不能用心思。此是真人用意深处，下笔妙处。（《西游原旨》）

（五）亲近善知识

> 冯紫英因说他有一个幼时从学的先生，姓张，名友士，学问最渊博，更兼医理极精，且能断人的生死。今年是上京给他儿子捐官，现在他家住着呢。这样看来，或者媳妇的病，该在他手里除灾，也未可知。

关于交朋友，这是让很多人都深有感触的事。

有些朋友看着好，或者刚开始还行，但是慢慢你可能发现，他对你别有所图，只不过一直在找机会利用你。

吃过一些亏之后，孔子总结说，要交朋友，你得找那些正直的，宽容的，知识面广的，这样才会进步，要是结交那些装腔作势的，马屁精的，或者嘴巴利害忽悠人的，那就要遭殃了。

佛教也说，亲近善知识，结交好朋友，有助于修行。

小说这里，“张友士”，就比喻这种善知识。“冯紫英”，就是“逢知音”，遇上对的人了。他了解你的病根在哪，必要的时候拉你一把。

他可能是你的师父，也可能是你的好朋友。

小说里，张友士很少出场，冯紫英倒是时不时露一下面，这是告诉我们，师父领进门，修行在个人，再明白的人，他也不可能代你用功，平时主要的时间，还是你自己的事。

太爷因说道：“我是清净惯了的，我不愿意往你们那是非场中去。你们必定说是我的生日，要叫我去受些众人的头，你莫如把我从前注的《阴骘文》给我好好的叫人写出来刻了，比叫我无故受众人的头还强百倍呢！倘或明日后日这两天一家子要来，你就在家里好好的款待他们就是了，也不必给我送什么东西来。连你后日也不必来。你要心中不安，你今日就给我磕了头去。倘或后日你又跟许多人来闹我，我必和你不依！”

这段情节，放在色欲、情欲的上下文里面，是说，那方面欲望太重，一个原因，可能就是自我封闭太厉害了，贪著独处的清净自在，稍微热闹一点的场合，就扛不住了。

上过高中、大学的人，对这个很好理解。那时候，我们自己，或者我们的同学，就有这样的，被贴个标签，叫“内向”，然后老师天天提醒他，得出去多和人打交道，别老是闷在宿舍里。老师往往也只是表面的提醒，不知道解决这个问题的办法，得人家自己打心眼里想通了、认可了才行，要不然，他糊里糊涂地出去乱和人打交道，出的糗更多，挫折感更强，然后会缩得更厉害。

网络时代，宅男们更容易理解了，简直是心有灵犀一点通。

那怎么办呢？对修行人来讲，当然是要走出去，寻师访友啊。天天闷屋里泡茶玩手机，人家善知识还能上门不成？

后文里有个情节，说是妙玉和惜春在下棋的时候，宝玉过来围观，妙玉就慌了，棋也下不好了，然后突然抬头问宝玉，你从哪来呀？惜春还以为在打禅语机锋，殊不知人家妙玉是紧张得没话找话。好多读者据此推测，妙玉暗恋着宝玉，其实，换个男人站旁边，也一样的，妙玉宅的太久了，突然习气爆发而已。

贾敬贪著个人的长寿、福报，执著清净，厌恶是非场，已经是身在是非当中了，只是他自己不知道而已。所以孔子告诉我们，离开了和人打交道，怎么修行啊！

据我看这脉息，大奶奶是个心性高强聪明不过的人。但聪明太过，则不如意事常有；不如意事常有，则思虑太过。此病是忧虑伤脾，肝木忒旺，经血所以不能按时而至。

秦可卿的病根，是自己这边太执著，然后见景生情，情志引起的。

张友士开的药方，“益气养荣补脾和肝汤”，只是字面上的，即使有读者对得上号，照着这个方子吃了，也只能治一时，因为病根还在那。他对病因的分析，才是关键。

要从根子上治好这个病，出路只有一个：让“情可亲”死掉。《楞严经》卷八说，要是心里没有“贪淫”，情志就不会乱跑，就可以“旋元自归”“反流全一”，心里清清朗朗的，跟明镜一样，就可以获得“无生法忍”，这样下去，就自然走在道上了。

下文里，先让贾瑞死掉，这是了断最粗浅的淫欲，然后让“情可亲”死掉，这是了断见景生情的执著，再往后，索性连根解决“情识”（秦钟和智能儿），于是，秦钟临死的时候，鬼判要来带走他，他拿宝玉来吓唬人家，还真起到了一定的效果，就是比喻“了生脱死”了。当然了，吓唬只是吓唬，人家还是把秦钟带走了，才有后面一百多回的各种渐修，了结各种习气，说明情欲、情识不是那么容易了的。

前面贾代儒不在学堂的时候，交给贾瑞管理，结果学堂里闹翻了天，是淫欲现形肆虐，这一回，“情可亲”病了，已经有善知识指点了，不能再放过他了。

凤姐儿看着园中景致，一步步行来。正赞赏时，猛然从假山石后走出一个人来，向前对凤姐说道：…… 贾瑞道：“也是合该我与嫂子有缘。我方才偷出了席，在这里清净地方略散一散，不想就遇见嫂子，这不是有缘么？”一面说，一面拿眼睛不住的观看凤姐。

贾瑞窝囊得要死，被凤姐耍得团团转。他窝囊、受辱的根源，就在淫欲，没有节制，竟然到了不顾人伦的地步。

后面，平儿听凤姐说了他勾引的事以后，说“癞蛤蟆想吃天鹅肉，没人伦的混账东西！起这样念头，叫他不得好死”，是对贾瑞的准确评价。

他叫“假瑞”，“假天祥”，说明放纵淫欲的话，老天爷也保不了，就像吕洞宾那首诗说的：

> 二八佳人体似酥，腰间仗剑斩凡夫。
>
> 虽然不见人头落，暗里教君骨髓枯。

第11回的回目，叫“庆寿辰宁府排家宴，见熙凤贾瑞起淫心”，拿“寿辰”和“淫心”并提，就是提醒读者，一边放纵淫欲，一边还想长寿，门都没有。

《楞严经》说：“若不断淫修禅定者，如蒸砂石欲其成饭，经百千劫，只名热砂。”就像弄一锅沙子，煮一万年也还是沙，成不了饭。

小说这里，凤姐正在欣赏美景，突然贾瑞就冒了出来，比喻身心刚一进入佳境，心底潜伏的淫心就冒出来了。饱暖思淫欲嘛。

> 凤姐儿故意的把脚放迟了，见他去远了，心里暗忖道：“这才是‘知人知面不知心’呢。那里有这样禽兽的人！他果如此，几时叫他死在我手里，他才知道我的手段！”

凤姐比喻刚强之气，这里放的狠话，比喻修行人自己对于淫心，有了清醒的觉知，下了决心。

凤姐儿立起身来答应了，接过戏单，从头一看，点了一出《还魂》，一出《弹词》，递过戏单来，说："现在唱的这《双官诰》完了，再唱这两出，也就是时候了。"

《双官诰》，又叫《三娘教子》，说是古代有个姓冯的读书人，被人陷害，流落他乡，大老婆跟二房都改嫁了，只有三房的小妾忠贞守节，辛辛苦苦把儿子养育成材，后来爷俩都做了大官，衣锦还乡，于是三娘就成了双官之贵。

《还魂》，说的是杜丽娘跟柳梦梅两个人情缘深厚、生死缠绵的故事。

《弹词》，是安史之乱以后，宫廷乐师李龟年流落到江南，天天卖艺，弹唱唐明皇与杨贵妃的风流往事。

凤姐说，"现在唱的这《双官诰》完了"，再唱《还魂》《弹词》这两出，"也就是时候了"，比喻修行人在决定断掉淫心之后，对于自己见景生情的贪习也要断掉。世上那些荣华富贵、生死缠绵，什么"生命诚可贵，爱情价更高"，都不过是过眼云烟，抵不住"无常"二字，只是给后人留下谈资而已。

（六）勘破色欲和情欲

原来贾瑞父母早亡，只有他祖父代儒教养。那代儒素日教训最严，不许贾瑞多走一步，生怕他在外吃酒赌钱，有误学业。今忽见他一夜不归，只料定他在外非饮即赌，嫖娼宿妓，那里想到这段公案？……因此，发狠按倒打了三四十板，还不许他吃饭，叫他跪在院内读文章，定要补出十天功课来方罢。贾瑞先冻了一夜，又挨了打，又饿着肚子跪在风地里念文章，其苦万状。此时贾瑞邪心未改，再不想到凤姐捉弄他。过了两日，得了空儿，仍来找寻凤姐。

这是试图用苦行折磨自己，来断掉淫心。以前有的修行人就是这么干的，淫心一起，马上跳到水缸里，冷水一泡，火气全消。不过，对一般人来说，这个办法治标不治本，所以淫心“得了空”还会找上门来。

这里由“假代儒”来执行苦行，暗示了后世的主流思想对“性”的某些对待方式。

孟子称赞古公亶甫（周朝祖先）的时代，说他治理的好，“内无怨女，外无旷夫”，没有剩男剩女，男大能婚女大能嫁。

孔子编《诗经》，第一篇就是《关雎》，描述了一位相思男的相思之苦，这是告诉我们，男女之情，是人类最原始的情感，你绕不过去，这块处理不好，后面各种情感都容易扭曲。

那怎么处理呢？孔子通过《关雎》告诉咱们，首先，这东西并不是见不得人的，不要老是给它贴个“下流”的标签摆清高，你看我孔丘不也把它编在第一篇了吗？其次，表达这种情感，要有节制，你看“窈窕淑女，君子好逑”，“窈窕淑女，琴瑟友之”，表达了相思，又不流于淫荡，这个“度”把握得多好呀！

《诗经》后面的各种诗篇，也无非都是给读者示范，怎么表达各种各样的情感，父子之情，兄弟之情，夫妻之情，君臣之情，使之合乎“度”，而不至于泛滥。像《小弁》，表达的是对亲人的抱怨，他没有说要回家跟哥哥打架，而是很合理地宣泄了一下不满。有人说这首诗是“小人之诗”，因为居然抱怨亲人，孟子说，他亲人有大错，抱怨一下还不行吗，不抱怨说明他心里跟亲人疏远，那才不是人之常情呢。

所以孔子说，“诗三百，一言以蔽之，曰‘思无邪’”，所情所思，都在“度”的范围之内，当然是“无邪”了。

后来，毛序开始流行，流行了两千年，大家对《诗经》的理解，就往政治的方面附会，一多半的诗，都成了讽刺时政的了，《诗经》干脆成了政治教材，这对整个社会的思想影响，是非常大的。

《红楼梦》这里，贾瑞二十多岁了，还没有娶亲，在那个时代，是很不人道的，在这种情况下，家长还要催着功课，反映了一种功利倾向。

上面说的这些，基本上都是“假代儒”引出的儒学领域的观念，再来看看佛教领域的观念：

忽然灯光一闪，只见贾蔷举着个蜡台照道：“谁在这屋里呢？”只见炕上那人笑道：“瑞大叔要肏我呢！”贾瑞不看则已，看了时真臊的无地可入。你道是谁？却是贾蓉。贾瑞回身要跑，被贾蔷一把揪住，道：“别走！如今琏二婶子已经告到太太跟前，说你调戏他，他暂时稳住你在这里。太太听见，气死过去了，这会子叫我来拿你。快跟我走罢！”贾瑞听了，魂不附体，……他两个做好做歹，只写了五十两银子，画了押。贾蔷收起来，然后撕掳贾蓉。贾蓉先咬定牙不依，只说：

"明日告诉族中的人评评理!"贾瑞急的至于磕头。贾蔷做好做歹的,也写了一张五十两欠契才罢。

正打算行淫,发现躺着的美人原来是"假容";不仅狼狈,而且亏了大本。

这个时候,生起了真正的惭愧心。

"灯光一闪",比喻刹那间的灵光一现,明白了。

各种不良习气都是这样,关键是有没有惭愧心,有惭愧心了,就能"灯光一闪",意识到,我怎么能这样呢?

贾瑞此时身不由己,只得蹲在那台阶下。正要盘算,只听头顶上一声响,哗喇喇,一净桶尿粪从上面直泼下来,可巧浇了他一身一头。……自此虽想凤姐,只不敢往荣府去了。

贾蓉等两个常常来要银子,他又怕祖父知道,正是相思尚且难禁,况又添了债务;日间工课又紧;他二十来岁的人,尚未娶亲,想着凤姐,不得到手,自不免有些"指头儿告了消乏";更兼两回冻恼奔波:……诸如此症,不上一年,都添全了。……各处请医疗治,皆不见效。因后来吃独参汤,代儒如何有这力量,只得往荣府里来寻。王夫人命凤姐秤二两给他。……凤姐应了,也不遣人去寻,只将些渣末凑了几钱,命人送去,只说"太太叫送来的,再也没了",然后向王夫人说:"都寻了来了,共凑了二两多送去了。"

这是比喻不净观,才对于淫心有了强大的对治作用,贾瑞已经徘徊在生死的边缘了。关于不净观，以及接下来要聊到的白骨观，可以参考《禅秘要法》，具体操作方法都在那里了。

这里只是用尿粪浇头比喻一下，咱们不要光看字面。实际上，不净观基本上不涉及尿粪，主要是脓血腐烂那些，还是有一些注意事项的。佛经教导人，不会有后遗症，他会照顾到方方面面。有人曾经在佛教刊物上发文，介绍用尿粪来观不净的，也不知道是不是误导，佛经好像是没有这么教的。

按小说的意思，这时候不能歇功，必须要把贾瑞彻底治死，所以凤姐故意不给人参，比喻修行人的意志坚定。假如歇一歇，贾瑞又活了，淫欲会来的更猛，放纵的更厉害，就前功尽弃了。

忽然这日有个跛足道人来化斋，口称专治冤孽之症。……那道士叹道："你这病非药可医！我有个宝贝与你，你天天看时，此命可保矣。"说毕，从搭裢中取出个正面反面皆可照人的镜子来，背上錾着"风月宝鉴"四字，递与贾瑞，道："这物出自太虚幻境空灵殿上，警幻仙子所制，专治邪思妄动之症，有济世保生之功。所以带他到世上来，单与那些聪明俊秀、风雅王孙等照看。千万不可照正面，只照背面。要紧，要紧！三日后，我来收取，管叫你病好。"说毕，徉长而去，众人苦留不住。

贾瑞接了镜子，想道："这道士倒有意思。我何不照一照试试？"想毕，拿起那宝鉴来向反面一照，只见一个骷髅儿立在里面。贾瑞忙掩了，骂那道士："混账！如何吓我！我倒再照照正面是什么。"想着，便将正面一照，只见凤姐站在里面，点手儿叫他。贾瑞心中一喜，荡悠悠觉得进了镜子，与凤姐云雨一番，凤姐仍送他出来。……如此三四次。到了这次，刚要出镜子来，只见两个人走来，拿铁锁把他套住，拉了就走。贾瑞叫道："让我拿了镜子再走！"只说这句，就再不能说话了。

这是白骨观，压死骆驼的最后一根稻草。

反复提醒镜子的正反两面，是对读者的提醒。

面对美色的时候，究竟是看正面，还是看反面，这一念之间的抉择，也是需要力量的。好事没做到一定的份上，没有福报做基础，力量就上不去，所以《悟真篇》说：

大药修之有易难，也知由我亦由天。

若非积行修阴德，动有群魔作障缘。

《中庸》也说，"苟不至德，至道不凝焉"，德不够，想得道，不可能的事。

遂命人架起火来烧那镜子。只听空中叫道："谁叫他自己照了正面呢！你们自己以假为真，为何烧我此镜？"忽见那镜从房中飞出。代儒出门看时，却还是那个跛足道人，喊道："还我的风月宝鉴来！"说着，抢了镜子，眼看着他飘然去了。

这是个道士，而且是跛足道士，意思是说，白骨观、不净观毕竟带有很强的有为色彩,拿来治病,治好了就收起来,这用佛教术语讲,就是“知时知量”。佛教史早期,有人修白骨观,一味地修下去,最后悲观厌世,甚至自杀,就是不懂得知时知量。

谁知这年冬底,林如海因为身染重疾,写书来特接黛玉回去。……作速择了日期,贾琏同着黛玉辞别了众人,带领仆从,登舟往扬州去了。

从这里一路下去,直到第16回为止,都是在描述解脱情识的。假如就这么用功下去,不管文字,不问结果,那么自然就在道上,名相上的“佛法”就无所谓了,所以黛玉回了老家。

第16回,黛玉又回来了,带来了许多的书籍纸笔,开启了以后各种渐修的序幕。

凤姐方觉睡眼微蒙,恍惚只见秦氏从外走进来,……秦氏冷笑道:“婶娘好痴也!‘否极泰来’,荣辱自古周而复始,岂人力所能常保的?但如今能于荣时筹画下将来衰时的世业,亦可以常远保全了。即如今日,诸事俱妥,只有两件未妥,若把此事如此一行,则后日可保无患了。”

这还是“痴”。男女情痴刚要解决,利上的痴又出来了,说明求利的习气根深蒂固,这也为以后的渐修埋下了伏笔。

有道是，“当一天和尚撞一天钟”，咱们通常拿它来贬人，其实它并没有违背佛法。用《金刚经》的话说，时间是假的，“过去心不可得，现在心不可得，未来心不可得”。

秦可卿死了还要为将来谋划，这就是执著在“未来心”上了。

那贾敬闻得长孙媳死了，因自为早晚就要飞升，如何肯又回家染了红尘，将前功尽弃呢？故此，并不在意，只凭贾珍料理。

这还是自利的逻辑。

如此亲朋你来我去，也不能计数。只这四十九日，一条宁国府街上，白漫漫，人来人往；花簇簇，官去官来。

秦可卿死的风光，好多人推测说，这是贾珍和她有奸情，所以搞得这么隆重。从修行喻意的角度看，“情可亲”死了，有了巨大的进步，值得好好赞叹一下。

这里凤姐来至三间一所抱厦中坐了，因想：头一件是人口混杂，遗失东西；二件，事无专管，临期推委；三件，需用过费，滥支冒领；四件，任无大小，苦乐不均；五件，家人豪纵，有脸者不能服钤束，无脸者不能上进。——此五件，实是宁府中风俗。

秦可卿和贾瑞一死,原先被色欲、情欲遮蔽的,那些放逸、偷懒、文过饰非等等恶劣习气,都浮出水面了,得整一整了。

话说宁国府中都总管赖升闻知里面委请了凤姐,因传齐同事人等,……又有一个笑道:"论理我们里头也得他来整治整治,都忒不像了。"正说着,只见来旺媳妇拿了对牌来领呈文经文榜纸,票上开着数目。

下定决心。只有凤姐来整,该要强的时候不能软弱。

"赖升",依靠上面的提携、福荫,才往上升。靠上级、老师提携的,很好理解。靠祖上福荫的,可以看看儒家的说法,"积善之家,必有余庆"。"赖升"这个名字,还有"赖上荣",是提醒修行人,不居功自傲,懂得感恩。

"来旺""来喜""来升",比喻对未来的乐观,眼前再苦,总觉得将来会好的。"来旺",是"势"上的乐观,我将来会很发达的,比你们强,所以来旺一般都是帮助凤姐干坏事,狗腿子一枚。

众人领了去,也都有了投奔,不似先时只拣便宜的做,剩下苦差,没个招揽。各房中也不能趁乱迷失东西。便是人来客去,也都安静了,不比先前紊乱无头绪。一切偷安窃取等弊,一概都蠲了。

心理上的检点。

凤姐便说道："明儿他也来迟了，后儿我也来迟了，将来都没有人了！本来要饶你，只是我头一次宽了，下次就难管别人了，不如开发了好。"登时放下脸来，叫："带出去打他二十板子！"……于是宁府中人才知凤姐利害。自此，俱各兢兢业业，不敢偷安。

对于懈怠习气的纠正。

凤姐道："他们来领的时候，你还做梦呢。我且问你，你们多早晚才念夜书呢？"宝玉道："巴不得今日就念才好。只是他们不快给收拾书房，也是没法儿。"凤姐笑道："你请我请儿，包管就快了。"……

正闹着，人来回："苏州去的昭儿来了。"……凤姐向宝玉笑道："你林妹妹可在咱们家住长了。"

到了这个时候，才要真正地开始向学了，本性明德的昭彰有音信了，所以"昭儿来了"。

林黛玉"可在咱们家住长了"，以后漫长的虔修佛法之路，在等着你呢。

第一棚是东平郡王府的祭，第二棚是南安郡王的祭，第三棚是西宁郡王的祭，第四棚便是北静郡王的祭。原来这四王，当日惟北静王功最高，及今子孙犹袭王爵。现今北静王世荣年未弱冠，生得美秀异常，性情谦和。

《红楼梦》很少涉及丹道理论，这里倒是一处。

平、安、宁、静这东南西北四个王，分别对应的是木、火、金、水四种五行；贾宝玉比喻的“意”，五行是土。大家聚到一起了，比喻这个修行阶段的成就，在“攒簇五行”方面大有希望了。什么是“攒簇五行”呢？让咱们看看《金丹四百字·序》的解释：

以东魂之木，西魄之金，南神之火，北精之水，中意之土，是为攒簇五行。以含眼光，凝耳韵，调鼻息，缄舌气，是为合和四象。以眼不视而魂在肝，耳不听而精在肾，舌不声而神在心，鼻不香而魄在肺，四肢不动而意在脾，故名曰五气朝元。

简单地说，“攒簇五行”，就是情思不往外乱跑了，不被外境牵着乱走了。吃一顿大餐，别人吃得津津有味，享受得很，他跟吃咸菜一样，就是填个肚子，没有起贪心。就像古人说的，“禅心已作沾泥絮，不逐东风上下狂”。跟凡夫相比，这已经相当了得了，可是对修道来说，并不是究竟。

又，根据另一部丹道经典《象言破疑》的说法，凡夫从小孩懂事开始，因为有了各种好恶情感，他身上的五行就开始相克，开始乱了，如果他修道，五行就会开始相生，开始理顺了。

这些丹道理论，还可以参照《楞严经》卷四，我们身心的五重浑浊、六种贼媒，是怎么把身心搞乱的，然后我们又怎么从各种颠倒中解脱出来，其中的原理，经上都说了。

小说这里，专门称赞了北静王，不光帅，而且善良，而且功劳最大，是因为肾精就是“命宝”,肾水足了,什么都好说。丹家特别重视这个,中医也特别重视这个。佛教没有明说,但是各种戒律,尤其是淫戒,已经把这个包含了。

北静王又道:“只是一件:令郎如此资质,想老太夫人自然钟爱;但吾辈后生甚不宜溺爱,溺爱则未免荒失了学业。昔小王曾蹈此辙,想令郎亦未必不如是也。若令郎在家难以用功,不妨常到寒邸。小王虽不才,却多蒙海内众名士,凡至都者,未有不垂青目的,是以寒邸高人颇聚。令郎常去谈谈会会,则学问可以日进矣。”贾政忙躬身答道:“是。”

北静王又将腕上一串念珠卸下来,递与宝玉,道:“今日初会,仓卒无敬贺之物,此系圣上所赐蕶苓香念珠一串,权为贺敬之礼。”宝玉连忙接了,回身奉与贾政。

北静王代表北方肾水,就是咱们的后腰那块。“静”,是不躁动了。有些练太极的人,尤其讲究这个,腰部力量上不去,发起力来很成问题。既然肾是命宝,那在有些场合,也可以拿它来代指整个身心健康了。不是身体上的概念吗,怎么还能身心一块代指呢?因为身心是一体的,要想肾精充足,非得无忧无虑不可,这都是中医上的原理。肾虚的人,不一定是因为淫欲方面有什么放纵,比如好多知识分子中年就白发了,可能是他思虑过多了,玩手机太多的人,中医上讲“久视伤血”,都要耗肾精。要补肾,可不是吃冬虫夏草、牛鞭汤那么简单,关键是心里的漏洞堵上没有,这可以参见《黄帝内经》第一篇。按照佛教原理,人的眼、耳、鼻、舌、身、意六根,时刻都在走失精气,所以说它们“六为贼媒，自劫家宝”，要解脱，就得清净持戒，六根不往外乱攀缘。

《红楼梦》是禅书，不在身体上做文章，不像通常丹道家那样，关心什么“打通任督二脉大小周天”“气脉全通”这些身体因素，虽然借用了一点“攒簇五行”，还是着眼在心理上。

上面北静王说的这些话，都是比喻自我提醒。

“溺爱则未免荒失了学业”，“若令郎在家难以用功，不妨常到寒邸”，“海内众名士”，“寒邸高人颇聚”，“令郎常去谈谈会会，则学问可以日进矣”，是说以后不要放逸，对自己盯紧一点，经常向自家身心性命上体会学问，这样会逐渐进步的。

他把“蓉苓香念珠”赐给宝玉，这是提醒修行人，自家身心会逐渐散发香味的，这个香是自性之香，跟什么“老山纯檀”“星洲沉”不一样。到底香不香呢？无香之香。

秦钟暗拉宝玉道：“此卿大有意趣。”宝玉推他道：“再胡说，我就打了！”说着，只见那丫头纺起线来，果然好看。忽听那边老婆子叫道：“二丫头，快过来！”那丫头丢了纺车，一径去了。宝玉怅然无趣。

……外面旺儿预备赏封，赏了那庄户人家。那妇人等忙来谢赏。宝玉留心看时，并不见纺线之女；走不多远，却见这二丫头怀里抱着个小孩子，同着两个小女孩子在村头站着瞅他。宝玉情不自禁，然身在车上，只得眼角留情而已。一时电卷风驰，回头已无踪迹了。

宝玉的这点猥琐心思，又上镜头了。

这是修行人自己的细微体察。对于异性，内心深处的“钟情”，又一次浮出水面。

即今秦氏之丧，族中诸人，也有在铁槛寺的，也有别寻下处的。凤姐也嫌不方便，因遣人来和馒头庵的姑子静虚说了，腾出几间房来预备。原来这馒头庵和水月庵一势，因他庙里做的馒头好，就起了这个浑号，离铁槛寺不远。

“铁槛寺”“馒头庵”是怎么说呢？

王梵志有首诗，提到了铁门槛：

世无百年人，强作千年调。

打铁作门限，鬼见拍手笑。

范成大也有首诗，《重九日行营寿藏之地》，不仅提到了铁门槛，还提到了土馒头：

家山随处可松楸，荷锸携壶似醉刘。

纵有千年铁门限，终须一个土馒头。

三轮世界犹灰劫，四大形骸强首丘。

蝼蚁乌鸢何厚薄，临风拊掌菊花秋。

“纵有千年铁门限，终须一个土馒头”，再怎么养生，还是会死的，哪怕活了一千年，那第一千零一年呢？坟头里见。就像美国总统富兰克林说的，有两样东西，是躲不过去的，一个是税收，还有一个，是死亡。

“铁槛寺”“馒头庵”，在这里出现，比喻生死问题上的警醒。

别人住在铁槛寺，还想养生，继续在轮回的游戏里搅和，那是别人的事。我现在要解决这个问题了，正视死亡问题了，所以凤姐领着宝玉和秦钟住到了馒头庵。置之死地而后生嘛。

“原来这馒头庵和水月庵一势”，“死”本来也是个幻象，像“水月”一样。

只因秦邦业年迈多病，不能在此，只命秦钟等待安灵罢，所以秦钟只跟着凤姐、宝玉。

“情帮业”“年迈多病”，无量劫来的情业，情债，是时候了断了。

且说那秦钟宝玉二人正在殿上玩耍，因见智能儿过来，宝玉笑道：“能儿来了！”秦钟说：“理他作什么？”宝玉笑道：“你别弄鬼儿！那一日在老太太屋里，一个人没有，你搂着他作什么呢？这会子还哄我！”秦钟笑道：“这可是没有的话！”宝玉道：“有没有也不管你，你只叫他倒碗茶来我喝，就撂过手。”秦钟笑道：“这又奇了！你叫他倒去，还怕他不倒？何用我说呢？”宝玉道：“我叫他倒的是无情意的，不及你叫他倒的是有情意的。”秦钟没法，只得说道：“能儿，倒碗茶来。”

那能儿自幼在荣府走动，无人不识，常和宝玉秦钟玩笑。如今长大了，渐知风月，便看上了秦钟人物风流。那秦钟也爱他妍媚，二人虽未上手，却已情投意合了。智能走去倒了茶来。

秦钟是“情”，智能儿是“识”，合起来是“情识”，所以他两个“情投意合”。

看见一样东西，动了喜欢或者讨厌的情绪，心里就有计较了，这是由情生起了识，再进一步有了判断，好恶情感进一步复杂化，这是由识助长了情，两个纠缠起来，众生就这样轮回。

上帝跟亚当和夏娃说，吃了“分别善恶树”的果子，伊甸园是没法呆了，你们走吧，从此到苦海里轮回纠缠去吧。说的也是秦钟和智能儿这个事。不是上帝有多坏，多自私，身心规律就是这样，怪不得他。亚当和夏娃出去了以后，马上干那事，生的两个儿子，又发生手足相残的事件，哥哥杀了弟弟，上帝又进一步诅咒哥哥。这是由最初的一念分别心，引发的后续的无穷无尽的杀盗淫妄、虚生浪死、颠沛流离。

智能儿从小就在荣府走动，“常和宝玉秦钟玩笑”，喻指众生染习深重，情、识、意的错综盘结，由来已久。

和智能儿的那点事，秦钟先是不认账，宝玉揭了他的老底：“那一日在老太太屋里，一个人没有，你搂着他作什么呢？”这是比喻修行人对于自己情识勾结的发觉，平常名义上也是在学佛，看我多修行，其实呢？借着佛的名义，心里还是情识作主，所以说“在老太太屋里”。

照佛经上说，很多修行人，可以修得各种神通，又是天眼又是天耳的，坐在终南山里，可以看见奥巴马打台球，俨然大修行转世，顶礼膜拜的粉丝一大群，但是，他们的烦恼还是解决不了，成不了阿罗汉，为什么呢？“皆由执此生死妄想，误为真实”，还是在情识里转。

古人说，“荆棘丛中下足易，月明帘下转身难”，从凡夫七颠八倒开始修，往前进，得点清净、境界，还容易些；已经有了高大上的境界了，这时候要他承认其实一无所有，很难啊！

“情识”多难了断，可想而知。

老尼道：“阿弥陀佛！只因当日我先在长安县善才庵里出家的时候儿，有个施主姓张，是大财主。他的女孩儿小名金哥，那年都往我庙里来进香，不想遇见长安府太爷的小舅子李少爷。那李少爷一眼看见金哥，就爱上了，立刻打发人来求亲。不想金哥已受了原任长安守备公子的聘定，张家欲待退亲，又怕守备不依，因此说已有了人家了。谁知李少爷一定要娶。张家正在没法，两处为难。不料守备家听见此信，也不问青红皂白，就来吵闹，说：‘一个女孩儿，你许几家子人家儿？’偏不许退定礼，就打起官司来。女家急了，只得着人上京找门路，赌气偏要退定礼。我想如今长安节度云老爷和府上相好，怎么求太太和老爷说说，写一封书子，求云老爷和那守备说一声，不怕他不依。要是肯行，张家那怕倾家孝顺，也是情愿的。”

这段话，是打破“爱情”神话。

女的叫“金哥”，男的是“长安·守备”家的公子，一个冲着钱，一个有防备，这是哪门子的“爱情”？

古人没有提倡自由恋爱，因为知道，那股新鲜劲带来的柔情蜜意，往往是靠不住的，婚姻本质上是理性的结合，婚后双方的感情，与其说叫爱情，不如说更像一种恩情。曹雪芹也是这么看的，所以他在这里指出了“爱情”的本质。

“长安节度云老爷”，名叫“云光”。“长安”，长久之计。“节度”，有节制，合乎度。“云光”，从云中放光，从上往下。跳出来，俯视这些情缘，才能看的清楚，所以要在云老爷手里了结这桩官司。

这里刚才入港，说时迟，那时快，猛然间，一个人从身后冒冒失失的按住，也不出声，二人唬的魂飞魄散。只听嗤的一笑，这才知是宝玉。……凤姐因怕通灵玉失落，等宝玉睡下，令人拿来塞在自己枕边。却不知宝玉和秦钟如何算账，未见真切，此系疑案，不敢纂创。

秦钟与智能儿正干好事，被宝玉抓了个现行，比喻修行人对于情识纠缠的有意观照。后文还有一处（宝玉怎么老是碰上人家这事），茗烟与卍儿“正在得趣”，被宝玉撞见了，也是喻指对内心的一种有意观照，咱们后面解到再说。

看到情识勾结了，怎么办呢？迷茫、思考，以寻求出路。所以说“不知宝玉和秦钟如何算账”，“此系疑案”。

思考之下，在“情”与“觉”之间，坚定了求觉悟的决心，所以凤姐“怕通灵玉失落”，“令人拿来塞在自己枕边”。

且说次日一早，便有贾母王夫人打发了人来看宝玉，命多穿两件衣服，无事宁可回去。宝玉那里肯？又兼秦钟恋着智能儿，挑唆宝玉求凤姐再住一天。……宝玉听说,千姐姐万姐姐的央求:“只住一日,明儿必回去的。”于是又住了一夜。……那秦钟和智能儿两个百般的不忍分离,背地里设了多少幽期密约,只得含恨而别,俱不用细述。

下决心了才发现,情与识的纠缠,是多么难舍难分。

那凤姐却已得了云光的回信,俱已妥协。老尼达知张家,那守备无奈何,忍气吞声,受了前聘之物。谁知爱势贪财的父母,却养了一个知义多情的女儿:闻得退了前夫,另许李门,他便一条汗巾,悄悄的寻了自尽。那守备之子谁知也是个情种,闻知金哥自缢,遂投河而死。可怜张李二家没趣,真是“人财两空”。这里凤姐却安享了三千两。王夫人连一点消息也不知。

表面上描述了一场内幕交易,喻意是说,在“势”和“钱”的面前,“爱情”不过就是浮云。

勘破这个,坐享的,岂止是三千两白银?

那夏太监也不曾负诏捧敕,直至正厅下马,满面笑容,走至厅上,南面而立,口内说:“奉特旨,立刻宣贾政入朝,在临敬殿陛见。”……

赖大禀道:“奴才们只在外朝房伺候着,里头的信息一概不知。后来夏太监出来道喜,说咱们家的大姑奶奶封为凤藻宫尚书,加封贤德妃。后来老爷出来,也这么吩咐。如今老爷又往东宫里去了,急速请太太们去谢恩。”

情欲是向下走的,收敛了之后,高尚的一面就显现了。

注意“临敬殿”“凤藻宫”“贤德妃”这些名称。“凤藻”,本来是文采华丽的意思,这里使用“凤藻宫尚书”这个措辞,喻指“腹有诗书气自华”,配合品德上的高尚,由内到外焕发光彩。

贾赦、贾珍亦换了朝服,带领贾蔷、贾蓉奉侍贾母前往。宁荣两处上下内外人等莫不欢天喜地,独有宝玉置若罔闻。你道什么缘故?原来近日水月庵的智能私逃入城,来找秦钟,不意被秦邦业知觉,将智能逐出,将秦钟打了一顿,自己气的老病发了,三五日便呜呼哀哉了。秦钟本自怯弱,又带病未痊,受了笞杖,今见老父气死,悔痛无及,又添了许多病症。

身心气质好转,所以大家“欢天喜地”,身上的每一个细胞都是安乐的。

智能被撵走了,从此不露面了;“情帮业”死了;“情钟”病危了。以前让人动心的东西,修行人现在再看,已经没那么激动了。所以“独有宝玉置若罔闻”。

充满正能量,但也没觉得自己有啥,就是这个时候的状态。

且喜贾琏与黛玉回来,先遣人来报信,明日就可到家了。宝玉听了，方略有些喜意。……宝玉细看那黛玉时，越发出落的超逸了。黛玉又带了许多书籍来，忙着打扫卧室，安排器具；又将些纸笔等物分送与宝钗、迎春、宝玉等。宝玉又将北静王所赠蕶苓香串，珍重取出来，转送黛玉。黛玉说："什么臭男人拿过的，我不要这东西！"遂掷还不取。

宝玉听见黛玉要回来，"方略有些喜意"，不光是品德提升了，还要进一步探究无上大道了。

第16回"贾元春才选凤藻宫，秦鲸卿夭逝黄泉路"，在全书中起着承上启下的作用。也许，对极少数人来说，不乱攀缘了，鬼判都怕他了，小说可以到此为止了；但是，对绝大多数人来说，只是暂时不乱攀缘了，习气还多得很，花花世界还没玩够，会有很多反覆，前面的路还长得很，长篇大论在后头。

黛玉这次回来，在宝玉看来，"越发出落的超逸了"。灵性提升一层，对佛法的理解，也会更进一层。

黛玉带了很多书籍纸笔，又是贾雨村陪着回来的，这是说，世上埋头读书的，有多少人不是出于功利考虑呢？要成佛，是最大的功利。

"十年窗下无人问，一举成名天下知"，道尽了多少读书人的心声！

读世俗书的，一般这样；读佛书的呢？有些是为了一举成名，有些是为了修行成就，名字不一样，性质差不多。至于不带着功利心读佛书的，读了跟不读一样的，那是什么情况呢？

在书的诱惑面前，自家心香"蕶苓香串"就比下去了，黛玉索性"掷还不取"，跟宝玉刚见到她就摜玉，是一个逻辑。

贾琏笑道："正是呢。我方才见姨妈去，和一个年轻的小媳妇子刚走了个对脸儿，长得好齐整模样儿。我想咱们家没这个人哪。说话时问姨妈，才知道是打官司的那小丫头子，叫什么香菱的，竟给薛大傻子作了屋里人，开了脸，越发出挑的标致了。那薛大傻子真玷辱了他！"凤姐把嘴一撇道："哎！往苏杭走了一趟回来，也该见点世面了，还是这么眼馋肚饱的！……"

跟上面黛玉回来的情节一致，贾琏的这番"眼馋肚饱"，也为后面百十回作了铺垫。

后面的"西厢记妙词通戏语，牡丹亭艳曲警芳心"，"诉肺腑心迷活宝玉，含耻辱情烈死金钏"，"情小妹耻情归地府，冷二郎一冷入空门"等情节，都是余情未了，继续检点。

佛说，无量劫以来，咱们六根里积累的习气太多，"彼习要因修所断得，何况此中生、住、异、灭分齐头数"，一个习气引发另外一个习气，然后各种习气相互纠缠，乱得很。

凤姐笑道："妈妈，你的两个奶哥哥都交给我。你从小儿奶的儿子还有什么不知他那脾气的？拿着皮肉倒往那不相干的外人身上贴。可是现放着奶哥哥那一个不比人强？你疼顾照看他们，谁敢说个不字儿？没的白便宜了外人。我这话也说错了。我们看着是'外人'，你却看着是'内人'一样呢！"说着，满屋里人都笑了。赵嬷嬷也笑个不住，又念佛道："可是屋子里跑出青天来了。要说'内人''外人'这些混账事,我们爷是没有的;不过是脸软心慈,搁不住人求两句罢了。"凤姐笑道:"可不是呢。有内人的,他才慈软呢;他在咱们娘儿们跟前才是刚硬呢!"赵嬷嬷道:"奶奶说的太尽情了,我也乐了,再喝一钟好酒。从此我们奶奶做了主,我就没的愁了。"

注意"琏""赵""内人""外人"这些字眼。

以前往外"怜",不注意"照"自己的内心,所以凤姐讽刺贾琏,"拿着皮肉倒往那不相干的外人身上贴"。

孟子说,往外乱攀缘,对自己的起心动念,则往往荒废不管,这就像把自己家的田扔了,天天去耕人家的田。他又打了个比方,山里的小路,经常有人走,就成了路,一段时间没人走,茅草就塞住了。他对一个学生说,你现在的心,就像是茅草塞住了啊。

赵嬷嬷说,"从此我们奶奶做了主,我就没的愁了",用坚定的意志,照自己的心,还愁什么呢?外在的一切挫折、荣辱,不过都是过眼云烟。

赵嬷嬷道:"阿弥陀佛!原来如此。这样说起,咱们家也要预备接大姑奶奶了?"

向内看,"大观园"要登场了。

贾蔷又近前回说:"下姑苏请聘教习,采买女孩子,置办乐器行头等事,大爷派了侄儿,带领着赖管家两个儿子,还有单聘仁、卜固修两个清客相公,一同前去。所以叫我来见叔叔。”贾琏听了,将贾蔷打量了打量,笑道:“你能够在行么?这个事虽不甚大,里头却有藏掖的。”贾蔷笑道:“只好学着办罢咧。”

“单聘仁”“卜固修”,就是“善骗人”“不顾羞”,喻指不良习气。

从第17回开始,要讲的渐修,等于是从零开始的,因为每个人习气不一样,要详细检点,不妨从头说起。所以这里要建大观园,由贾蔷(假墙)领着一帮不三不四的人去采办。

这里也反映了作者见地上的干净。你要立个内外界限,要“观心”,说到底也是立个假名,内外哪有界限呢,“假墙”而已。本来无一物,何况是墙呢?

自此后,各行匠役齐全,金银铜锡,以及土木砖瓦之物,搬运移送不歇。先令匠役拆宁府会芳园的墙垣楼阁,直接入荣府东大院中。荣府东边所有下人一带群房已尽拆去。当日宁荣二宅虽有一条小巷界断不通,然亦系私地,并非官道,故可以联络。会芳园本是从北墙角下引了来的一股活水,今亦无烦再引。其山树木石虽不敷用,贾赦住的乃是荣府旧园,其中竹树山石以及亭榭栏杆等物,皆可挪就前来。如此两处又甚近,便凑成一处,省许多财力。大概算计起来,所添有限。全亏一个胡老名公,号“山子野”,一一筹画起造。

宁府比喻起心动念,荣府比喻外在言行。修行人原先对自己的言行,经常不留意,所以两府之间本来有一股活水天然贯通,但陆路上“有一小巷界断不通”。现在要观心，就打通了这个界限。

原来叫“会芳园”，不过是一片花花草草的，比喻心念乱糟糟的，现在要开始起观，不那么放任、杂乱，就出现了“大观园”。

“老名公”，有见识、有威望的。“老”，过来人；“名”，威望；“公”，无私。“胡老名公”，佛和祖师。佛教刚传进中国的时候，咱们经常拿释迦牟尼当胡人，于是，释迦牟尼说的“八正道”，被咱们称为“胡说八道”。后来的祖师，有时就称佛为“老胡”，其实也没啥，都知道他说的是谁，继承老胡的家业，可光荣着呢。

按照“胡老名公”的指点，来建大观园，就是按佛和祖师的教导，来观心。

“山子野”，比喻朴素之心。不是为名，不是为利。

关于这种“山子野”式的朴素之心，孟子说，要养心，没有比这个更重要的了，有了这个，一个人的人品就差不多了，没有这个，即使再包装、伪善，人品也好不到哪里去：

养心莫善于寡欲。其为人也寡欲，虽有不存焉者，寡矣；其为人也多欲，虽有存焉者，寡矣。

贾政不惯于俗务，只凭贾赦、贾珍、贾琏、赖大、赖升、林之孝、吴新登、詹光、程日兴等几人安插摆布；堆山凿池，起楼竖阁，种竹栽花，一应点景，又有山子野制度。下朝闲暇，不过各处看望看望，最要紧处和贾赦等商议商议便罢了。

“程日兴”,乘日而兴,等机会发飙。

小的习气不用管那么多,大局把准就行了,所以山子野统管设计,“假正”只拣要紧处过问一下。

那秦钟早已魂魄离身,只剩得一口悠悠余气在胸,正见许多鬼判持牌提索来捉他。那秦钟魂魄那里肯就去?又记念着家中无人管理家务,又惦记着智能儿尚无下落,因此百般求告鬼判。无奈这些鬼判都不肯徇私,反叱咤秦钟道:……众鬼道:“又是什么好朋友?”秦钟道:“不瞒列位,就是荣国公的孙子,小名儿叫宝玉的。”那判官听了,先就唬的慌张起来,忙喝骂那些小鬼道:……众鬼见都判如此,也都忙了手脚,一面又抱怨道:“你老人家先是那么雷霆火炮,原来见不得‘宝玉’二字!依我们想来:他是阳间,我们是阴间,怕他亦无益。”

有道是,阎王叫你三更死,谁敢留人到五更。这里却有意思,秦钟一报宝玉的名字,连判官都怕了。让人想起《西游记》里,八戒被妖怪泡在水缸里,悟空变成无常鬼,要来带他走,八戒就告诉他,你别带我,我有个师兄,叫孙悟空,跟你们家老爷子交情可好了。

判官害怕,这是暗喻了生脱死。假如前面16回了色欲、了情欲,不再有那些习气,判官就没辙了,可是还有那么多习气,那对不起,人家只是害怕一下而已,接下来该带走还是带走。

《圆觉经》说:

善男子，一切众生从无始际，由有种种恩爱贪欲，故有轮回。……是故众生欲脱生死，免诸轮回，先断贪欲及除爱渴。

这些习气积累了无量劫，仓猝之间干净不了，所以小说这里，小鬼说“怕他亦无益”，接下来第17回开头，宝玉对秦钟的思念“不知过了几时才罢”。《指月录》有个公案，庵提遮女问文殊菩萨，明明知道“生是不生”，从道理上，理解了生死是幻象而已，为什么还会被生死所转呢？文殊菩萨说：“其力未充。”

话说秦钟既死，宝玉痛哭不止，李贵等好容易劝解半日方住，归时还带余哀。……只有宝玉，日日感悼，思念不已，然亦无可如何了，又不知过了几时才罢。

“理贵”解劝，效果有限，因为“其力未充”。

陆

从头开始

第17回的回目，叫『大观园试才题对额，荣国府归省庆元宵』，主要讲的是贾政领着贾宝玉，把大观园视察了一遍。这次巡视大观园，是对于观心路线的粗略勾勒，所要走的景点地名，都是对读者的提示。在『假真』（贾珍）的陪同下，由『假正』领着宝玉巡视，这是什么意思呢？这还是作者见地上的干净，什么『观心』『修行』，都不过是权且方便，勉强立个方法，假设有个『正』，借假修真，梦里游戏而已。

（一）认路

第17回的回目，叫“大观园试才题对额，荣国府归省庆元宵”，主要讲的是贾政领着贾宝玉，把大观园视察了一遍。

> 这日贾珍等来回贾政：“园内工程俱已告竣。大老爷已瞧过了，只等老爷瞧了，或有不妥之处，再行改造，好题匾额对联。”……贾政近来闻得代儒称赞他（宝玉）专能对对，虽不喜读书，却有些歪才，所以此时便命他跟入园中，意欲试他一试。宝玉未知何意，只得随往。

这次巡视大观园，是对于观心路线的粗略勾勒，所要走的景点地名，都是对读者的提示。

在“假真”（贾珍）的陪同下，由“假正”领着宝玉巡视，这是什么意思呢？

这还是作者见地上的干净，什么“观心”“修行”，都不过是权且方便，勉强立个方法，假设有个“正”，借假修真，梦里游戏而已。

贾政先秉正看门。只见正门五间，上面筒瓦泥鳅脊；那门栏窗槅俱是细雕时新花样，并无朱粉涂饰，一色水磨群墙；下面白石台阶，凿成西番莲花样；左右一望，雪白粉墙，下面虎皮石砌成纹理，不落富丽俗套。自是喜欢，遂命开门进去。只见一带翠嶂挡在面前。众清客都道：“好山，好山！”贾政道：“非此一山，一进来，园中所有之景悉入目中，更有何趣？”众人都道：“极是。非胸中大有丘壑，焉能想到这里！”说毕，往前一望，见白石崚嶒，或如鬼怪，或似猛兽，纵横拱立。上面苔藓斑驳，或藤萝掩映，其中微露羊肠小径。

王安石有一次游褒禅山，深有感触，就写了《游褒禅山记》。他说，路好走，又近，游客就多；路不好走，又远，游客就少。偏偏那些“奇伟、瑰怪、非常”的景致，往往就在又险又远的地方，不是有心的人，去不了。有心去，不随大流半途而废，但是体力跟不上，也去不了。即使体力跟得上，到了光线很暗的时候，没有火把、指南针之类的东西，也还是过不去。

他说的是旅游，暗示的是求道。他也是个佛门中人，至于是哪个段位的，就闹不清楚了。

修道，是要夺天地造化的事，不是一般人所能轻易知晓、轻易信解的。对很多人来说，乍一看，实在没有吸引力，朴素得很，只知道那是少数人“看破红尘”而已，没有酒喝，没有钱赚，没啥意思，就是小说这里说的，“并无朱粉涂饰”,“西番莲花样”,“不落富丽俗套”。

稍一接触,发现里面的学问太繁琐了,太深奥了,简直让人头疼得要命,很多人就此望而却步,所以大观园进门后,“只见一带翠嶂挡在面前”。这大概也算是造化跟人玩的一个把戏。就像《圣经》里,上帝把亚当和夏娃撵出去以后,怕他俩又回来偷吃“生命树”的果子,那样就死不了了,于是又设了机关,把守住生命树的道路。其实,亚当和夏娃真要是不怕死的,豁出命硬闯回来,上帝恐怕也没辙,不过,亚当和夏娃不想这个,赶紧找乐子去了。

已经望而却步了,再看看经书里那些惊世骇俗的说法,听听江湖上关于走火入魔的传闻,对修道就更容易退避三舍了,觉得还不如回家去,老婆孩子热炕头,所以“往前一望,见白石崚嶒,或如鬼怪,或似猛兽,纵横拱立”。

这条路,注定了只有极少数人真正走下去,所以说“苔藓斑驳,或藤萝掩映,其中微露羊肠小径”。

要是真当小说看,现实当中,景点要是这么设计的话,会很糟糕的。弄一些跟鬼怪猛兽一样的大石头,堵在门口,又不是专门设计的鬼屋,摆明了是不欢迎游客,然后大门这儿的路又不宽敞,只有“微露羊肠小径”,好像是人的喉咙,细的跟针一样,怎么吃东西呀。对旅游来说,客流量怎么上的去呀。居家也一样,推开大门,过道上堵着东西,只有一条“羊肠小径”通向客厅,住久了,这家人的心情、健康、人际关系都容易出问题。

说毕,命贾珍前导,自己扶了宝玉,逶迤走进山口。抬头忽见山上有镜面白石一块,正是迎面留题处。贾政回头笑道:“诸公请看,此处题以何名方妙?”众人听说,也有说该题“迭翠”二字的,也有说该题“锦嶂”的，又有说“赛香炉”的，又有说“小终南”的，种种名色，不止几十个。……宝玉道：“……莫如直书古人‘曲径通幽’这旧句在上，倒也大方。”

这次只是粗略认识，习气还多得很，但是修行人拿定主意，才不至于乱套，所以清客们虽然见解、废话一大堆，但最终还是由宝玉主张。

“曲径通幽”，是实话，也是自勉。前途是光明的，道路是曲折的，贵在坚持。

说着，进入石洞，只见佳木茏葱，奇花烂熳，一带清流，从花木深处泻于石隙之下。……贾政与诸人到亭内坐了，问：“诸公以何题此？”……宝玉道：“用‘泻玉’二字，则不若‘沁芳’二字，岂不新雅？”贾政拈须点头不语。众人都忙迎合，称赞宝玉才情不凡。贾政道：“匾上二字容易，再作一副七言对来。”宝玉四顾一望，机上心来，乃念道：

绕堤柳借三篙翠，隔岸花分一脉香。

贾政听了，点头微笑。众人又称赞了一番。

进来了之后，开始发现风景的美好，比喻初步领略了修行的好处。

这地方的名字，贾政等人起的是“泻玉”，宝玉认为不妥，改叫“沁芳”。

“泻玉”，就是用水把玉冲干净，换句话说，把脏东西冲掉，最后还剩下有干净的东西。这还是在“垢”“净”的二元对立里转。

“沁芳”，各种花香，丝丝散发出来。“芳”比喻各种妄情，“沁芳”比喻不离那些妄情，观照那些妄情。不是要扔掉什么，只是一个观照、觉知而已。

显然，“泻玉”是不究竟的，而“沁芳”才是大乘精神。

卧轮禅师写了首心得偈子，有人汇报给六祖：

卧轮有伎俩，能断百思想。

对境心不起，菩提日日长。

六祖说：“此偈未明心地，若依而行之，是加系缚。”然后也说了个偈子：

惠能没伎俩，不断百思想。

对境心数起，菩提作么长。

各种念头来来去去，不跟着跑也就是了，离开虚妄的东西，哪有真的东西可得呢？

像“泻玉”这种修行路数，卧轮禅师的修行方法，后世并不少见，儒学领域也有。其实也都不是事，阶段性认知、阶段性现象，如此而已。只要真心向道，迟早会突破的。

“绕堤柳借三篙翠，隔岸花分一脉香”，这副对联，也是强化了不离妄情、观照妄情的修行喻意。“花”“柳”，妄情；“绕”“隔”，有一定距离，围着做文章；“翠”“香”，滋味自在其中。

于是出亭过池，一山一石，一花一木，莫不着意观览。忽抬头见前面一带粉垣，数楹修舍，有千百竿翠竹遮映。众人都道："好个所在！"于是大家进入。……贾政笑道："这一处倒还好。若能月夜至此窗下读书，也不枉虚生一世！"说着，便看宝玉，唬的宝玉忙垂了头。众人忙用闲话解说。

修道的路上，会有很多美好的体验：身体上，牙口好了，胃口好了，上楼梯也有劲了，还能踢毽子了；精神上，清净的境界，愉悦的心情，甚至各种神通，回头看吃火锅喝啤酒，都不叫享受了，简直是活受罪。

有一些修行人，就停留在这些美好体验上了，懒得再往前走了。《法华经》里，佛告诉弟子们，成佛路上的那些美景，你们不要留恋，"化城"而已，不要当成最终的安乐之家。那些外道，可以修得很清净，但是佛在《楞严经》里说，"纵灭一切见闻觉知，内守幽闲，犹为法尘分别影事"，还是在境界里转。

贾政故意说个清净境界，看贾宝玉住不住，吓的宝玉"忙垂了头"，就是比喻，修行的路上，没有停留的，偶然小小地驻足歇一下，可以理解，但是前面的路还长着呢。

贾政道："难道'淇水''睢园'不是古人的？"宝玉道："这太板了，莫若'有凤来仪'四字。"众人都哄然叫妙。贾政点头道："畜生，畜生！可谓'管窥蠡测'矣。"因命："再题一联来。"宝玉便念道：

宝鼎茶闲烟尚绿，幽窗棋罢指犹凉。

贾政摇头道："也未见长。"说毕，引人出来。

"有凤来仪",比喻得到了一定的修行成就,人中之凤出现了。

"宝鼎茶闲烟尚绿,幽窗棋罢指犹凉",这是有了一定的静定,不浮躁了,开始体验到悠闲、从容的趣味。就像张孝祥的词,《西江月·题栗阳三塔寺》,安祥的很:

问讯湖边春色,重来又是三年。东风吹我过湖船,杨柳丝丝拂面。

世路如今已惯,此心到处悠然。寒光亭下水连天,飞起沙鸥一片。

有这个心境,本来也很正常,但是很容易就此自大,开始觉得别人不行了:你看那谁谁,浮躁得很,多可怜呀。这是住在自己的一点境界上了,无意中拿它当尺子,去量人家,得出人家不行的结论。

宝玉自命"有凤来仪",又写了悠闲的对联,贾政表面上骂他,其实是警告修行人,不要自满自大,所以贾政说"也未见长",而且立即"引人出来"。

方欲走时,忽想起一事来,问贾珍道:"这些院落屋宇并几案桌椅都算有了,还有那些帐幔、帘子并陈设玩器古董,可也都是一处一处合式配就的么?"……贾政听了,便知此事不是贾珍的首尾,便叫人去唤贾琏。一时来了。贾政问他:"共有几宗?现今得了几宗?尚欠几宗?"贾琏见问,忙向靴筒内取出靴掖里装的一个纸折略节来,看了一看,回道:"妆蟒洒堆,刻丝弹墨,并各色绸绫大小幔子一百二十架,昨日得了八十架,下欠四十架。帘子二百挂,……"

出门旅行,走着走着,干粮不够了,怎么办?(当然说的是古代,现在带张信用卡就行了。)

佛门里把这种"干粮"叫"资粮",有一定的福报和智慧做基础,就像远行的人带够了干粮和水,哪怕他到了前不巴村后不着店的地方,也不用担心。

出门之前要带,路上遇到人家,也得随时补充。

藏传佛教里,一般要求先念够多少遍咒语,磕够多少个大头,然后才正式传法。汉传佛教一般没有明确要求,但经常也有类似的不成文规矩。这是出门之前,先备足干粮。

修行的路上,通过读经、礼佛等增加福慧,这是路上随时补充干粮。

《红楼梦》这里,"干粮"是什么呢?就是贾政问贾珍的,那些配套的东西,"可也都是一处一处合式配就的么"?修行路上随时检查自己,福报跟上了吗?智慧跟上了吗?没跟上,就补课配上。智慧这块,非博学多闻不可,就包括了贾政说的"玩器古董",也就是冷子兴平时经手的"古董"。六祖也告诉我们:

自心既无所攀缘善恶,不可沉空守寂,即须广学多闻,识自本心,达诸佛理,和光接物,无我无人,直至菩提,真性不易,名解脱知见香。

从一个台阶上到另一个台阶,拼的是资粮。

大家正想，宝玉却等不得了，也不等贾政的话，便说道："旧诗云：'红杏梢头挂酒旗'，如今莫若且题以'杏帘在望'四字。"众人都道："好个'在望'！又暗合'杏花村'意思。"宝玉冷笑道："村名若用'杏花'二字，便俗陋不堪了。唐人诗里还有'柴门临水稻花香'。何不用'稻香村'的妙？"众人听了，越发同声拍手道："妙！"……说着引众人步入茆堂，里面纸窗木榻，富贵气象一洗皆尽。

……宝玉道："却又来！此处置一田庄，分明是人力造作成的。远无邻村，近不负郭，……那及前数处有自然之理、自然之趣呢，虽种竹引泉，亦不伤穿凿。古人云'天然图画'四字，正恐非其地而强为其地，非其山而强为其山，即百般精巧，终不相宜。……"未及说完，贾政气的喝命："叉出去！"才出去，又喝命回来，命："再题一联，若不通，一并打嘴巴！"宝玉吓的战兢兢的半日，只得念道：

新绿涨添浣葛处，好云香护采芹人。

贾政听了，摇头道："更不好。"

这段的大意，是造作的平常心。

平常心，就是平淡，朴素，小说这里用"稻香村"来比喻。所谓"茆（音义同"茅"）堂"，"纸窗木榻"，"富贵气象一洗皆尽"，都是这个喻意。

平常心是道。那造作的平常心呢？接近于道。

什么是造作的平常心呢？就是努力朴素一点，平淡一点。带个"努力"，就刻意了，不过是正常的阶段。宝玉说"非其地而强为其地，非其山而强为其山，即百般精巧，终不相宜"，就是形容这种刻意的。

禅宗的第一代祖师大迦叶，是修头陀行的，吃的是粗茶淡饭，穿的是破布衲衣，住的是露天野外。自古以来，出家人自称“贫僧”，是很有道理的，物质上看淡了，精神上就富有了，就像永嘉大师说的，“穷释子，口称贫，实是身贫道不贫”。在家修行的人虽不叫“贫僧”，但道理也一样。当然了，物质上看淡，跟有钱没钱不一定是一回事。如果不了解真实情况，最好不要乱下结论。

“杏帘在望”，是说这样朴素下去，见性有希望。

忽闻水声潺潺，出于石洞。上则萝薜倒垂，下则落花浮荡。众人都道：“好景，好景！”贾政道：“诸公题以何名？”……宝玉道：“越发背谬了。‘秦人旧舍’是避乱之意，如何使得？莫若‘蓼汀花溆’四字。”贾政听了道：“更是胡说！”

于是贾政进了港洞，又问贾珍：“有船无船？”贾珍道：“采莲船共四只，座船一只，如今尚未造成。”贾政笑道：“可惜不得入了！”贾珍道：“从山上盘道，也可以进去的。”

……因而步入门时，忽迎面突出插天的大玲珑山石来，四面群绕各式石块，竟把里面所有房屋悉皆遮住。且一树花木也无，只见许多异草，或有牵藤的，或有引蔓的，或垂山岭，或穿石脚，甚至垂檐绕柱，萦砌盘阶，或如翠带飘飖，或如金绳蟠屈，或实若丹砂，或花如金桂。——味香气馥，非凡花之可比。贾政不禁道：“有趣！只是不大认识。”有的说是薜荔藤萝。贾政道：“薜荔藤萝那得有此异香？”宝玉道：“果然不是。这众草中也有藤萝薜荔。那香的是杜若蘅芜。那一种大约是茝兰。这一种大约是金葛，……如今年深岁改，人不能识，故皆像形夺名，渐渐的唤差了，也是有的……”未及说完，贾政喝道：“谁问你来？”唬的宝玉倒退，不敢再说。

贾政因见两边俱是超手游廊，便顺着游廊步入。只见上面五间清厦，连着卷棚，四面山廊，绿窗油壁，更比前清雅不同。贾政叹道：“此轩中煮茗操琴，也不必再焚香了。此造却出意外，诸公必有佳作新题，以颜其额，方不负此。”……宝玉道：“如此说，则匾上莫若‘蘅芷清芬’四字。对联则是：‘吟成豆蔻诗犹艳，睡足荼蘼梦亦香’。”

见到“蓼汀花溆”，然后“进了港洞”，快到彼岸了。

但是，这次巡视大观园，只是初步了解修行路径，所以“采莲船”还没办好，只能从山上的盘道进去。

等到进去了，发现风景跟平常的大不一样，“忽迎面突出插天的大玲珑山石来，四面群绕各式石块，竟把里面所有房屋悉皆遮住”，“且一树花木也无，只见许多异草……非凡花之可比”。这时候的境界，各种奇妙，凡夫想也想不到。所以贾政说，“此轩中煮茗操琴，也不必再焚香了”，一缕心香，一念遍供十方诸佛。

宝玉说“如今年深岁改，人不能识，故皆像形夺名，渐渐的唤差了”，也是实话。修道的路上，岔路非常多，以讹传讹的说法也非常多。

所以在今天这个时代，提倡大家回到佛经原典上（当然不是一概否定后世的论著），非常必要，因为后世的佛学理论，鱼龙混杂的太多了。不光佛教这样，儒学、丹道、西方宗教，或许都面临同样的问题。

岔路这么多，以讹传讹这么多，各种左道旁门也就不奇怪了。但是，六祖告诫我们：

若真修道人，不见世间过。

若见他人非，自非却是左。

他非我不非，我非自有过。

但自却非心，打除烦恼破。

憎爱不关心，长伸两脚卧。

这么说来，修行人只管看自己的贪瞋痴，对别人的是非对错，没办法纠缠进去。所以小说这里，贾政批评贾宝玉，“谁问你来？”人家又没请你评判，卖弄什么呢？即使请了，也要慎重开口呀。主动开口，“来说是非者，便是是非人”，对自己对别人都不好。

“蘅”，即杜衡，“芷”，即白芷，都是可以入药的香草。豆蔻开在初春，荼蘼开在春末夏初。荼蘼一开花，就意味着春天的花季结束了。“吟成豆蔻诗犹艳，睡足荼蘼梦亦香”，说的全是花，跟禅宗有关，也暗示了这时候的修行境界。

说着，大家出来。走不多远，则见崇阁巍峨，层楼高起，面面琳宫合抱，迢迢复道萦纡。……一面说，一面走，只见正面现出一座玉石牌坊，上面龙蟠螭护，玲珑凿就。贾政道：“此处书以何文？”众人道：“必是‘蓬莱仙境’方妙。”贾政摇头不语。宝玉见了这个所在，心中忽有所动，寻思起来，倒像在那里见过的一般，却一时想不起那年那日的事了。贾政又命他题咏。宝玉只顾细思前景,全无心于此了。众人不知其意,只当他受了这半日折磨,精神耗散,才尽词穷了;再要作难逼迫着了急,或生出事来倒不便,遂忙都劝贾政道:“罢了,明日再题罢了。”贾政心中也怕贾母不放心,遂冷笑道:“你这畜生,也竟有不能之时了。也罢,限你一日。明日题不来,定不饶你!这是第一要紧处所,要好生作来!”

对本地风光,反倒想不出怎么贴标签了,什么文字都苍白无力。

贾政再逼,也没用,一切的“正”,一切的标准,都不用了。就像六祖说的:“邪正俱打破,菩提性宛然。”

说着,引人出来,再一观望,原来自进门至此,才游了十之五六。

明白以后起修,所以到了这里,“才游了十之五六”。

又值人来回:“有雨村处遣人回话。”贾政笑道:“此数处不能游了。虽如此,到底从那一边出去,也可略观大概。”说着,引客行来,至一大桥,水如晶帘一般奔入。原来这桥边是通外河之闸,引泉而入者。贾政因问:“此闸何名?”宝玉道:“此乃沁芳源之正流,即名‘沁芳闸’。”贾政道:“胡说!偏不用‘沁芳’二字!”

这次只是初步规划,规划完了,决定要开始了,成佛做祖的大功大业要开场了，所以贾雨村又出现了。

明白路头以后起修，到底还要修什么呢？读经？拜佛？吃饭？穿衣？待人接物？都是，都不是。

古人说：天天吃饭，不曾咬着一粒米；天天穿衣，不曾挨着一根线。用凡夫的思维没法去窥探。所以贾政说，“此数处不能游了”，也像小说后面说的，从此后，“天外书传天外事，两番人作一番人。”

见到了“沁芳源之正流”，到这里，才可以挺起腰杆说，“正知正见”。禅宗号称“正法眼藏”，到这一步，才可以发自内心地说，接上正脉了。当然了，都是自己说给自己听，跟别人说，别人没准还是会笑死的。不是别人不识货，而是你一标榜出来，马上离灵山十万八千里。

贾政为什么批评宝玉“胡说”，“偏不用‘沁芳’二字”呢？以前还是有真妄的对立，“芳”还是暗示了妄情的不可取，有修，有观，现在见到了“正流”，没话说了，还“胡说”个啥呢？假的就是真的，真的就是假的。到这一步，才可以发自内心地说，“烦恼即菩提”。平时吹吹牛还行，那是记性好，把古人的口水拿出来卖弄一下，真的烦恼来了，烦得要死，菩提早扔爪哇国了。所以佛说，不明白的人，即使谈点大道，也是“知字而不知义”，就像小虫，在树叶上偶然咬出了一个字，比如“天”啦，“人”啦，偶然事件，其实小虫自己不知道是什么字，明白的人看到了，也就笑一笑，不会大惊小怪地说，哎呀，小虫都会写字啦！

于是一路行来，或清堂，或茅舍，或堆石为垣，或编花为门，或山下得幽尼佛寺，或林中藏女道丹房，或长廊曲洞，或方厦圆亭，贾政皆不及进去。

临济说：

一念缘起无生，超出三乘权学。

禅宗直指人心，当下顿悟，当下秒杀一切折腾，哪里还有那么多的曲折。这么修，那么修，随他们怎么修，怎么热闹，到我这里都是闲家具。所以凭他什么景点，“贾政皆不及进去”，没兴趣。

清堂、茅舍、堆石为垣等，比喻跟大道无关的一些纯休闲法门，比如什么《花间集》《闲情偶寄》《傲慢与偏见》《约翰·克里斯朵夫》，等等，对修行人来说，当个调料翻翻还行，钻进去看一万年，也不一定能回到自家身心上。幽尼佛寺、女道丹房等，跟大道沾边了，在这里比喻一切有为折腾，就是上面临济祖师说的“三乘权学”。这是比喻，不必当真，历史上，比丘尼也有大彻大悟的，住山隐居的也有大菩萨。

因半日未尝歇息，腿酸脚软，忽又见前面露出一所院落来，贾政道：“到此可要歇息歇息了。”说着，一径引入。……贾政道：“这叫做‘女儿棠’，乃是外国之种。俗传出女儿国，故花最繁盛，亦荒唐不经之说耳。”众人道：“毕竟此花不同！女国之说想亦有之。”宝玉云：“大约骚人咏士以此花红若施脂，弱如扶病，近乎闺阁风度，故以女儿命名。世人以讹传讹，都未免认真了。”众人都说：“领教。妙解！”一面说话，一面都在廊下榻上坐了。贾政因道：“想几个什么新鲜字来题？”……宝玉道：“依我，题‘红香绿玉’四字，方两全其美。”贾政摇头道:“不好,不好!”

喧嚣都尽,回归平常。世界还是那个世界,红尘还是那个红尘。离了红尘,哪有大道?小说后面说,“天外书传天外事,两番人作一番人”,人还是那个人,不过不再撕裂了,不再在现实的我和幻想的我中间跳来跳去,弄得自己神经紧张了。

“女儿棠”,“女儿国”,“红香绿玉”,都是比喻红尘五欲。

为什么贾政会摇头,连说两个“不好”呢?因为宝玉说“红香绿玉”,隐含了掉进去的倾向。回归红尘五欲世界,那是“两番人作一番人”,但是,还有“天外书传天外事”呀,心不掉进去呀。就像咱们常说的,“以出世之心,做入世之事”,光入世,不超脱,那不就是凡夫吗?贾宝玉和甄宝玉之间的决裂,原因也就在这里,手上做俗得不能再俗的事,心里是超脱的,甚至连意识都不要,贾宝玉干脆最后玩失踪。要看懂贾政这里的“不好,不好”,得读点禅宗公案,瞬间对答里面的微妙,妙不可言,祖师们在华山论剑的时候,高手过招,往往就是抓住了对方言语中的一点点破绽,然后摇头说不好不好,对方也只好认栽。倒不是祖师想赢,大家相互提醒,相互帮助而已。要读禅宗公案,又非得读一些常见的大乘经典不可,因为表面上的口头之言,背后经常隐藏着某部经的某个原理,那就说来话长了。

大道不离红尘,这个道理,读者可参看宝志禅师的《大乘赞十首》《十四科颂十四首》等,《指月录》都有收录,这里不掉书包了。

原来贾政走进来了,未到两层,便都迷了旧路,左瞧也有门可通,右瞧也有窗隔断。及到跟前,又被一架书挡住;回头又有窗纱明透门径。及至门前,忽见迎面也进来了一起人,与自己的形相一样,却是一架大玻璃镜。转过镜去,一发见门多了。贾珍笑道:"老爷随我来。从这里出去就是后院,出了后院倒比先近了。"引着贾政及众人转了两层纱橱,果得一门出去。院中满架蔷薇,转过花障,只见清溪前阻。众人诧异:"这水又从何而来?"贾珍遥指道:"原从那闸起流至那洞口,从东北山凹里引到那村庄里,又开一道岔口,引至西南上,共总流到这里,仍旧合在一处,从那墙下出去。"众人听了,都道:"神妙之极!"说着,忽见大山阻路,众人都迷了路,贾珍笑道:"跟我来。"乃在前导引。众人随着,由山脚下一转,便是平坦大路,豁然大门现于面前。众人都道:"有趣,有趣! 搜神夺巧,至于此极!"于是大家出来。

这段情节,算是给整个修行之路作了个结论。

迷的时候,跟"鬼打墙"一样,千转万转找不着头,其实那活泼泼的清溪流水,一直在那淌着。时节一到,"由山脚下一转,便是平坦大路,豁然大门现于面前"。

这里由"假真"(贾珍)引路,暗示咱们通常说的"执著"(认假为真),其实也有妙用,真把修行当回事,一路追下去,迟早明白。他有了这种执著,可能就会格外用功一些,值得随喜。有些学佛的人,他可能对自己的法门有强烈的执著,甚至会说人家不行,边上的人听听也就算了,不用跟他抬杠。

宝玉方退了出来。至院外,就有跟贾政的小厮上来抱住,……说着,一个个都上来解荷包,解扇袋,不容分说,将宝玉所佩之物,尽行解去。又道:"好生送上去罢。"一个个围绕着,送至贾母门前。那时贾母正等着他,见他来了,知道不曾难为他,心中自是喜欢。

游了一番,"所佩之物,尽行解去",落得一身轻松,何乐不为呢?

"那时贾母正等着他",比喻整个修行的路上,从始到终,佛都是在等着咱们的。《楞严经》说,"十方如来怜念众生,如母忆子",就等着孩子回家呢。有些孩子,出门了一去不回头,连条短信都没有;有些孩子,还懂得每个月打一次电话;有些孩子,每天都打电话。不管哪种,做母亲的,都天天挂念,盼着母子团聚。

少时,袭人倒了茶来,见身边佩物一件不存,因笑道:"带的东西,必又是那起没脸的东西们解了去了。"黛玉听说,走过来一瞧,果然一件没有,因向宝玉道:"我给你的那个荷包也给他们了?你明儿再想我的东西,可不能够了!"说毕,生气回房,将前日宝玉嘱咐他没做完的香袋儿,拿起剪子来就铰。宝玉见他生气,便忙赶过来,早已剪破了。宝玉曾见过这香袋,虽未完工,却也十分精巧,无故剪了,却也可气。因忙把衣领解了,从里面衣襟上将所系荷包解下来了,递与黛玉道:"你瞧瞧,这是什么东西?我何曾把你的东西给人来着?"

这次游历,毕竟只是认路,刚轻松一下,烦恼又接上了。

袭人比喻情识，黛玉比喻“佛法”。先是袭人，舍不得失去那么多东西，然后就是黛玉，舍不得那个荷包。

有位师父，坐在车站候车，掏出一本佛经来，刚读一会儿，来了个乞丐，给了一块钱，乞丐又指着佛经说，把这个也给我吧。师父愣了一下，舍不得给，乞丐转身，边走边说，连一本书都舍不得。

黛玉的荷包，就是那本书啊！

舍不得，那就揣好呗，宝玉把它系在里面衣襟上。继续修吧。

又有林之孝家的来回：“采访聘买得十二个小尼姑、小道姑，都到了，连新做的二十四分道袍也有了。外又有一个带发修行的，本是苏州人氏，祖上也是读书仕宦之家，因自幼多病，买了许多替身，皆不中用，到底这姑娘入了空门，方才好了，所以带发修行。今年十八岁，取名妙玉。如今父母俱已亡故，身边只有两个老嬷嬷、一个小丫头伏侍。文墨也极通，经典也极熟，模样又极好。因听说长安都中有观音遗迹并贝叶遗文，去年随了师父上来，现在西门外牟尼院住着。他师父精演先天神数，于去冬圆寂了。遗言说他不宜回乡，在此静候，自有结果，所以未曾扶灵回去。”王夫人便道：“这样，我们何不接了他来？”

大观园要建起来了，所以小尼姑、小道姑都请来了，尤其是，妙玉要登场了。

前面说过，妙玉比喻修行方面的有为造作。这里进一步交待，“带发修行”,“文墨也极通”,“观音遗迹并贝叶遗文”,“精演先天神数”,都透露了这种信息。后文的各种渐修,都带有有为色彩,所以妙玉一直在场,直到第112回为止。

她是冲着“观音遗迹并贝叶遗文”来的,而不是冲着觉悟自心来的,所以只在佛法的外围打圈圈。

“精演先天神数”,类似于今天说谁谁精通易学,这是不错的事,但未必能说是发明心地的必要条件。禅宗祖师里,有懂易学的,但也有不懂的。

这里说她师父“精演先天神数”,从后文来看,她自己也是懂的。讽刺的地方在于,虽然懂这些,她还是下场很惨。第114回,宝钗说:“你失了玉,他去求妙玉扶乩,批出来,众人不解,他背地里合我说,妙玉怎么前知,怎么参禅悟道,如今他遭此大难,如何自己都不知道?这可是算得前知吗?”算是作者借宝钗之口,做的微妙提醒。

对于术数预测学问,我觉得相信者没有错,反对者也没有错。一门学问,有人相信,有人反对,是正常现象。

从《十翼》和术数来看,易学的根本原理,应该是“心”。心是贯通一切时空的(《西游记》里用孙悟空一跟头十万八千里比喻),不管是过去侏罗纪,还是未来的“世界末日”,不管是身边的人,还是遥远的星系,只要你起的上名,念头一动,就在脑海里有形迹了(至于说这个形迹是不是准确,那是另外一码事)。

既然是心法,按照佛教原理,心是随时变动的,因果也会根据念头而随时变化,那么,术数的准确性,就会打折扣了。根据近年出土的简帛,孔子自述,他断卦的准确率,是70%。

曹雪芹是怎么玩易的呢？从小说里可以看出，包括八字、六爻、大六壬在内，诸多的术数学问，他都有研究，但是在第102回毛半仙那个情节里，传达了他只是玩一玩的心态。

（二）人伦义务

第18回的回目，叫“皇恩重元妃省父母，天伦乐宝玉呈才藻”。

修道的人，人伦是避不开的。比如我们常说的“冤亲债主”，就包括了过去世、现在世的亲人，要是不用修行功德回向给他们，他们可能就要捣乱。我们笼统地把这些修行做法，称为“消业障”。这也是为什么圣贤学问重视道德的原因，少一分纠缠，多一分自在。

儒家不用“解脱”这个术语，用“无疚”“反身而诚”“至诚”，意思差不多。扪心自问，上不愧天，下不愧地，中不愧人，不欠债了，就自在了。

只因当日这贾妃未入宫时，自幼亦系贾母教养。后来添了宝玉，贾妃乃长姊，宝玉为幼弟，贾妃念母年将迈，始得此弟，是以独爱怜之。且同侍贾母，刻不相离。那宝玉未入学之先，三四岁时，已得元妃口传教授了几本书，识了数千字在腹中，虽为姊弟，有如母子。

这段话，描述了姐弟恩情，也交待了修行的前提条件：人品达到一定分数。

元妃又叫贤德妃，比喻高尚情操，道德观念。贾母先教元妃，然后元妃再教宝玉。佛门就是这样，先教基本的道德观念，比如避十恶、趋十善，然后才谈得上进一步的超越善恶而解脱。

《中庸》说："君子之中庸也，君子而时中；小人之中庸也，小人而无忌惮也。""中"就是每个人的本性，佛门叫做佛性，这东西本来是不粘任何东西的（本来无一物），不粘所以不偏，叫中，儒学用"慎独"来体察这种不粘不偏（"独"不是独处，是心的意思），佛门里的般若又叫中观，原理一样；"庸"就是平常日用。"时中"，就是经常自觉地合道，这个"中"读第四声，像射箭射中了一样，不是"中庸"那个"中"。君子也好，小人也罢，其实都不违背大道实相，种种言行，都是"中庸"的，都是他本性在日常生活中的发用。问题是，君子可以教，可以有意识地体察到本性的发用；而小人呢？他只是一味地胡乱发用，不知道返本。

《中庸》拿这段话放在开篇没多久，也是暗示，人品达不到一定的分数，简直没法教，那就等将来再说吧。

彼时舟临内岸，去舟上舆，便见琳宫绰约，桂殿巍峨。石牌坊上写着"天仙宝境"四大字。贾妃命换了"省亲别墅"四字，于是进入行宫。

"天仙宝境"不平凡，别求妙法妙境，脱离了现实人伦，所以元妃叫换成"省亲别墅"。

因题其园之总名曰:“大观园”。正殿匾额云:“顾恩思义”。对联云:

天地启宏慈,赤子苍生同感戴;

古今垂旷典,九州万国被恩荣。

又改题“有凤来仪”,赐名“潇湘馆”。“红香绿玉”,改作“怡红快绿”,赐名“怡红院”。“蘅芷清芬”,赐名“蘅芜院”。“杏帘在望”,赐名“浣葛山庄”。……于是先题一绝句云:

衔山抱水建来精,多少工夫筑始成。

天上人间诸景备,芳园应锡大观名。

元妃这里强调的,是“恩”。

大观园是观心,跟恩有什么关系呢?

《大乘本生心地观经》主要是讲观心的,但是,关于四恩,是其中的重要内容。哪四恩呢?父母恩、众生恩、国王恩、三宝恩。佛说,十方诸佛,都是大慈大悲而“成正觉”的。先从知父母恩、报父母恩开始,然后推广到对一切众生的感恩,就可以有大慈大悲了。跟《大乘本生心地观经》相比,《地藏经》流传更广一些,里面也贯穿着这条线索。儒学也是这个路数。

要是不明白感恩,心里容易干枯,有点什么境界、心得,容易癫狂,只能在家门口转转,想长途旅行、环游地球,没钱。

“潇湘馆”,寄寓了对古人言迹的怀念,也通过娥皇女英哭舜的悲剧,来暗示修行人追求“水中月”“镜中花”的情形。

“怡红院”,对于红尘世界不排斥,对于自己的各种妄想不排斥,不是要断掉它们，而是就在观照的过程中，乐在其中。

“衔山抱水建来精，多少工夫筑始成”，能开始观心，不再一味地被世界要得团团转，这得多少辈子的福报积累。

“天上人间诸景备”，类似于孟子说的“万物皆备于我矣。反身而诚，乐莫大焉”，世界的一切，无非都在我的心里，回头想一想，退一步海阔天空。

小说接下来，记录了迎春、探春等人的诗，都反映了各人的喻象。宝玉的诗，则带有明显的痴情气息（远不止男女痴情一端），尤其是“好梦正初长”一句，路还长啊。

少时，点了四出戏：第一出，《豪宴》；第二出，《乞巧》；第三出，《仙缘》；第四出，《离魂》。

这四出戏，不用问内容了，名字已经够了。

豪宴→乞巧→仙缘→离魂，就是一个从红尘五欲开始发心修道，然后遇上佛缘，得以解脱的过程。

佛缘就是巧，全靠缘，这个前面解释“冷香丸”的时候，已经说过了。

贾蔷忙答应了，因命龄官做《游园》《惊梦》二出。龄官自以为此二出非本角之戏，执意不从，定要做《相约》《相骂》二出。贾蔷扭不过他，只得依他做了。

《游园》《惊梦》都是《牡丹亭》里的情节，讲隔生的事，投胎转世之类的；

龄官却执意要唱《相约》《相骂》，这是《钗钏记》里的情节，讲现世的事，不用等下辈子了。

龄官比喻“寿者想”，所以对于修行，执意要现世成就，还等什么下辈子呀，即身成佛多好呀。这都是妄想，还在概念里转。

（三）随缘而进

第19回的回目，叫“情切切良宵花解语，意绵绵静日玉生香”。

“情切切良宵花解语”，是袭人在良宵里，苦口婆心地劝宝玉。“意绵绵静日玉生香”，是宝玉跟黛玉两个人说“故典”的事情，精工出细活，修行不用急。

第一个宝玉是极无事最闲暇的。偏这一早，袭人的母亲又亲来回过贾母，接袭人家去吃年茶，晚上才得回来。因此，宝玉只和众丫头们掷骰子赶围棋作戏。正在房内顽得没兴头，忽见丫头们来回说：“东府里珍大爷来请过去看戏，放花灯。”……谁想贾珍这边唱的是《丁郎认父》《黄伯央大摆阴魂阵》，更有《孙行者大闹天宫》《姜太公斩将封神》等类的戏文，倏尔神鬼乱出，忽又妖魔毕露。内中扬旛过会、号佛行香，锣鼓喊叫之声，闻于巷外。弟兄子侄，互为献酬；姊妹婢妾，共相笑语。独有宝玉，见那繁华热闹到如此不堪的田地，只略坐了一坐，便走往各处闲耍。先是进内去和尤氏并丫头姬妾鬼混了一回，便出二门来。尤氏等仍料他出来看戏，遂也不曾照管。贾珍、贾琏、薛蟠等只顾猜谜行令，百般作乐，纵一时不见他在座，只道在里边去了，也不理论。至于跟宝玉的小厮们：那年纪大些的，知宝玉这一来了必是晚上才散，因此偷空儿，也有会赌钱的，也有往亲友家去的，或赌或饮，都私自散了，待晚上再来；那些小些的，都钻进戏房里瞧热闹儿去了。

百丈说：

汝等先歇诸缘，休息万事，善与不善世出世间一切诸法莫记忆、莫缘念，放舍身心，令其自在，心如木石，无所辨别，心无所行。

刚开始放舍身心，于是袭人回家去了，比喻什么道理、鸡汤的，都先放一边。

原先的惯性，是要有个正经，试图把心里那些邪恶的、阴暗的，都压下去。现在一放开“正”的概念，原先被压制的负面的东西，就像水缸冒葫芦，都出来了，于是有“掷骰子赶围棋”“神鬼乱出”“妖魔毕露”“和尤氏并丫头姬妾鬼混”等事。

冒出来也不管它，不跟着跑，所以宝玉仍是一个人“出二门来”，大家都不过问他到哪里去了，喻指对“意”放得开。

小孩教育也是这样。一个小孩，从小生活在充满管制的氛围当中，他就会试图把心里那些负面的东西压下去，遇到一定的机会，负面的东西可能会突然爆发，让大人目瞪口呆。有个小孩，平时家里管得不算严，有一回，到了一位师父那里，师父超级慈悲，于是那个小孩又是打滚，又是拽师父耳朵，连连喊着"屁""屁"，师父说，像这些情绪，平时在家他都压抑着，到这里释放出来了。中国过去两千年里，"严父""棍棒出孝子"的观念，非常流行，到底有没有弊端呢？仁者见仁，智者见智。现代心理学不赞成这样管教，认为压抑总是意味着人格的扭曲。替孔孟辩解一句，孔孟都没有主张过什么"严父""棍棒出孝子"，孟子说，父子亲爱，比什么都重要，父子不亲就"不祥"，所以，为了保证这份亲爱，不妨学学古人的"易子而教"，跟朋友换孩子教，这其实就是"学校"的观念，把孩子交给专门的老师管教。至于父亲自己对孩子的教育，他没有明说，显然不是通过打骂，而是自己做个表率，给孩子提供活生生的模板。

宝玉见一个人没有，……乃大着胆子，舔破窗纸，向内一看。那轴美人却不曾活，却是茗烟按着个女孩子，也干那警幻所训之事，正在得趣，故此呻吟。宝玉禁不住大叫："了不得！"一脚踹进门去，将那两个唬的抖衣而颤。……又问："名字叫什么？"茗烟笑道："若说出名字来，话长，真正新鲜奇文！他说，他母亲养他的时节，做了一个梦，梦得了一匹锦，上面是五色富贵不断头的'卍'字花样；所以他的名字就叫作万儿。"

茗烟，火候太燥，把茶烤得冒烟。卍（读音为"万"）儿比喻佛果，佛的胸前有卍字，象征佛的万德庄严。卍字符在不同的古文明都有发现，从埃及到伊朗，甚至到美洲文明，都有这个东西。一般写成卍，也偶然有相反的开口顺序，不过结合《洛书》研究的话，写成卍可能更妥。

茗烟和万儿干那事，被宝玉抓个正着，比喻修行人对于自己急躁求道的清晰了知。

“警幻所训之事”，从字面上看是行淫，知道了警幻仙子的喻意，就可以知道，这六个字是别有所指。

对于初学者来说，急于成佛，很正常，可以理解。有人问南阳慧忠国师，我发心出家，想求做佛，不知怎么用心才能做佛呢？国师说，“无心可用，即得成佛”。那人很奇怪，无心可用，那谁成佛呢？国师说，“无心自成佛，成佛亦无心”。又有一次，有个人问，怎么样才能成佛呢？国师说，“佛与众生一时放却，当处解脱”。那人说，我可以理解这个道理，但是怎么相应呢？日常生活当中怎么应用呢？国师说，“善恶不思，自见佛性”，没有什么好不好的，没有是非取舍，就能见到佛性了。

宝玉道：“看了半日，怪烦的，出来逛逛，就遇见你们了。这会子做什么呢？”茗烟微微笑道：“这会子没人知道，我悄悄的引二爷城外逛去，一会儿再回这里来。”……宝玉笑道：“依我的主意，咱们竟找花大姐姐去，瞧他在家作什么呢。”茗烟笑道：“好，好。倒忘了他家。”又道：“他们知道了，说我引着二爷胡走，要打我呢。”宝玉道：“有我呢！”茗烟听说，拉了马，二人从后门就走了。幸而袭人家不远，不过一半里路程，转眼已到门前。茗烟先进去叫袭人之兄花自芳。

静极思动，静不下去。

按照有些法门去修，在“放舍身心”这块，可能就不好玩了。平时抓东西抓惯了，突然两手空空，总觉得不自在。儒学的修养，按照陆九渊的路数，也要修这一课。陆九渊说：

人心只爱去泊着事，教他弃事时，如鹘孙失了树，更无住处。

既知自立，此心无事时须要涵养，不可便去理会事。……初学者能完聚得几多精神，一霍便散了。某平日如何样完养，故有许多精神难散。（《象山语录》）

他说，抓这抓那的，都是不能自立的表现。

丹道呢？也有这个说法。静极思动，阴极生阳，或者叫一阳来复，这时候正好用功，但是如果把持不住的话，就要胡来了。

宝玉这时候倒没有胡来，不过还是舍不得一系列鸡汤，找袭人去了。

世界本来是“花自芳”，一去攀缘，变成“花袭人”了。

还好了，慢慢来。

偏奶母李嬷嬷拄拐进来请安，瞧瞧宝玉，见宝玉不在家，丫鬟们只顾玩闹，十分看不过，因叹道：“只从我出去了，不大进来，你们越发没了样儿了，……越不成体统了！”这些丫头们明知宝玉不讲究这些；二则李嬷嬷已是告老解事出去的了，如今管不着他们，因此只顾玩笑，并不理他。那李嬷嬷还只管问："宝玉如今一顿吃多少饭？什么时候睡觉？"丫头们总胡乱答应，有的说："好个讨厌的老货！"李嬷嬷……一面说，一面赌气，把酪全吃了。又一个丫头笑道："他们不会说话，怨不得你老人家生气。宝玉还送东西给你老人家去，岂有为这个不自在的？"李嬷嬷道："你也不必装狐媚子哄我，打量上次为茶撵茜雪的事我不知道呢！明儿有了不是，我再来领。"说着，赌气去了。

"放舍身心"之后，原先压抑着的负面东西都冒出来了，拿大道理一比照，就会感觉乱糟糟的很不像话，所以"理嬷嬷""十分看不过"。但还得继续呀，不能再老是一堆大道理呀，所以李嬷嬷"告老解事"出去了，丫头们也"只顾玩笑，并不理他"。

接下来，由袭人唱主角，对宝玉柔言规劝，是说，外在的那些大道理，要尽量内化，从自家身心中体会出来。

孔子说："学而不思则罔，思而不学则殆。"学人家的，得跟自己思考配合起来，就像吃饭，消化了才是营养。

宝玉想一想，果然有理，又道："老太太要不放你呢？"袭人道："为什么不放呢？……我去了，仍旧又有好的了，不是没了我就使不得的。"宝玉听了这些话，竟是有去的理，无留的理，心里越发急了。……宝玉听了，思忖半晌，乃说道："依你说来说去，是去定了？"

袭人道:"去定了。"宝玉听了,自思道:"谁知这样一个人,这样薄情无义呢?"乃叹道:"早知道都是要去的,我就不该弄了来!临了剩我一个孤鬼儿!"说着,便赌气上床睡了。

用情识,用道理(包括各种心灵鸡汤),来帮助自己修行,一般是必经的途径。所以贾母指定袭人侍奉宝玉、规劝宝玉。

但是,对于情识,也不妨有所反思。那东西究竟吗?

不究竟。

所以,情识终究是"薄情无义"的,跟解脱隔层皮。想到这里,贾宝玉不禁烦闷,"便赌气上床睡了"。

宝玉忙笑道:"你说,那几件?我都依你。好姐姐,好亲姐姐!别说两三件,就是两三百件我也依的。只求你们看守着我,等我有一日化成了飞灰,——飞灰还不好,灰还有形有迹,还有知识的!等我化成一股轻烟,风一吹就散了的时候儿,你们也管不得我,我也顾不得你们了,凭你们爱那里去那里去就完了。"急的袭人忙握他的嘴,道:"好爷!我正为劝你这些个。更说的狠了!"宝玉忙说道:"再不说这话了。"袭人道:"这是头一件要改的。"

对于鸡汤,舍不舍得撤掉,这里是个考验。

考验的结果,舍不得。

宝玉的理想,"只求你们看守着我"云云,比喻修行人的一种常见妄想。

通过眼前这些情识作用，积累功夫，将来再解脱意根（“化成一股轻烟，风一吹就散了”），就行了（“就完了”），这种想法，说来也似乎没有问题，但问题是，《红楼梦》是禅书，立足的是禅宗。禅宗的命根子在哪？在顿。禅宗不否定渐修，但是，见地上不明白，渐修修了半天，修无量劫，就像一个人走路，不看路，也不知道路线，光用脚，走几十里、走一万里，走到哪里了知道吗？

袭人一听宝玉陈述了渐修的误区，马上提醒，你还在寄希望于将来？宝玉赶紧认错。

明白了，当下承担。不明白，那就慢慢来，修福报练胆量。《西游记》第8回，开篇有首词，叫《苏武慢》，很有意思，文采也相当了得：

试问禅关，参求无数，往往到头虚老。磨砖作镜，积雪为粮，迷了几多年少？毛吞大海，芥纳须弥，金色头陀微笑。悟时超十地三乘，凝滞了四生六道。

谁听得绝想崖前，无阴树下，杜宇一声春晓？曹溪路险，鹫岭云深，此处故人音杳。千丈冰崖，五叶莲开，古殿帘垂香袅。那时节，识破源流，便见龙王三宝。

有人认为《西游记》是吴承恩写的。是不是他写的，不知道，不过《西游记》的这种透脱、文采，不是个中人，恐怕写不出来。

他描述了渐修的常见误区（他没说是误区，咱们勉强贴个标签），磨砖头以为能成镜子，攒白雪以为能作粮食，玩了多少年，一旦明白，笑一笑而已。灵山会上，佛祖拈花，大迦叶微笑，一切尽在不言中。我们可以解释说，过去无量劫的渐修，才有了今天的豁然明白；也可以解释说，过去无量劫的渐修，都是走弯路白花工夫；也可以有别的解释。都是语言上的解释而已。

袭人道："第二件，你真爱念书也罢，假爱也罢，只在老爷跟前，或在别人跟前，你别只管嘴里混批，只作出个爱念书的样儿来，也叫老爷少生点儿气，在人跟前也好说嘴。老爷心里想着：我家代代念书，只从有了你，不承望不但不爱念书，已经他心里又气又恼了，而且背前面后混批评。凡读书上进的人，你就起个外号儿，叫人家'禄蠹'；又说：'只除了什么明明德外就没书了，都是前人自己混编纂出来的。'这些话，你怎么怨得老爷不气？不时时刻刻的要打你呢？"

自勉，不轻视世俗的人和学问，学会谦虚、韬光养晦。

刚学佛的人（还有一些学了很久的?），容易有自大心态。我学佛了，其他的学问都不值一提了，那些人不学佛，地狱种子啊！

这种不平等的心态，一方面，可以促使自己更用功地学佛，这是不平等的妙用，另一方面，到了一定的时候，就会发现，该平等了，老是那么幼稚怎么行呢。

不光是学佛的这样，迷上任何一门慧学，都容易这样。要不然，怎么叫"迷上"呢？有些人可能迷一辈子，还不知道自己死守的某个学派，原来跟其他学派是平等的，就像盲人摸象，每个人摸的部位不一样而已。大哲维特根斯坦一辈子相当传奇，他说，对于不可知的东西，咱们应该沉默。

宝玉"小时候儿不知天多高地多厚，信口胡说"，随便骂人家"禄蠹"，又说古来除了"明明德"外就没书了，这都叫厚诬古人、恶谤今人，所以袭人劝他改正。

骂人"禄蠹",人家都不对,真的吗?恰恰是自己还守着"对"的东西,看人家不对,才会这么说。那么,到底谁有问题呢?

这个习气,根源于自命清高。等他在"清"的一面死了心,才会发自内心地尊重人家的"浊"。

这时候,还没有死这份心,所以只是袭人灌的鸡汤而已。意识到了这个问题,虽然不能彻底改掉,但至少会在言行上有所调整,所以袭人规劝的理由,是"叫老爷少生点儿气,在人跟前也好说嘴"。

袭人道:"再不许谤僧毁道的了。还有更要紧的一件事:再不许弄花儿,弄粉儿,偷着吃人嘴上擦的胭脂和那个爱红的毛病儿了。"宝玉道:"都改,都改。再有什么,快说罢。"……黛玉一回眼,看见宝玉左边腮上有钮扣大小的一块血迹,便欠身凑近前来,以手抚之细看,道:"这又是谁的指甲划破了?"宝玉倒身,一面躲,一面笑道:"不是划的,只怕是刚才替他们淘澄胭脂膏子溅上了一点儿。"

不是修行人吗,怎么说宝玉"谤僧毁道"呢?这里至少有两个原因。一是,据说宋朝以后,尤其是明清时期,佛教界和道教界存在一定的乱象,对于自身的形象,有一定的不良影响。曾国藩祖父家传的训诫,有三不信,其中第一个不信,就是"僧巫",另两个依次是风水先生和江湖郎中,可见那时的情形。二是,正因为是修行人,所以也容易犯"同行相轻"的毛病,觉得那些专门修行的出家人,可能还不如自己厉害,这当然是自己的心不平等,而不是人家有什么问题。修行是自修自心，恶意诽谤别人就是自己颠倒，所以袭人提醒宝玉“再不许谤僧毁道的了”。

偷吃女孩子的“胭脂”，“爱红”，比喻男女方面不能慎独。袭人刚提醒，宝玉还是犯了。曾国藩临死的时候，给儿子们留下了四条遗训，第一条，就是“慎独则心安”。他说：“自修之道，莫难于养心；养心之难，又在慎独。能慎独，则内省不疚，可以对天地、质鬼神。人无一内愧之事，则天君泰然，此心常快足宽平，是人生第一自强之道，第一寻乐之方，守身之先务也。”

宝玉总没听见这些话，只闻见一股幽香，却是从黛玉袖中发出，闻之令人醉魂酥骨。宝玉一把便将黛玉的衣袖拉住，要瞧瞧笼着何物。

鸡汤一喝，气血充足。内在的精神力量出来了，这就是黛玉袖子里的“幽香”。找是找不到的。

（四）自立自强

第20回的回目，叫“王熙凤正言弹妒意，林黛玉俏语谑娇音”，里面贯穿着“妒”字：李嬷嬷妒袭人，晴雯妒袭人麝月，贾环妒宝玉，黛玉妒宝钗。

妒别人，就是自己不自立自强。

怎么自强呢？

先是王熙凤（比喻刚强之气）出面，解劝“理”嬷嬷，开导贾环、压住赵姨娘，同时通过“环”“赵”母子的喻象，揭示嫉妒的病因。然后由史湘云出面，大家开心一笑。史湘云比喻豪情，也可以说豪爽，大笔一挥，什么事儿都不是事儿。

只见李嬷嬷拄着拐杖，在当地骂袭人：……那李嬷嬷脚不沾地，跟了凤姐儿走了。……后面宝钗黛玉见凤姐儿这般，都拍手笑道："亏他这一阵风来，把个老婆子撮了去了！"

袭人和李嬷嬷之间最激烈的冲突。

从此以后，李嬷嬷几乎消失了。

少玩大道理，哄自己吓唬别人，自己心里多体会吧。

宝玉点头叹道："这又不知是那里的账，只拣软的欺负！又不知是那个姑娘得罪了，上在他账上了。"一句未完，晴雯在旁说道："谁又没疯了，得罪他做什么？既得罪了他，就有本事承任，犯不着带累别人。"袭人一面哭，一面拉着宝玉道："为我得罪了一个老奶奶，你这会子又为我得罪这些人，这还不够我受的？还只是拉扯人！"……

只篦了三五下儿，见晴雯忙忙走进来取钱，一见他两个，便冷笑道:“哦!交杯盏儿还没吃,就上了头了!”宝玉笑道:“你来,我也替你篦篦。”晴雯道:“我没这么大造化!”说着,拿了钱,摔了帘子,就出去了。宝玉在麝月身后,麝月对镜,二人在镜内相视而笑。宝玉笑着道:“满屋里就只是他磨牙。”麝月听说,忙向镜中摆手儿。宝玉会意。忽听唿一声帘子响,晴雯又跑进来问道:“我怎么磨牙了?咱们倒得说说!”

原先抓住大道理,一个重要的原因,是撑门面。这里以晴雯为喻。

晴雯的喻象,前面解释过,就是对未来高贵地位的幻想。有了这个幻想,自然会表现出一系列的光环,即使现在没有那个地位,也会散发出来,因为心里有光环。这就是咱们说的装腔作势、拿架子。

庄子说,觉得自己有什么,身上就散发什么样的光彩,然后这些光彩,正好成为世间的利用把柄,然后自己累死在这点光彩上,就像鸟兽美丽的毛羽,正好成为猎人的目标。

晴雯这时候冒出来,又是讽刺袭人,又是讽刺宝玉和麝月,一方面,小说借她来说明原先抓住大道理的原因,另一方面,也说明,这个幻想还在,大道理不会甘心退场的。

晴雯对于修行的障碍,开始浮出了水面,所以宝玉说“满屋里就只是他磨牙”,一直到第77回“俏丫鬟抱屈夭风流,美优伶斩情归水月”,晴雯和司棋一并撵出大观园,了却了两个大妄想。

贾环道:“我拿什么比宝玉?你们怕他,都和他好,都欺负我不是太太养的!”说着便哭。……赵姨娘见他这般,因问:“是那里垫了踹窝来了?”贾环便说:“同宝姐姐玩来着。莺儿欺负我,赖我的钱;宝玉哥哥撵了我来了。”赵姨娘啐道:“谁叫你上高台盘了?下流没脸的东西!那里玩不得?谁叫你跑了去讨这没意思?”正说着,可巧凤姐在窗外过,都听到耳内,……凤姐向贾环道:“你也是个没性气的东西呦!时常说给你:要吃,要喝,要玩,你爱和那个姐姐妹妹哥哥嫂子玩,就和那个玩。你总不听我的话,倒叫这些人教的你歪心邪意,狐媚魇道的。自己又不尊重,要往下流里走,安着坏心,还只怨人家偏心呢。输了几个钱,就这么个样儿!”

贾环和赵姨娘一起,比喻往外乱攀,造下恶业,所以自立不起来,周围环境一点风吹草动,就大惊小怪、蝎蝎蜇蜇的,天天心里七上八下的,见不得别人的好,人家有点不对,自己这边就气得要命。

根据心理学的原理,遇到挫折,把原因往外面归,还是往自己归,反映出了心理成熟的程度。

要是照阴阳原理来说,怪人家,觉得别人不好,就会把外界的阴气往心里揽,长此以往,严重的话,自己就会阴沉沉的,离什么“光明磊落”“浩然正气”,就越来越远了。

且说宝玉正和宝钗玩笑,忽见人说:“史大姑娘来了。”宝玉听了,连忙就走。宝钗笑道:“等着,咱们两个一齐儿走,瞧瞧他去。”说着,下了炕,和宝玉来至贾母这边。只见史湘云大说大笑的,见了他两个，忙站起来问好。正值黛玉在旁，因问宝玉："打那里来?"宝玉便说："打宝姐姐那里来。"黛玉冷笑道："我说呢，亏了绊住，不然，早就飞了来了。"……二人正说着，只见湘云走来笑道："爱哥哥，林姐姐，你们天天一处玩，我好容易来了也不理我理儿！"

嫉恨别人，心里不爽，那就用爽快、乐观的心态来转换一下吧，于是史湘云登场了。史湘云发音，把"二哥哥"说成"爱哥哥"，大家逗笑一回，宝玉和黛玉本来生闷气，也不气了，再一起去吃饭，什么事都没有了。

柒

走火入魔

武侠小说里经常出现的，传说中的『走火入魔』，要上演了。这可是曹雪芹豁出性命演的，咱们留心点看，别辜负了他。第21回是细节上的开端，然后配合见地上的邪迷，逐渐发展到第25回，走火入魔。第21回『贤袭人娇嗔箴宝玉，俏平儿软语救贾琏』，主题是讲男女关系方面的慎微。一点点好像没什么，但是有因就有果。咱们看看宝玉的表演。

武侠小说里经常出现的，传说中的“走火入魔”，要上演了。这可是曹雪芹豁出性命演的，咱们留心点看，别辜负了他。

第21回是细节上的开端，然后配合见地上的邪迷，逐渐发展到第25回，走火入魔。

（一）细节上的开端

第21回“贤袭人娇嗔箴宝玉，俏平儿软语救贾琏”，主题是讲男女关系方面的慎微。一点点好像没什么，但是有因就有果。

咱们看看宝玉的表演。

次早，天方明时，便披衣靸鞋往黛玉房中来了，却不见紫鹃翠缕二人，只有他姊妹两个尚卧在衾内。那黛玉严严密密裹着一幅杏子红绫被，安稳合目而睡。湘云却一把青丝，拖于枕畔；一幅桃红绸被只齐胸盖着，衬着那一弯雪白的膀子，撂在被外，上面明显著两个金镯子。宝玉见了，叹道：“睡觉还是不老实！回来风吹了，又嚷肩膀疼了。”一面说，一面轻轻的替他盖上。

多么纯洁的少年啊！一点歪心思都没有。

喜欢宝玉的读者，不禁这样感叹。

从喻意上看，曹雪芹说，男女有别，人家女孩子在睡觉，随便跑人家卧室去了，还帮人家盖被子，后面一切的淫行，都是以这种“不小心的纯洁”开端的。

乍一看起来，宝玉没有错啊！他跑人家卧室，没有不良的动机；他看见史湘云“一把青丝，拖于枕畔；一幅桃红绸被只齐胸盖着，衬着那一弯雪白的膀子”，好像也没有动心。

湘云洗了脸，翠缕便拿残水要泼，宝玉道：“站着。我就势儿洗了就完了，省了又过去费事。”说着，便走过来弯着腰洗了两把。紫鹃递过香肥皂去，宝玉道：“不用了，这盆里就不少了。”又洗了两把，便要手巾。翠缕撇嘴笑道：“还是这个毛病儿！”宝玉也不理他，忙忙的要青盐擦了牙，漱了口，完毕，见湘云已梳完了头，便走过来，笑道：“好妹妹，替我梳梳呢？”湘云道：“这可不能了。”宝玉笑道：“好妹妹，你先时候儿怎么替我梳了呢？”湘云道：“如今我忘了，不会梳了。”宝玉道：“横竖我不出门，不过打几根辫子就完了。”说着，又千妹妹万妹妹的央告。湘云只得扶过他的头来梳篦。……宝玉不答，因镜台两边都是妆奁等物，顺手拿起来赏玩，不觉拈起了一盒子胭脂，意欲往口边送，又怕湘云说。正犹豫间，湘云在身后伸手过来，“拍”的一下，将胭脂从他手中打落，说道：“不长进的毛病儿，多早晚才改呢？”一语未了，只见袭人进来。见这光景，知是梳洗过了，只得回来自己梳洗。忽见宝钗走来，因问：“宝兄弟那里去了？”

"不小心的纯洁",引发了一系列的淫心。

小说在前面,评价过有些文人的"情而不淫"说法,说那是下三滥套路。该套路在这里又表演了一番。

继擅闯人家卧室之后,宝玉对人家的洗脸水、胭脂都生起了强烈的贪爱之心,甚至要人家伺候梳头。不避讥嫌,"宝玉也不理他";不顾羞耻,"千妹妹万妹妹的央告"。

湘云从后面把胭脂打掉,干脆利索,接着又把宝玉教训了一通。这是修行人的自我警醒。

这时候虽然意动情摇,但是还能自我警醒,所以紧接着是袭人的生气和劝告,喝两口心灵鸡汤醒醒酒。

宝钗怎么这时候出现了呢?她问"宝兄弟那里去了",是啊,迷在淫情里,心思都跑哪去了啊?

宝钗比喻跟众生打交道。迷在小我情执里,一出来跟人打交道,一晒太阳,唉,我刚才都在想啥呀?《大学》里也讲过这个原理,"小人闲居为不善,无所不至",一见到君子,就很不好意思,试图掩盖先前的猥琐,其实人家连他的心肝脾肺肾都看穿了("人之视己,如见其肺肝然")。好在人家既然叫君子,当然是宽容的、仁慈的,一般看见了也只当没看见,不因此而鄙视他。

不过,宝玉毕竟还是意动情摇了,心灵鸡汤第一口好喝,第二口觉得不解渴,第三口嫌烦。

与袭人的一场别扭在所难免。

那个大两岁清秀些的,宝玉问他道:"你不是叫什么'香'吗?"那丫头答道："叫蕙香。"宝玉又问："是谁起的名字？"蕙香道："我原叫芸香，是花大姐姐改的。"宝玉道："正经叫'晦气'也罢了，又'蕙香'咧！你姐儿几个？"蕙香道："四个。"宝玉道："你第几个？"蕙香道："第四。"宝玉道："明日就叫'四儿'，不必什么蕙香兰气的。那一个配比这些花儿？没的玷辱了好名好姓的！"……这一日，宝玉也不出房门，自己闷闷的，只不过拿书解闷，或弄笔墨。也不使唤众人，只叫四儿答应。……待要赶了他们去，又怕他们得了意，已后越来劝了；若拿出作上人的光景镇唬他们，似乎又太无情了。说不得横着心，只当他们死了，横竖自家也要过的。如此一想，却倒毫无牵挂，反能怡然自悦。

"情而不淫"玩大了，心里已经长草了，再想警醒、自责、克制，很难了。

那就使用另外一招，对女人一概否定，专找她们不是。我之所以动这些心，不就是因为你们狐媚魇道的吗？你们都是什么东西啊，我才看不上呢！

这一招，也有暂时性的效果。所以宝玉"如此一想，却倒毫无牵挂，反能怡然自悦"。

毕竟只是暂时的，治标不治本，下一步会陷得更深，干脆出现了贾琏与"多姑娘儿"（注意"多"字）通奸的情节。

看至此，意趣洋洋，趁着酒兴，不禁提笔续曰：

焚花散麝，而闺阁始人含其劝矣；戕宝钗之仙姿，灰黛玉之灵窍，丧灭情意，而闺阁之美恶始相类矣。彼含其劝，则无参商之虞矣;戕其仙姿,无恋爱之心矣;灰其灵窍,无才思之情矣。彼钗、玉、花、麝者,皆张其罗而邃其穴,所以迷惑缠陷天下者也。

对于女人瞋恨的直白。

酒不醉人人自醉,色不迷人人自迷。历史上的"红颜祸水",好多人认为是女人的问题,其实呢?拿杨贵妃来说,白居易写的《长恨歌》,把她跟唐明皇之间的生死缠绵写的淋漓尽致,但人家《长恨歌》开篇第一句,已经把安史之乱的根本原因给解释了:"汉皇重色思倾国,御宇多年求不得"。这皇帝当的,找绝色美女成了重要的政治关怀,这不是找乱的节奏么?即使没有杨玉环,也迟早会撞上李玉环、张玉环。

宝玉往上房去后,谁知黛玉走来,见宝玉不在房中,因翻弄案上书看。可巧便翻出昨儿的《庄子》来,看见宝玉所续之处,不觉又气又笑,不禁也提起笔,续了一绝云:

无端弄笔是何人?剿袭南华庄子文。

不悔自家无见识,却将丑语诋他人!

黛玉比喻修行人所理解的佛法。咱们先来看看佛门对女色的说法。

佛教把女色称为"盛血革囊",就是一个装血的大皮袋(好吓人)。《大智度论》说,菩萨怎么看淫欲和女色呢?(注意他说的是菩萨。)淫欲都是脏兮兮的,女色最能损耗男人的一切。作为欲望动物,其"悭妒、瞋谄、妖秽、斗诤、贪嫉”，比刀火、雷电、霹雳、怨家、毒蛇都厉害，戴了手铐，警察叔叔还能解开，中了女色的招，很难解开。

说得这么吓人，但我们注意，这些是为了从源头上杜绝淫机，不是要人在淫情生起之后为自己找理由的。他说的“女色”，也没有说是张家的某某姑娘，李家的某某姑娘，就是个泛指而已。女的都不好吗，自己起了淫情之后，能引经据典地一概瞋恨所有女人吗？那就成了心外有法，更不是佛教的慈悲情怀了！

宝玉这里，则是对女性一概起了瞋心，然后试图以“焚花散麝”，“戕宝钗之仙姿，灰黛玉之灵窍”为解决办法，尽在别人身上下功夫，所以差之毫厘谬以千里。黛玉讽刺说，这是“不悔自家无见识，却将丑语诋他人”，庄子和佛都被冤枉了，姐姐妹妹们也被冤枉了。

题毕，也往上房来见贾母，后往王夫人处来。

“见贾母”，比喻回归三宝，比如读经、拜佛等。

“往王夫人处”，比喻自心反省。

《地藏经》上讲，“业力甚大，能敌须弥，能深巨海，能障圣道”，可见业力这个东西，形成的力量，海啸和龙卷风跟它比起来，弱爆了。

所以佛门重视起心动念，中医讲究“治未病”，等到不可收拾的时候再来收拾，很难。

小说接下来，贾琏与多姑娘儿行淫，就是这股业力的结果。

那媳妇子故作浪语，在下说道：“你们姐儿出花儿，供着娘娘，你也该忌两日,倒为我腌臜了身子?快离了我这里罢。”贾琏一面大动,一面喘吁吁答道:“你就是娘娘!那里还管什么娘娘呢!”那媳妇子越浪起来,贾琏亦丑态毕露。

“贾琏”就是“假怜”,怜香惜玉的根子还在那呢,乱来了。

这里也有一个很有意思的伏笔,后面巧姐遭殃,说不定跟贾琏这次亵渎神明有关。

行淫倒也罢了,贾琏居然说这淫妇就是娘娘,家里供的那位怎么想?

说完贾琏那点儿破事以后,小说紧接着来了个“俏平儿软语救贾琏”,这说的是事后心态,就不多解释了,你懂的。只提醒一下几个关键字眼,“平儿”“软语”“救”。忏悔,可不仅仅是后悔那么简单。

(二) 妄念本空

第22回的标题,叫“听曲文宝玉悟禅机,制灯谜贾政悲谶语”。

“听曲文宝玉悟禅机”,说的是在宝钗和黛玉的启发下,宝玉初步认识到不著四相(我相、人相、众生相、寿者相)。

“制灯谜贾政悲谶语”,由不著四相更进一步,认识到,修行这事本来无所修，一切妄情妄念本来就是空的，来来去去，停留时间很短。既然本来就是空的，那还纠正个啥呀？所以贾政很郁闷，合着他成多余的了。

这些道理，都是禅门的老生常谈，修行人以往不是不知道，以前只是知道，现在是在正月“节”里，时节因缘一到，深刻的领悟。

研究《红楼梦》的读者，有时候很郁闷，怎么那么多“节”呢？把《红楼梦》的时间搞得更乱了，曹雪芹，你说的到底是哪年哪月啊？

不过节，精彩；过节，也精彩。

至上酒席时，贾母又命宝钗点。宝钗点了一出《山门》。宝玉道：“你只好点这些戏。”宝钗道：“你白听了这几年戏，那里知道这出戏排场词藻都好呢。”宝玉道：“我从来怕这些热闹戏。”宝钗笑道：“要说这一出热闹，你更不知戏了！你过来，我告诉你：这一出戏是一套《北点绛唇》，铿锵顿挫，那音律不用说是好了；那词藻中，有只《寄生草》，极妙。你何曾知道！”宝玉见说的这般好，便凑近来央告：“好姐姐，念给我听听！”宝钗便念给他听道：

漫揾英雄泪，相离处士家，谢慈悲，剃度在莲台下。没缘法，转眼分离乍。赤条条，来去无牵挂。那里讨烟蓑雨笠卷单行？一任俺芒鞋破钵随缘化！

宝玉听了，喜的拍膝摇头，称赏不已，又赞宝钗无书不知。黛玉把嘴一撇，道：“安静些看戏罢。还没唱《山门》，你就《妆疯》了。”

解脱道上，独来独往。

如人饮水，冷暖自知。还要问谁？还要跟谁商量？还要说给谁听？

哑巴吃黄连，有苦说不出。哑巴吃蜂蜜，有甜说不出。

赤条条，来去无牵挂。

这世界，从来就是一个人的故事。自己的一颗心，每天自编自演。宗教片，伦理片，恐怖片，科幻片，战争片，应有尽有。

佛教常说“普度众生”。《金刚经》里，佛告诉须菩提：你们不要以为，如来有个度众生的想法，如果如来有这个想法，就是掉到我相、人相、众生相、寿者相里面了。

虽然干着普度众生的事，但是心没有掉进去。假如心掉进去了，把度人当真了，就变成了泥菩萨过河，跟众生纠缠到一起了。

宝钗点了《山门》，宝玉讽刺她，“你只好点这些戏”，以为与众生打成一片，就是陷进热闹场里。宝钗告诉他，不是哦！

宝玉很欢喜，但马上又抓住了这个道理（“赞宝钗无书不知”），成了法执，所以黛玉告诫他，“安静些看戏罢”，别疯了。平地起什么风波呀！

禅宗公案里，有时也会遇到这种情况。师父跟徒弟说了什么道理，徒弟理解了，马上又抓住了这个道理当成佛法，变着措辞再把这道理汇报一遍，师父就会提醒他：“依稀似曲才堪听，又被风吹别调中。”本来还像点儿，你一抓住认了死理，又跑偏了。

湘云摔手道：“你那花言巧语，别望着我说！我原不及你林妹妹！别人拿他取笑儿都使得，我说了就有不是。我本也不配和他说话：他是主子姑娘，我是奴才丫头么！”宝玉急的说道：“我倒是为你为出不是来了。我要有坏心，立刻化成灰，教万人拿脚踹！”……宝玉没趣，只得又来找黛玉。谁知才进门，便被黛玉推出来了，将门关上。……宝玉听了，方知才和湘云私谈，他也听见了。细想自己原为怕他二人恼了，故在中间调停，不料自己反落了两处的数落，正合着前日所看《南华经》内，“巧者劳而智者忧；无能者无所求，蔬食而遨游，泛若不系之舟。”又曰，“山木自寇，源泉自盗”等句。因此，越想越无趣。再细想来：“如今不过这几个人，尚不能应酬妥协，将来犹欲何为？”

祖师说：“万法本闲，惟人自闹。”又说：“梦幻空花，何劳把捉。”

妄情妄念就是这样，你不理它，它自己会走的，你越理它，它闹得越凶。佛说：“一切有为法，如梦幻泡影，如露亦如电，应作如是观。”

那些心灵鸡汤，也不过就是想通过人为的办法，把内心的妄情妄念们给理顺了，求得个暂时的安宁。但是，这个“安宁”不一定靠谱啊！

所以，无为。“有为”不是究竟。

所以，宝玉想把两个好朋友调停好，却落了个两边不讨好。

既然这样，不管他们了。

宝玉道：“什么大家彼此？他们有大家彼此，我只是赤条条无牵挂的！”说到这句，不觉泪下。袭人见这景况，不敢再说。宝玉细想这一句意味，不禁大哭起来，翻身站起来，至案边，提笔立占一偈云：

你证我证，心证意证。是无有证，斯可云证。无可云证，是立足境。

写毕，自己虽解悟，又恐人看了不解，因又填一只《寄生草》写在偈后。又念一遍，自觉心中无有挂碍，便上床睡了。

……

无我原非你，从他不解伊，肆行无碍凭来去。茫茫着甚悲愁喜，纷纷说甚亲疏密。从前碌碌却因何？到如今，回头试想真无趣！

宝玉的偈子，反映了一定的禅门见地，但是遇到明白人的话，恐怕还是得吃三十棒，因为他还有个“证”“立足境”，野狐禅。

《心经》上说，“无智亦无得，以无所得故。”《维摩诘经》也说：“若有得有证者，即于佛法为增上慢。”佛性，或者说自性，或者说本性，这个东西，是一切众生平等具有的，在圣不增，在凡不减。假如我修了半天，觉得自己比蚂蚁有什么高明的地方，比同学有什么高明的地方，那是自己跑偏了。这也是六祖说的“此宗本无诤，诤即失道意”，一开口说人家不是，觉得人家不行，自己早就不知道跑哪去了。

傲的人，就是觉得自己有什么，别人没有。换句话说，自己有个占据的地盘，站在这里，俯视别人。

有“证”，有“立足境”，就是占了个地盘啊！还是有个“我”。有了“我”，什么大慈大悲，什么般若智慧，障住了。

香严智闲禅师明白了以后，仰山去考验他，他就说，去年哭穷还不算穷，今年才叫穷，去年还有立锥之地，今年连个锥都没有了。这还是在讲道理，仰山穷追不舍，他又说了个超越道理的偈子，仰山这才罢休。

宝玉的《寄生草》，算是对过去各种有为造作的反省。试图摆平妄情，水缸里按葫芦，没完没了，还给别人制造一个很修行、很精进的假象，多无聊啊！洗洗睡了。

至于心灵鸡汤呢？都是闲家具罢了。所以“袭人见这景况，不敢再说”。

说着，便撕了个粉碎，递给丫头们，叫快烧了。黛玉笑道：“不该撕了。等我问他。你们跟我来，包管叫他收了这个痴心。”三人说着，过来见了宝玉。……宝玉自己以为觉悟，不想忽被黛玉一问，便不能答；宝钗又比出语录来：此皆素不见他们所能的。自己想了一想：“原来他们比我的知觉在先，尚未解悟，我如今何必自寻苦恼？”想毕，便笑道：“谁又参禅？不过是一时的玩话儿罢了。”说罢，四人仍复如旧。

黛玉把稿子撕了，再来教育宝玉，比喻修行人进一步研读佛经，认识上进一步提高。

不光是读经，还结合与众生打交道的体验，所以宝钗也将他一军，帮他提高。

让宝玉跌破眼镜的是，作为两个小女生，黛玉和宝钗居然还谈起禅理了，有鼻子有眼的，“此皆素不见他们所能的”。为什么呢？秘密就在“节”上。

往常间只有宝玉长谈阔论，今日贾政在这里，便唯唯而已。余者，湘云虽系闺阁弱质，却素喜谈论，今日贾政在席，也自拑口禁语。

黛玉本性娇懒，不肯多话。宝钗原不妄言轻动，便此时亦是坦然自若。——故此一席虽是家常取乐，反见拘束。贾母亦知因贾政一人在此所致，酒过三巡，便撵贾政去歇息。

有了前面的认识，贾政显得多余了。

试图去纠正妄念，反倒压制了活力，弄得身心枯槁。所以贾政在这一坐，大家都热闹不起来了。

这跟中医的原理一样。中医里讲，肝属木，主生发，主仁（佛教也叫慈悲），喜条达疏泄，不喜压抑。认死理的，他就容易看不惯别人，进而压抑，自己的活力就被制住了，蹦不起来了，肝就容易出问题了。一个心情开朗的人，就是不认死理的人，他的肝脏活力是充分释放的，对别人的仁爱也是自自然然的，不是说非得给别人爱心捐赠一百万才叫仁爱，他随便笑一笑都是在利益人。六祖说，“日用常行饶益，成道何由施钱”，给别人钱是好事，但是根本的利人方法，还是自己心量打开。

妄念本来是空的，纠正个啥呀。贾母告诉贾政，你休息去吧。

贾政看完，心内自忖道：“此物还倒有限，只是小小年纪，作此等言语，更觉不祥。看来皆非福寿之辈！”想到此处，甚觉烦闷，大有悲戚之状，只是垂头沉思。……这里贾母见贾政去了，便道：“你们乐一乐罢。”一语未了，只见宝玉跑至围屏灯前，指手画脚，信口批评，这个这一句不好，那个破的不恰当，如同开了锁的猴儿一般。

女孩子们写的诗，都很不吉利，里面传达的信号，都不是富贵寿考五福俱全的命，贾政看了悲伤得很。这比喻妄情妄念都是转瞬即逝的东西，本来不需要把捉什么、纠正什么。这诗一写，“假正”更显得多余了，他不郁闷才怪。

“假正”走了，本来的生机才会焕发，所以宝玉“如同开了锁的猴儿一般”。

这里咱们补充两点：

第一，小说里面到处都是比喻，不必照搬到现实生活。比如说，咱们回想起来，老爸好像挺严厉的，别拿他跟贾政相提并论，一比，就不孝了。老爸再严厉，也是这辈子的大恩人。说自己老爸不好的人，其实正是欠他老爸一屁股债还不上的人（有道是，欠钱的是大爷），真还了债的，提起老爸来，底气十足。

第二，一语成谶，有人相信，有人不相信。对相信的人来说，越是重大场合，越有讲究。清末的时候，三岁的宣统皇帝举行登基大典，小孩没见过这阵势，哭闹个没完，他爸爸告诉他：“完了，回去吧。”后面的事咱们都知道了，江山完了，他回东北老家了。江山没了，并不是因为他老爸那句话，只能说，实在巧合得很。

（三）想入非非

第 23 回的标题，叫“西厢记妙词通戏语，牡丹亭艳曲警芳心”。

这一回主要讲由绮语堕入绮思的问题，所以使用了“妙词”“艳曲”“戏语”“芳心”这些措辞。

前面不是说妄念本空、贾政退场了吗？怎么又想入非非啦？这就是习气的力量。作者写这本小说，如实记录了他当年的修行经历，他当年是这么个过程，咱就跟着看热闹呗。

什么叫“绮语”呢？丁福保《佛学大辞典》解释说：“一切含淫意不正之言词也。”

且说那玉皇庙并达摩庵两处，一班的十二个小沙弥并十二个小道士，如今挪出大观园来，贾政正想发到各庙去分住。不想后街上住的贾芹之母杨氏，正打算到贾政这边谋一个大小事件与儿子管管，……凤姐因见他素日嘴头儿乖滑，便依允了。想了几句话，便回了王夫人，说：“这些小和尚小道士，万不可打发到别处去，一时娘娘出来，就要应承的。倘或散了，若再用时，可又费事。依我的主意，不如将他们都送到家庙铁槛寺去，月间不过派一个人拿几两银子去买柴米就是了。说声用，走去叫一声就来，一点儿不费事。”

“贾芹”，就是“假勤”。

那么问题来了，勤快还不好么？这还有假的？

相对于“无为”来说，一切“有为”都是假的。拿佛教里常说的“精进”来说，我作为一个普通人，本来需要七八个小时的睡眠时间，但是我强制自己，每天夜里两点睡觉，凌晨四点起床，拜佛诵经打坐，我美其名曰“精进”，真的是精进吗？那些困了就睡，饿了就吃的人，看起来很懒，真的没有我精进吗？不一定。

假如我只是“假勤”，倒也没啥，自己的事，没妨碍到别人。但搞了一段时间以后，可能尾巴就要翘上天了，开始觉得别人这也不行那也不行了，你看看，那谁谁，入了佛门，不修行，天天好吃懒做，还有那谁谁，光是看经，不做“实修”功夫，增加所知障啊，还有那谁谁，皈依了佛门，还喝酒吃肉，不忍直视啊！

那么这“假勤”下来的结果，是什么呢？就是家里养了一窝的贼，自己还不知道。这就是第93回“水月庵掀翻风月案”，贾芹东窗事发，大家发现的情况。原来这位“假勤”仁兄，天天在那里聚赌淫滥！

东窗事发还好啦。有的人可能到老也没发现，最后死在自己的境界里（这样有没有问题呢？掉在得失里说话，或者不掉在得失里说话？读者善思之）。看看《维摩诘经》，大迦叶代表声闻人所发的感叹（注意他是演戏），就知道了。烦恼重，还可能发菩提心，还有得救；声闻人入了无为正位的，简直没法发心了。大迦叶的感叹，陆九渊也有过类似的说法，他说，欲望重的人，可能三言两语就能说到他心里去，偏偏是那些士大夫，往往多有一句话就成仇人的。为什么呢？陆九渊说，士大夫往往成见太多，思维定势太多，仗着自己有知解，你说一句他拆一句，你是要往他心上说，他偏要在文字上转，然后意气用事，恨死你，拿他没辙。

“十二个小沙弥”“十二个小道士”，十二是一轮圆满，“假勤”的工具准备齐全了。“小沙弥”“小道士”，比喻不懂事（见地不清楚）又能折腾。“小沙弥”，借着佛法的名义，借着无为的名义；“小道士”，借着有为修行的名义。

“假勤”，是带着坚定的心去做的，所以由凤姐请示王夫人批准，凤姐比喻刚强之气。贾芹的母亲“杨氏”，就是“佯氏”。

“假勤”有妙用。有道是，不经一番寒彻骨，哪得梅花扑鼻香？

建大观园，各种观心，若以究竟的意义来说，都是“假勤”的范畴。

因又悄悄的笑道：“我问你。我昨儿晚上不过要改个样儿，你为什么就那么扭手扭脚的呢？”凤姐听了，把脸飞红，嗤的一笑，向贾琏啐了一口，依旧低下头吃饭。贾琏笑着一径去了。……可巧贾政在王夫人房中商议事情，金钏儿、彩云、彩凤、绣鸾、绣凤等众丫鬟都廊檐下站着呢。一见宝玉来，都抿着嘴儿笑他。金钏儿一把拉着宝玉，悄悄的说道：“我这嘴上是才擦的香香甜甜的胭脂，你这会子可吃不吃了？”

夫妻之间的这点事，也专门写一下，什么用意呢？

注意贾琏夫妻之间，宝玉和金钏儿之间，都是调情。

这是为后文的想入非非，甚至走火入魔，作个铺垫。

彩凤和绣凤都是临时工，曹雪芹随手现编的，小说里只出现这一次。绣鸾出现两次，纯粹跑龙套，也等于是临时工。这三个丫鬟的名字，出现在这里，是为了强化调情的含义，颠鸾倒凤嘛。

金钏跟金钗，是同一种性质的饰物，所以金钏儿与宝钗的喻象紧密相关。宝钗代表了修行人不舍众生的一面，金钏儿则代表与众生打交道时轻薄的习气。“金钏”谐音“金串”，金色是外表闪闪发亮，串是跟他人的心理纽带。关于金钏，后面等到她死的时候，再作进一步解释。

贾政道:“其实也无妨碍,不用改。只可见宝玉不务正,专在这些浓词艳诗上做工夫。”说毕,断喝了一声:“作孽的畜生!还不出去!”……宝玉答应了,慢慢的退出去,向金钏儿笑着,伸伸舌头,带着两个老嬷嬷,一溜烟去了。

贾政的训斥,说明修行人自己还是有警觉的,自己也知道原因,只不过身不由己,这是绮语习气的业力。

闲言少叙。且说宝玉自进园来,心满意足,再无别项可生贪求之心。每日只和姊妹丫鬟们一处,……他曾有几首四时即事诗,虽不算好,却是真情真景。……不说宝玉闲吟。且说这几首诗,当时有一等势利人,见是荣国府十二三岁的公子做的,抄录出来,各处称颂;再有等轻薄子弟,爱上那风流妖艳之句,也写在扇头壁上,不时吟哦赏赞。因此上,竟有人来寻诗觅字,倩画求题。这宝玉一发得意了,每日家做这些外务。

古人讲究“文以载道”,写出来的东西,不光是文采要好,而且要合乎圣贤之道。即使不直接陈述圣贤道理(那样其实也挺枯燥的),至少不要违背。这是中国古代的文学,到今天仍然璀璨夺目的重要原因。

宝玉的诗呢?对不起,“风流妖艳之句”,骚柔得很,没有“文以载道”,非“绮语”莫属。修行人这么干,可能就会障道。

宋代曾慥编的《类说》,记载了秀关西禅师的两段典故。

第一个典故说，黄庭坚曾经喜欢作“艳歌小词”，秀关西劝他，别写这些东西了。黄庭坚是个学佛的居士，就用佛学的术语回敬说，不是杀不是偷的，难道会因此下地狱、做畜生不成？秀关西解释说，你这些艳曲，别人接触了之后，容易动起淫心，甚至胡作非为，你的果报，何止是堕落恶道啊，多少辈子都还不清啊！黄庭坚一听也对，从此住手。

第二个典故，李伯时善于画马，秀关西讽刺说，你是当官的，不想着为人民服务，却天天画画，这已经可耻了，最要命的是，你将来会投胎做马哟！这话搁谁谁生气，伯时也不例外，想起黄庭坚那档子事，就回敬说，难道我画一下马，也是动人家淫心、堕落恶道吗？秀关西解释说，你画得久了，经常琢磨马长的啥样，马的情状啥样，怎么才能画得神骏无比，念头天天在这上面，有一天你死了，必入马胎无疑。伯时一想也对哦，吓坏了，就问怎么挽救，秀关西就劝他改画观世音菩萨。

当然了，擅长花鸟画的艺术家不用生气，秀关西那是针对李伯时的说法，岂不闻“因材施教”么，他跟什么人说什么话，禅师哪里会说死话，说画马的一定投胎做马，画虫的一定投胎做虫？像齐白石这样又画虫又画虾的，下辈子到底是做虫还是做虾呢，虫又分 N 多种，他到底做哪种虫呢？那就破帽无边了。

谁想静中生动，忽一日不自在起来，这也不好，那也不好，出来进去，只是发闷。……茗烟见他这样，因想与他开心。左思右想，皆是宝玉玩烦了的，只有一件，不曾见过。想毕，便走到书坊内，把那古今小说并那飞燕、合德、则天、玉环的外传与那传奇角本买了许多，孝敬宝玉。宝玉一看，如得珍宝。

前面是绮语习气，魔从里面起；现在要看言情书籍、听言情戏曲，魔从外面来。

内外一夹攻，宝玉惨了。

正看到“落红成阵”，只见一阵风过，树上桃花吹下一大斗来，落得满身满书满地皆是花片。……宝玉正踟蹰间，只听背后有人说道：“你在这里做什么？”宝玉一回头，却是黛玉来了，肩上担着花锄，花锄上挂着纱囊，手内拿着花帚。

喜欢文学的朋友，读到这里，醉了，多美的情节啊！无邪的少年，花季的少女，纯洁的爱情，美丽的桃花……

从喻意的角度看，这是描述言情读物看多了之后，所看到的世界，所理解的佛法，全都罩上了一层情欲的色彩。

熏陶什么，精神上就带有什么色彩。艺术搞久了，喜欢从艺术的角度看世界；数学搞久了，喜欢从数学的角度看世界；做生意的，喜欢从生意的角度看世界。言情读物看多了呢？宝玉看多了，再来看世界，“满身满书满地皆是花片”，这几个字，内涵相当丰富啊！再来看佛法，佛法也好像是隐含了男欢女爱的东西，怀疑是不是隐藏着男女双修啊，所以宝玉一回头，看见黛玉，一身都是花具。

宝玉笑道："我就是个'多愁多病'的身，你就是那'倾国倾城'的貌！"黛玉听了，不觉带腮连耳的通红了。登时竖起两道似蹙非蹙的眉，瞪了一双似睁非睁的眼，桃腮带怒，薄面含嗔，指着宝玉道："你这该死的胡说了！好好儿的把这些淫词艳曲弄了来，说这些混账话欺负我！我告诉舅舅、舅母去。"……说的黛玉扑嗤的一声笑了，一面揉着眼，一面笑道："一般唬的这么个样儿，还只管胡说。呸！原来也是个银样蜡枪头！"宝玉听了，笑道："你说说，你这个呢？我也告诉去。"

以亵渎为大道，当然是"淫词艳曲""混账话"了，所以黛玉骂了宝玉。

不过，虽然挨了骂，外相上收敛了，实际上还是中招了，连黛玉都说起"银样蜡枪头"了，小说紧接着描写了黛玉在梨香院听戏曲，听得缠绵如醉的情形。黛玉比喻修行人所理解的佛法，她这样掉进情网，比喻修行人这时候的见地误区，以为情欲里面有大道。

话说黛玉正在情思萦逗，缠绵固结之时，忽有人从背后拍了一下，说道："你作什么一个人在这里？"黛玉唬了一跳，回头看时，不是别人，却是香菱。

香菱拍的真是时候。

她比喻对故乡的迷失，这时候出现，喻指修行人的猛然警觉：我刚才都在想啥啊？

（四）心态扭曲

第 24 回的标题，叫“醉金刚轻财尚义侠，痴女儿遗帕惹相思”，讲的是堕入绮思之后，看世界的眼光就有了问题，心态开始出现一些扭曲。

瞋恨心重的人，他经常活得很郁闷，心灵鸡汤会告诉他，多看人家的好处，少看人家的缺点，多一分宽容，少一分纠结。但问题是，他为什么会有这么多的人和事要讨厌呢？他的病根在哪里呢？

第 24 回告诉我们：爱有多深，恨就有多深。

> 宝玉坐在床沿上褪了鞋等靴子穿的工夫，回头见鸳鸯穿着水红绫子袄儿，青缎子坎肩儿，下面露着玉色绸袜，大红绣鞋，向那边低着头看针线，脖子上围着紫绸绢子。宝玉便把脸凑在脖项上闻那香气，不住用手摩挲，其白腻不在袭人以下。便猴上身去，涎着脸笑道：“好姐姐，把你嘴上的胭脂赏我吃了罢！”一面说，一面扭股糖似的粘在身上。

这跟第 21 回蹭洗脸水差不多，都是心动然后行动。那次是紧接着擅闯人家卧室来的,这次是紧接着绮语来的。

这次更进一步了,因为是"鸳鸯",在这里暗示了男女匹配的含义。

二人对面,彼此问了两句话,只见旁边转过一个人来,说:"请宝叔安。"……贾琏笑道:"你怎么发呆?连他也不认得?他是廊下住的五嫂子的儿子芸儿。"宝玉笑道:"是了,我怎么就忘了!"……

宝玉笑道:"你倒比先越发出挑了,倒像我的儿子!"贾琏笑道:"好不害臊!人家比你大五六岁呢,就给你作儿子?"宝玉笑道:"你今年十几岁?"贾芸道:"十八了。"原来这贾芸最伶俐乖巧的,听宝玉说像他的儿子,便笑道:"俗话说的好,'摇车儿里的爷爷,拄拐棍儿的孙子',虽然年纪大,山高遮不住太阳。只从我父亲死了,这几年也没人照管。宝叔要不嫌侄儿蠢,认做儿子,就是侄儿的造化了。"

林黛玉坠入情网,比喻这时候的修行人拿情欲当佛法,在这种情况下,贾芸正式登场了。

"贾芸",就是"假云",比喻妄想一步登天,也就是投机取巧。

他在小说里扮演的角色,经常是走后门、耍心机。

这个在禅门里,叫"偷心"。想一锹掘出个银娃娃,两块钱中五百万。按照禅宗见地来说,关键的问题,还不是这种心态,而是在见地上,以为最后有个东西可以到手。

奸和盗是一体两面的,所以贾芸跟林红玉(比喻对佛果到手的幻想)、坠儿(比喻盗窃)纠缠不清,最后又差一点害了巧姐。

宝玉有了这个“儿子”,他俩都被下人叫“二爷”;林黛玉有了“林红玉”这个影子,修行之路更复杂了。

也许可以说,对于绝大多数的修行人来说,这太正常了。或多或少的偷心,对于最后佛果的或多或少的期待,可以理解。所以咱们别鄙视贾芸,也别觉得林红玉好贱的样子,其实他俩在替咱们背黑锅呢。

这种心态很常见,所以圣贤们都有提醒。

比如孔子说“刚、毅、木、讷,近仁”,有点嘴笨的人,靠谱一些。他没那么多机巧,当然就显得木讷了点。

陆九渊说,我招学生,喜欢忠信诚实,好像不大会说话的。至于那些谈笑风生,大家都觉得他有料的,我非常讨厌。

庄子讲过一个故事,也是差不多的意思。子贡去南方的楚国玩,回北方晋国的路上,看见一个老人,想要浇灌菜园,往下挖了一个通道,通道尽头是一口井,老人每次都是抱着小罐子,一罐子一罐子地抱上来浇地,出来又下去,下去又出来,跑好多趟,累得臭死,才浇了一点点的地。子贡看了好久,很不理解,就问通道里的老人,你干吗不安装一个机械装置,一天能浇 N 多地,又省力又有效率呢?老人抬起头来,你说的是什么机械啊?子贡说,砍一根木头,加工加工,做成辘轳,你不用亲自下去,水自然就会一桶一桶地运上来,浇地那是小菜一碟。老人一听,很不高兴,冷笑说,老师告诉我,“有机械者必有机事,有机事者必有机心”,有了机心,智慧蒙蔽了,心神乱了,就没办法合道了,你说的那些破玩意儿,我不是不知道,而是耻于为之啊!大才子兼大富翁的子贡一听,羞愧死了,恨不得找个地缝钻进去。

邢夫人拉他上炕坐了,方问别人,又命人倒茶。茶未吃完,只见贾琮来问宝玉好。邢夫人道:"那里找活猴儿去!你那奶妈子死绝了?也不收拾收拾,弄的你黑眉乌嘴的,那里还像个大家子念书的孩子?"正说着,只见贾环贾兰小叔侄两个,也来请安。邢夫人叫他两个在椅子上坐着。……宝玉见他们起身,也就要一同回去。邢夫人笑道:"你且坐着,我还和你说话。"宝玉只得坐了。邢夫人向他两个道:"你们回去,各人替我问各人的母亲好罢。你姑姑姐姐们都在这里呢,闹的我头晕,今儿不留你们吃饭了。"贾环等答应着,便出去了。宝玉笑道:"可是姐姐们都过来了?怎么不见?"邢夫人道:"他们坐了会子,都往后头,不知那屋里去了。"宝玉说:"大娘说有话说,不知是什么话?"邢夫人笑道:"那里什么话,不过叫你等着同姐妹们吃了饭去,还有一个好玩的东西给你带回去玩儿。"

"邢夫人"的刑刻,真不是浪得虚名,疼宝玉疼得很,讨厌别的孩子又讨厌得很。

在感情的范围里转,爱一部分人,必然恨一部分人,所以不是佛教讲的大慈大悲。感情上的爱,是从"我"出发的;大慈大悲,是从"无我"出发的。

贾芸出了荣国府回家,一路思量,想出一个主意来,便一径往他舅舅卜世仁家来。……贾芸道:"有件事求舅舅帮衬。要用冰片、麝香,好歹舅舅每样赊四两给我,八月节按数送了银子来。"卜世仁冷笑道:……贾芸听了唠叨的不堪,便起身告辞。卜世仁道:"怎么这么忙？你吃了饭去罢。"一句话尚未说完，只见他娘子说道："你又糊涂了！说着没有米，这里买半斤面来下给你吃，这会子还装胖呢。留下外甥挨饿不成？"卜世仁道："再买半斤来添上，就是了。"他娘子便叫女儿："银姐，往对门王奶奶家去问：有钱借几十个，明儿就送了来的。"夫妻两个说话，那贾芸早说了几个"不用费事"，去的无影无踪了。

"卜世仁"，就是"测度世情之仁"，也就是对世道人心做个评价。"卜"，是猜测、揣度的意思。

谐音"不是人"，心态扭曲之后，变得愤世嫉俗，觉得这世上没几个好东西。有了前面的爱恨纠结做基础，现在就戴上有色眼镜了，透过这种眼镜看世界，就觉得世人原来多半都是不仁的，骨肉也不过如此。

拿"看破红尘"作自我标榜的，真的看破了吗？真的看破了，是欢喜的，是感恩的，因为他没有了私爱，也就没有了恨；假如看别人不顺眼，那不是看破红尘，而是身在红尘之中啊！

贾芸告诉我们，愤世嫉俗的人，往往是因为私欲太重。不在自己身上找原因，还要一味地怪人家，这苦海之旅，什么时候是个尽头啊！

话说这卜世仁夫妇，做得也太绝了！或者说，曹公写得也太夸张了！为什么呢？不是曹公要这么写，而是有着强烈的爱恨情感的人，当他遇上让他讨厌的人事时，他就是这么看人家的。

贾芸道："老二，你别生气，听我告诉你这缘故。"便把卜世仁一段事告诉了倪二。倪二听了，大怒道："要不是二爷的亲戚，我就骂出来，真真把人气死！也罢，你也不必愁，我这里现有几两银子，你要用只管拿去。我们好街坊，这银子是不要利钱的。"一头说，一头从搭包内掏出一包银子来。

"倪"通"兒"，简化字写成"儿"，即本来的天真圆满。"倪二"，本来的天真圆满掉到"二"里面去了，也就是分别心。"倪二"号称"醉金刚"，本来是金刚不坏，掉到分别心里，醉了，迷了。

讨厌的，讨厌的要死；感觉喜欢的，两句话就是铁哥们儿，这朋友交定了！

对于这位好哥们儿，贾芸现在是感激的要死，等到了后文，倪二不过仍然是那泼皮无赖的本色，贾芸帮他帮得不利索，他干脆勾上尤二姐以前的未婚夫，状告贾府，弄得贾府被抄家。

贾芸的舅舅其实没那么坏，倪二也不是那么好。

原来这小红本姓林，小名红玉。因"玉"字犯了宝玉黛玉的名，便改唤他做小红。……这小红虽然是个不谙事体的丫头，因他原有几分容貌，心内便想向上攀高，每每要在宝玉面前现弄现弄。只是宝玉身边一干人都是伶牙俐爪的，那里插的下手去？不想今日才有些消息，又遭秋纹等一场恶话，心内早灰了一半。正没好气，忽然听见老嬷嬷说起贾芸来，不觉心中一动，便闷闷的回房，睡在床上，暗暗思量。

“林黛玉”,是要在森林里寻找一块青黑色的玉,比喻修行人对于佛法的苦苦追求。大森林的主色调是青黑色的,在这里找青黑色的玉,是很费寻思的。就在这很苦的时候,居然“林红玉”出现了!红色的玉,那多显眼啊!太棒了!

“林红玉”紧接着贾芸的情节出现,并且相互勾搭,比喻修行人这时候偷心的增长,试图抄捷径得到佛法。

那些幻想通过男女交合,一步登天的修道者,不就是做着贾芸跟林红玉的美梦吗?

这个梦,在曹雪芹的脑海中逐渐清晰起来。

走火入魔,越来越近了。

这小红也不梳妆,向镜中胡乱挽了一挽头发,洗了洗手脸,便来打扫房屋。谁知宝玉昨儿见了他也就留心,想着指名唤他来使用,一则怕袭人等多心,二则又不知他是怎么个情性,因而纳闷。早晨起来,也不梳洗,只坐着出神。一时下了纸窗,隔着纱屉子,向外看的真切。只见几个丫头在那里打扫院子,都擦脂抹粉,插花带柳的,独不见昨儿那一个。宝玉便靸拉着鞋,走出房门,只装做看花,东瞧西望。一抬头,只见西南角上游廊下栏杆旁有一个人倚在那里,却为一株海棠花所遮,看不真切。近前一步,仔细看时,正是昨儿那个丫头在那里出神。此时宝玉要迎上去,又不好意思。正想着,忽见碧痕来请洗脸,只得进去了。

小红原本是隐藏在心中某个角落的，随着贾芸的登场和表演，她也浮出水面了。第24回，其他丫鬟不在，她趁机进了宝玉屋子，在宝玉面前现弄现弄，那时候还只是自现，这一回，宝玉主动要找她了。

不是魔要找人，是人要找魔。

就像单田芳老爷子在评书里说的，天堂有路尔不走，地狱无门自来投。

（五）五阴大劫

二人正闹着，原来贾环听见了。素日原恨宝玉，今见他和彩霞玩耍，心上越发按不下这口气。因一沉思，计上心来，故作失手，将那一盏油汪汪的蜡烛，向宝玉脸上只一推。只听宝玉"嗳呀"的一声，满屋里人都唬了一跳，连忙将地下的绰灯移过来一照，只见宝玉满脸是油。……凤姐三步两步上炕去替宝玉收拾着，一面说：……一句话提醒了王夫人，遂叫过赵姨娘来，骂道："养出这样黑心种子来，也不教训教训！几番几次，我都不理论，你们一发得了意了，一发上来了！"

都是"环造"（贾环和赵姨娘）惹的祸，坏了修行人的"意"（宝玉），才进一步有魇魔之难。

魔天天在那等着，不睬他，他也没招，一去睬他，他就展开进攻了。

比如修习禅定的，见到各种幻境，或者听到幻声，不搭理它，自然没事，一搭理，中招了。

平时生活中，也处处是幻境，自己不较真，自然没事，一向外计较，就纠缠进去了。

黛玉只当十分烫的利害，忙近前瞧瞧。宝玉却把脸遮了，摇手叫他出去，知他素性好洁，故不肯叫他瞧。黛玉也就罢了，但问他："疼的怎样？"宝玉道："也不很痛，养一两日就好了。"黛玉坐了一会，回去了。

这时候假如好好读经、忏悔，说不定还能及时发现，偏又为自己护短（不把伤疤给黛玉看），糊弄三宝，敷衍了事，所以一路错下去。

过了一日，有宝玉寄名的干娘马道婆到府里来，见了宝玉，唬了一大跳，问其缘由，说是烫的，便点头叹息。一面向宝玉脸上用指头画了几画，口内嘟嘟囔囔的又咒诵了一回，说道："包管好了，这不过是一时飞灾。"……贾母听如此说，便问："这有什么法儿解救没有呢？"马道婆便说道："这个容易，只是替他多做些因果善事，也就罢了。再那经上还说：西方有位大光明普照菩萨，专管照耀阴暗邪祟，若有善男信女虔心供奉者，可以永保儿孙康宁，再无撞客邪祟之灾。"贾母道："倒不知怎么供奉这位菩萨？"马道婆说："也不值什么，不过除香烛供奉以外，一天多添几斤香油，点个大海灯。那海灯就是菩萨现身的法像，昼夜不息的。”……马道婆道：“还有一件：若是为父母尊长的，多舍些不妨；既是老祖宗为宝玉，若舍多了，怕哥儿担不起，反折了福气了。要舍，大则七斤，小则五斤，也就是了。”

马道婆，典型的附佛外道。说起“多做些因果善事”，俨然跟个正法似的，说到“西方有位大光明普照菩萨”，又信口雌黄，至于骗红包，那才是人家的真实目的。

没办法的是，宝玉已经认了人家做干娘了，比喻修行人自己主动亲近邪魔外道，愿意做人家子孙，那还能怎么办呢？

认栽吧。

马道婆见了这些东西，又有欠字，遂满口应承，伸手先将银子拿了，然后收了契。向赵姨娘要了张纸，拿剪子铰了两个纸人儿，问了他二人年庚，写在上面；又找了一张蓝纸，铰了五个青面鬼，叫他并在一处，拿针钉了：“回去我再作法，自有效验的。”

外来的魔，心里的魔，都凑齐了，好戏要开场了。

这一开场，就闹大了。

不光是修行人的“意”（宝玉）要遭殃，连刚强之气（凤姐）也要垮掉，真是身心一大劫啊！

五个青面鬼，比喻“五阴魔”。

五阴，就是色阴、受阴、想阴、行阴、识阴。阴，又叫“蕴”，聚集的意思，一执著妄想，身心内外马上都不通了，好像堆积了一些东西在那。通俗一点地解释，把色当真了，色就成了障碍；把感觉当真了，感觉就成了障碍；把想当真了，想就成了障碍；有了这些较真，念念之间延续下去，这种延续也成了障碍；在脑海里形成了一系列的认识，把这些认识当真了，也成了障碍。

马道婆玩的这种邪法，到底有没有呢？结合八字去整人的，自古以来，江湖上一直传说是有，所以好多人不愿意随便透露自己的生辰八字，怕哪天被人家整死了，法医都查不出来咋死的（顶多是说，此人已有长期精神病史），更别指望法官老爷替自己主持公道了。当然了，用这种邪术整人，据说自己也会下场悲惨。也有好多人反对这些说法，不知道孰是孰非。

凤姐笑道：“你既吃了我们家的茶，怎么还不给我们家作媳妇儿？”众人都大笑起来。黛玉涨红了脸，回过头去，一声儿不言语。宝钗笑道：“二嫂子的诙谐，真是好的。”黛玉道：“什么诙谐！不过是贫嘴贱舌的，讨人厌罢了！”说着，又啐了一口。凤姐笑道：“你给我们家做了媳妇，还亏负你么？”指着宝玉，道：“你瞧瞧，人物儿配不上？门第儿配不上？根基儿家私儿配不上？那一点儿玷辱你？”黛玉起身便走。宝钗叫道：“颦儿急了，还不回来呢！走了倒没意思。”说着，站起来拉住。……宝钗正欲说话，只见王夫人房里的丫头来说：“舅太太来了，请奶奶姑娘们过去呢。”……宝玉道：“我不能出去，你们好歹别叫舅母进来。”又说：“林妹妹，你略站站，我和你说话。”凤姐听了，回头向黛玉道：“有人叫你说话呢，回去罢。”便把黛玉往后一推,和李纨笑着去了。这里宝玉拉了黛玉的手,只是笑,又不说话。黛玉不觉又红了脸,挣着要走。宝玉道:“嗳哟!好头疼!”黛玉道:“该!阿弥陀佛!”

仗着平时的刚强之气,以为佛法就在眼前,当下就要撮合认取,所以凤姐说话露骨得很,弄的黛玉“涨红了脸”。

马上要成佛了,连菩萨也不想做了,所以连舅母王子腾夫人过来,宝玉都不想去见。“王子腾”,就是王子马上要上去了。佛学里面,把佛称为法王,大菩萨称为“法王子”,类似于世间的国王和王子,佛经里常常称赞谁谁是法王子,比如“文殊师利法王子”。宝玉说,我不想再等着上位,我现在就要直接做佛(类似于太子等不及了直接篡位)。于是他就直接和林黛玉表白。魔迷了心,全乱套了。

佛性这个东西,不是得来的,不是修出来的,是每个众生本来就有的,只不过被各种执迷给盖住了,就像乌云遮盖了太阳一样,所谓的修行,就是逐渐看穿平时执迷的那些东西而已。不看穿执迷,还要加上新的执迷,这就是宝玉此时的状况。

《金刚经》反复谈论的主题,即“破执”,尤其是修行人对各种法的执迷。其中有一段对话,佛告诉须菩提,我过去在燃灯佛那里,得到他的授记,说我将来会做佛,名号叫释迦牟尼,你觉得,我是有什么“法”,才得到他授记的吗?须菩提说,结合您的开示,按照我的理解,您是没有“法”得觉悟的(“佛于然灯佛所无有法得阿耨多罗三藐三菩提”)。佛说,是啊,假如我还有“法”的概念,燃灯佛就不会给我授记了。

古人说,“一翳在眼,空花乱坠”,“金屑虽贵,入眼成病”。哪怕一点点的“法”见,都是执迷。宝玉现在的情况,就是马上要通过投机取巧的手段,立即做佛,跟释迦牟尼佛当年在燃灯佛那里的情况刚好是反的。

宝玉大叫一声,将身一跳,离地有三四尺高,口内乱嚷,尽是胡话。……宝玉一发拿刀弄杖寻死觅活的,闹的天翻地覆。贾母王夫人一见,唬的抖衣乱战,“儿”一声,“肉”一声,放声大哭。于是惊动了众人,……都来园内看视,登时乱麻一般。正没个主意,只见凤姐手持一把明晃晃的刀砍进园来。见鸡杀鸡,见犬杀犬,见了人瞪着眼就要杀人。众人一发慌了。周瑞家的带着几个力大的女人上去抱住,夺了刀,抬回房中。……次日,……他叔嫂二人一发糊涂,不省人事,身热如火,在床上乱说,到夜里更甚。

“意”(宝玉)乱了之后就是发狂,平时的刚强之气(凤姐)转而成了狂性,所以“正没个主意,只见凤姐手持一把明晃晃的刀砍进园来”。

狂性发作完了,就是完全迷失,所以“他叔嫂二人一发糊涂,不省人事”。

贾赦还各处去寻觅僧道。贾政见不效验,因阻贾赦道:……贾赦不理,仍是百般忙乱。

迷失了,就抓瞎了,病急乱投医嘛,所以“假色”出面乱找药方,起初还是想从“色”里求解。

至第四日早，宝玉忽睁开眼向贾母说道："从今以后，我可不在你家了，快打发我走罢！"贾母听见这话，如同摘了心肝一般。赵姨娘在旁劝道：……这些话没说完，被贾母照脸啐了一口唾沫，骂道：……贾政在旁听见这些话，心里越发着急，忙喝退了赵姨娘，委婉劝解了一番。

到了这般地步，索性我不在佛门了（"我可不在你家了"），我不修行了，做个凡夫外道行不行。"贾母听见这话，如同摘了心肝一般"，连佛爷爷都要流泪了。

多亏了贾政，再乱，心底深处总还有一点好歹观念（这就是宿世善根的力量），虽然这一丝"假正"也徘徊在崩溃的边缘。

那道人笑道："你家现有稀世之宝，可治此病，何须问方！"……贾政便向宝玉项上取下那块玉来递与他二人。那和尚擎在掌上，长叹一声，道："青埂峰下，别来十三载矣！人世光阴迅速，尘缘未断，奈何奈何！可羡你当日那段好处：

天不拘兮地不羁，心头无喜亦无悲。

只因锻炼通灵后，便向人间惹是非！

可惜今日这番经历呵：

粉渍脂痕污宝光，房栊日夜困鸳鸯。

沉酣一梦终须醒，冤债偿清好散场！"

念毕，又摩弄了一回，说了些疯话，递与贾政，道："此物已灵，不可亵渎，悬于卧室槛上，除自己亲人外，不可令阴人冲犯。三十三日之后，包管好了。”

在“色”上找药方，是找不到的，只有回到心上，清理心里的垃圾，才能治好，这就是和尚道士说完诗后，又“摩弄了一回，说了些疯话”的喻意。

原来玉不干净，和尚道士清理清理，恢复灵光了。

这时候病成这样，得先通过有为的办法来治，所以是道士先开的口，说“你家现有稀世之宝，可治此病”。

“念毕，又摩弄了一回，说了些疯话”，比喻反省、读经、研究的过程。读的是什么经呢？当然是佛经啦，治病的几个环节，都是和尚做的。

为什么是“癞和尚”“跛道士”呢？他们怎么不是清净圆满的相貌呢？病本来是空的，说来治病，有个对治，只是方便说法，不是究竟说法。

就拿淫怒痴来说，《维摩诘经》告诉我们，“佛为增上慢人，说离淫、怒、痴为解脱耳！若无增上慢者，佛说淫、怒、痴性即是解脱”。《永嘉证道歌》也说，“无明实性即佛性，幻化空身即法身。法身觉了无一物，本源自性天真佛”，跟《维摩诘经》意思差不多。

“只因锻炼通灵后，便向人间惹是非”，菩萨有所觉悟以后，再回人间来，在红尘五欲里继续用功。红尘就是个大染缸，免不了磕磕碰碰的。

病因是“粉渍脂痕污宝光，房栊日夜困鸳鸯”，要彻底好，得自净其意，就像《周易》说的“朝乾夕惕”。“不可亵渎，悬于卧室槛上，除自己亲人外，不可令阴人冲犯”，在男女方面尤其要慎独。

捌

回归日常

刚从坑里跳出来，认识上的误区还在，要走捷径尽快把佛法弄到手，所以宝钗说话，跟凤姐先前一样露骨，让黛玉『红了脸』。『佳蕙』，就是『佳会』，遇上交心的了。小红想跟贾芸通上声气，正在没辙的时候，『佳会』出现了，这事有眉目了。既是佳会，那就推心置腹了，所以佳蕙把刚领的赏钱全交给了小红，小红『一五一十』地数了收起来。佳蕙体贴小红的健康，还替小红打抱不平，为她出口怨气，小红感动得要命，平时一个丫头，亲人都不在身边，哪能听到这些问候呀！

（一）偷心

风姐宝玉果一日好似一日的，……黛玉先念了一声佛，宝钗笑而不言。惜春道："宝姐姐笑什么？"宝钗道："我笑如来佛比人还忙：又要度化众生，又要保佑人家病痛都叫他速好，又要管人家的婚姻，叫他成就。你说可忙不忙？可好笑不好笑？"一时黛玉红了脸，啐了一口道："你们都不是好人。再不跟着好人学，只跟着凤丫头学的贫嘴贱舌的。"

刚从坑里跳出来，认识上的误区还在，要走捷径尽快把佛法弄到手，所以宝钗说话，跟凤姐先前一样露骨，让黛玉"红了脸"。

小红见贾芸手里拿着块绢子，倒像是自己从前掉的，……这件事，待放下又放不下，待要问去又怕人猜疑。正是犹豫不决，神魂不定之际，忽听窗外问道："姐姐在屋里没有？"小红闻听，在窗眼内望外一看，原来是本院的个小丫头佳蕙，因答说："在家里呢，你进来罢。"佳蕙听了，跑进来，……便把手绢子打开，把钱倒出来，交给小红。小红就替他一五一十的数了收起。

佳蕙道："你这两日心里到底觉着怎么样？依我说，你竟家去住两日，请一个大夫来瞧瞧，吃两剂药，就好了。"……小红道："你那里知道我心里的事！"

佳蕙点头，想了一会，道："可也怨不得你，这个地方，本也难站。就像昨儿老太太因宝玉病了这些日子，说伏侍的人都辛苦了，如今身上好了，各处还香了愿，叫把跟着的人都按着等儿赏他们。我们算年纪小，上不去，我也不抱怨；像你怎么也不算在里头？我心里就不服。袭人那怕他得十分儿，也不恼他，原该的。说句良心话，谁还能比他呢？别说他素日殷勤小心，就是不殷勤小心，也拼不得。只可气晴雯绮霞他们这几个都算在上等里去，仗着宝玉疼他们，众人就都捧着他们，你说可气不可气？"

"佳蕙"，就是"佳会"，遇上交心的了。

小红想跟贾芸通上声气，正在没辙的时候，"佳会"出现了，这事有眉目了。

既是佳会，那就推心置腹了，所以佳蕙把刚领的赏钱全交给了小红，小红"一五一十"地数了收起来。

佳蕙体贴小红的健康，还替小红打抱不平，为她出口怨气，小红感动得要命，平时一个丫头，亲人都不在身边，哪能听到这些问候呀！

她俩这样交心，暗示的是小红和贾芸简直就是天生一对，一个比喻对佛果到手的强烈幻想，一个比喻投机取巧，绝配。哪里要等到“蜂腰桥”上才“设言传心事”呢，这里就已经传了。

刚至沁芳亭畔，只见宝玉的奶娘李嬷嬷从那边来。小红立住，笑问道：“李奶奶，你老人家那里去了？怎么打这里来？”李嬷嬷站住，将手一拍，道：“你说，好好儿的，又看上了那个什么云哥儿雨哥儿的，这会子逼着我叫了他来。明儿叫上屋里听见，可又是不好？”……李嬷嬷道：“我有那样大工夫和他走？不过告诉了他，回来打发个小丫头子，或是老婆子，带进他来就完了。”说着，拄着拐，一径去了。

“理”嬷嬷不屑于理睬贾芸，也不亲自去把贾芸带进来，比喻圣贤言教对于机巧、偷心，都是不提倡的。

这里小红刚走至蜂腰桥门前，只见那边坠儿引着贾芸来了。那贾芸一面走，一面拿眼把小红一溜；那小红只装着和坠儿说话，也把眼去一溜贾芸：四目恰好相对。小红不觉把脸一红，一扭身，往蘅芜院去了。

“坠儿”，比喻实际的偷盗行为。“坠”，就是说偷盗会让人堕落。比如《华严经》说，偷盗会导致众生堕落恶道，即使他投生人道，也会有两种果报，一是贫穷，二是跟别人共有的财产，用得很不自在。《楞严经》说，修定的人，偷心（这说的是偷盗的心，不是禅门术语说的“偷心”）不除的话，即使他脑筋好使，定境现前的时候，也会堕入邪道，好点的做“精灵”，其次一等的做“妖魅”，下等的做“邪人”。

一般来说，修行人哪里会干偷盗的事呀，他知道因果呀，但是且慢，佛门里对偷盗，是有严格界定的，很容易犯。总的来说，就是“不与取”，没征得人家的同意，就拿过来。像擅自用公家的东西做私事，偷税漏税，有意使用盗版软件，等等，都是偷盗。

另外，修行上的“偷心”，看起来跟实际上的偷盗行为不沾边，性质上是有相通之处的。用五行来解释的话（纯五行，不涉及八字），都是“水旺无制”，“水”代表聪明，聪明过头，以至于滑了，不老实，得用土来克制克制才好，土代表的是老实，不投机取巧。

“蜂腰桥”，女人细腰就叫“蜂腰”，这个桥名起个加强暗示的作用，贾芸跟小红正式勾搭上了。

那宝玉便和他说些没要紧的散话，又说道谁家的戏子好，谁家的花园好，又告诉他谁家的丫头标致，谁家的酒席丰盛，又是谁家有奇货，又是谁家有异物。那贾芸口里只得顺着他说。……贾芸出了怡红院，见四顾无人，便慢慢的停着些走，口里一长一短和坠儿说话。

宝玉和贾芸说的,都不是“散话”,无非是看着别人的这东西好那东西好。

偷心已在其中。

贾芸出来了,“口里一长一短和坠儿说话”,比喻细节上的不检点,从偷心开始,没准还真干了点顺手牵羊的事。

只见那边山坡上两只小鹿儿箭也似的跑来,宝玉不解何意。正自纳闷,只见贾兰在后面,拿着一张小弓儿赶来,一见宝玉在前,便站住了,……贾兰笑道:“这会子不念书,闲着做什么?所以演习演习骑射。”宝玉道:“磕了牙,那时候儿才不演呢。”

种下清净的善因,好处自然在后头,贾兰就是比喻这个。

他跟母亲李纨一起,比喻素心如兰。平时他给咱们的印象,就是小时候大人经常说的“别人家的孩子”,你看别人家的孩子,天天不出门,认真看书学习。

这会儿贾兰同学也坐不住了,拿着个小弓,说是要“演习演习骑射”。这个情节,是接着上面的偷心来的,心里长草了,不淡定了,不老实了。跟下面的宝玉亵渎黛玉、去薛蟠那里胡来等情节,是递进的关系。

宝玉在窗外笑道:“为什么‘每日家情思睡昏昏’的?”一面说,一面掀帘子进来了。……宝玉笑道:“好丫头!‘若共你多情小姐同鸳帐,怎舍得叫你叠被铺床?’”黛玉登时急了,撂下脸来,说道:“你说什么?”宝玉笑道:“我何尝说什么!”黛玉便哭道:“如今新兴的,外头听了村话来，也说给我听；看了混账书，也拿我取笑儿。我成了替爷们解闷儿的了！”一面哭，一面下床来，往外就走。宝玉心下慌了，忙赶上来说：“好妹妹，我一时该死，你好歹别告诉去！我再敢说这些话，嘴上就长个疔，烂了舌头。”正说着，只见袭人走来，说道：“快回去穿衣裳去罢，老爷叫你呢。”宝玉听了，不觉打了个焦雷一般，也顾不得别的，疾忙回来穿衣服。

宝玉老毛病又犯了，抓住佛经里的只言片语（这里以黛玉偶然一句话为喻）自以为是，配合上平时的歪心思（绮语、外道见解），以为正法就在这里了，结果，遭到林黛玉当头棒喝（比喻自己进一步读经明白是非，或者遭到善知识批评），又想起“假正”来，激灵灵打个冷颤，“不觉打了个焦雷一般”，我刚才又想到哪去了呀，上回的跟头还没栽够吗？

像抓住经典里只言片语这种事，不光是佛门里有，修丹炼道的也容易有。比如“姹女”“黄婆”“夫妇”这些丹道术语，认真了，就容易理解成男女双修，至于“铅”“汞”“金”这些名词，也容易较真，往外丹那边跑。

抓住只言片语，犯教条主义错误，这本身也无可厚非，阶段性现象，只要有惭愧心，不得少为足，迟早会知道的。

薛蟠道：“要不是，我也不敢惊动。只因明儿五月初三日是我的生日，谁知老胡和老程他们不知那里寻了来的，这么粗，这么长，粉脆的鲜藕；这么大的西瓜；这么长，这么大的暹罗国进贡的灵柏香熏的暹罗猪、鱼。……所以特请你来。可巧唱曲儿的一个小子又来了。

我和你乐一天,何如?"一面说,一面来到他书房里,只见詹光、程日兴、胡斯来、单聘仁等并唱曲儿的小子都在这里。见他进来,请安的,问好的,都彼此见过了。吃了茶,薛蟠即命人摆酒来。

这段情节的核心,是"胡斯来",也就是"胡来",放逸的意思。

抄捷径求佛法,碰了壁,干脆又胡来了。

挫折感,茫然,加到一起,就容易这样。

《红楼梦》里,好多情节都是这样的微妙递进关系,一种心态、行为,转变到另一种心态、行为,中间的心理原因,没有主动"修行"过的人,是很难理解的。在第 2 回,贾雨村说,"若非多读书识事,加以致知格物之功,悟道参玄之力者,不能知也",他老兄人品分数不高,不过这句话倒好像靠谱。

有位出家人,人家问他,你在那某某地方上学,你们天天怎么修行的呢?他说,就这么修呗。人家进一步说,有什么实修活动吗?他扪心自问,虽然每天也念经拜佛,其实自己也不清楚该怎么修行。这位师父很诚实,有一就是一,有二就是二,不欺诳人家。其实问他话的人,自己可能还在相上转,所以才会问出那样的话。

在相上转,也可以是一种修行,但是哪天转不通的时候,挫折感就来了。接着可能就是沮丧,怀疑,甚至胡来。

比如打坐,如果不是专修某些特别法门的话,本来单盘双盘都没关系,时间长短也因人而异,但是假如他听了某些说法,打坐一定要双盘,盘腿时间最好三四个小时,他练了很久还是不行,可能挫折感就来了。

再如,修行这事,本来是自己的事,自己的道路,自己的秘密,但是假如他听了某些说法，一定要达到什么什么高标准，都是他很难做的，那么可能挫折感也来了，甚至觉得自己没得救了。

宝玉这时候就是这样的迷茫啊！

再往怡红院来，门已关了。黛玉即便叩门。谁知晴雯和碧痕二人正拌了嘴，没好气，忽见宝钗来了，那晴雯正把气移在宝钗身上，偷着在院内报怨说：“有事没事，跑了来坐着，叫我们三更半夜的不得睡觉！”忽听又有人叫门，晴雯越发动了气，也并不问是谁，便说道：“都睡下了，明儿再来罢！”黛玉素知丫头们的性情，……因而又高声说道：“是我，还不开门么？”晴雯偏偏还没听见，便使性子说道：“凭你是谁！二爷吩咐的，一概不许放进人来呢！”黛玉听了这话，不觉气怔在门外。……正没主意，只听里面一阵笑语之声，细听一听，竟是宝玉宝钗二人。……原来这黛玉秉绝代之姿容，具稀世之俊美，不期这一哭，那些附近的柳枝花朵上宿鸟栖鸦，一闻此声，俱忒楞楞飞起远避，不忍再听。

把黛玉拒之门外，把宝钗放进去说笑，比喻修行人这时索性不看佛经了，热衷于社交，要从跟人打交道的过程里面求个大道。

乍一听起来，好像也有些道理，大乘嘛，“佛法在世间，不离世间觉”嘛。问题在哪呢？在他还是要求个大道，还是落到一个东西里面去了。

佛法跟外道的区别，非常微妙，差之毫厘，谬以千里。

六祖说，本来无一物，何处惹尘埃。同样说这句话，执著“无一物”的人，跟不执著“无一物”的人，当下的状态可能就不一样，前者可能是外道，后者可能是禅师。前者心里还有个东西，叫“无一物”。

落有落无，落在哪里，就死在哪里呀！

拿宝玉来说，跟人打交道就打交道呗，可他要专门把黛玉拒之门外，把宝钗放进去，这就是执著、有为，落在某种刻意里面了，而且，还是有个大道可求，偷心不死。

刚学禅的人，会经历很多复杂的心理纠结、心理体验，上面这种，只是其中之一。这些都很正常，没有什么奇怪，撞了墙，再回到佛经上。只要是为了觉悟，这些撞墙就都是修行。

今天晚上晴雯特别生气，这比喻修行人傲气重、偏执强。她对宝钗的抱怨，说明修行人跟众生打交道的时候不是真心的，也并不融洽，只是为了从交际中有所得罢了。

这么拒绝三宝，三宝冤枉得很，所以林黛玉一哭，连那些小鸟都“忒楞楞飞起远避，不忍再听”。

紫鹃雪雁素日知道黛玉的情性：……所以也没人去理他，由他闷坐，只管外间自便去了。那黛玉倚着床栏杆，两手抱着膝，眼睛含着泪，好似木雕泥塑的一般，直坐到二更多天，方才睡了。……

满园里绣带飘飖，花枝招展。更兼这些人打扮的桃羞杏让，燕妒莺惭，一时也道不尽。且说宝钗、迎春、探春、惜春、李纨、凤姐等并大姐儿、香菱与众丫鬟们，都在园里玩耍，独不见黛玉。……宝钗道：“你们等着，等我去闹了他来。”……说着，逶迤往潇湘馆来。忽然抬头见宝玉进去了，宝钗便站住，低头想了一想：……此刻自己也跟进去，一则宝玉不便，二则黛玉嫌疑，倒是回来的妙。想毕，抽身回来。刚要寻别的姊妹去，忽见面前一双玉色蝴蝶，大如团扇，一上一下，迎风翩跹，十分有趣。宝钗意欲扑了来玩耍，遂向袖中取出扇子来向草地下来扑。只见那一双蝴蝶，忽起忽落，来来往往，将欲过河去了。引的宝钗蹑手蹑脚的，一直跟到池边滴翠亭上，香汗淋漓，娇喘细细。

黛玉是真的被晾起来了：丫鬟们不理她，宝钗半路也走开了。这比喻修行人把佛典弃在一旁了。

带着这种轻慢的心，即使稍微翻一翻经，也往往看不进去。所以宝玉去黛玉那里，黛玉不理他。

离开了佛典的熏修，在“有”堆里打滚，步步都是魔障，首先出现的就是淫欲。所以黛玉郁闷之后，大观园里到处都是“花枝招展”“桃羞杏让，燕妒莺惭”，好一个色彩斑斓、充满诱惑的花花世界！宝钗本来要去黛玉那里，半路一盘算，“倒是回来的妙”，比喻修行人还是坚持原先的立场，坚决把佛典放在一旁，从交际中寻求大道。她刚回头，马上就遇上了“十分有趣”的“一双玉色蝴蝶”，追扑了老久，直弄的“香汗淋漓，娇喘细细”。

这一回的标题，明明说是“彩蝶”，到了正文里，成了“玉色蝴蝶”，这都是作者故意卖的破绽，提醒咱们别光顾着看热闹，注意背后的含义。

“玉色”，就是“欲色”啊！

原来这亭子四面俱是游廊曲栏，盖在池中水上，四面雕镂槅子，糊着纸。宝钗在亭外听见说话，便煞住脚，往里细听。只听说道：

"你瞧。这绢子果然是你丢的那一块,你就拿着;要不是,就还芸二爷去。"……宝钗外面听见这话,心中吃惊,想道:"怪道从古至今那些奸淫狗盗的人,心机都不错!这一开了,见我在这里,他们岂不臊了?况且说话的语音,大似宝玉房里的小红,他素昔眼空心大,是个头等刁钻古怪的丫头。今儿我听了他的短儿,'人急造反,狗急跳墙',不但生事,而且我还没趣。如今便赶着躲了,料也躲不及,少不得要使个'金蝉脱壳'的法子。"犹未想完,只听咯吱一声,宝钗便故意放重了脚步,笑着叫道:"颦儿!我看你往那里藏!"……一面说,一面走,心中又好笑:"这件事算遮过去了,不知他二人怎么样?"

陷入困境了,亭子四面都是水,掉到欲海里了。贪欲跟水直接有关。

"亭"是"停",该停下来了。

猛然惊觉,意识到自己的偷心在作怪,定性为"奸淫狗盗""心机"。

虽然如此,对于小红和坠儿的把戏没有当场拆台,还是假装自己在追求佛法大道("颦儿,我看你往那里藏!"),把偷心掩饰过去。

这种心理现象也许是普遍的,对于很多修行人来讲,谁不想走捷径尽快成道呢?嘴上说的是老实用功,心里也知道功不唐捐的道理,但就是"看得破,放不下"。所以,第52回"俏平儿情掩虾须镯,勇晴雯病补孔雀裘"里面,虽然坠儿偷盗事发,被撵出了大观园,比喻修行人偷盗行为的戒除,但是,那个机盗之心还在,小红还会经常出场,贾芸后来陷害巧姐。

这些心理历程,都很复杂,上不了台面的东西,作者当年都经历过,不过他用小说的形式自曝家丑,不细细看是看不出来的。

只见凤姐儿站在山坡上招手儿。小红便连忙弃了众人,跑至凤姐前,堆着笑问:……小红听了,再往稻香村来,顶头见晴雯、绮霞、碧痕、秋纹、麝月、侍书、入画、莺儿等一群人来了。……小红道:“你们再问问,我逛了没逛。二奶奶才使唤我说话取东西去。”说着,将荷包举给他们看,方没言语了。大家走开。……李纨笑道:“都像你泼辣货才好!”凤姐道:“这个丫头就好。刚才这两遭说话虽不多,口角儿就很剪断。”说着,又向小红笑道:“明儿你伏侍我罢,我认你做干女孩儿。我一调理,你就出息了。”

把偷心掩饰完了,为它找个更好的去处。

凤姐的一个喻象,是追求“有所知”“有所得”的造作,现在正好跟“林红玉”投缘了,一招手就来了,而且小红说话办事都让她很满意。从此小红出场很少了,比喻偷心主要是跑后台运作了,直到凤姐去世,小红才不见踪影。

(二) 开卷有益

刚到了院中,只见宝玉进门来了,便笑道:“好妹妹,你昨儿告了我没有?叫我悬了一夜的心。”黛玉便回头叫紫鹃:“把屋子收拾了,下一扇纱屉子。看那大燕子回来，把帘子放下来，拿狮子倚住。烧了香，就把炉罩上。”一面说，一面又往外走。宝玉见他这样，还认作是昨日晌午的事，那知晚间的这件公案？还打恭作揖的。黛玉正眼儿也不看，各自出了院门，一直找别的姐妹去了。宝玉心中纳闷，自己猜疑：……一面想，一面由不得随后跟了来。

前面这些折腾，实在不是佛法不要我，是我关闭了通往佛法的大门，所以说“那知晚间的这件公案”。

折腾完了，知道惭愧了，我还是以佛法为命根子的，所以宝玉“由不得随后跟了来”。

宝玉笑道：“你提起鞋来，我想起个故事来了。一回穿着，……袭人说：‘这还罢了，赵姨娘气的抱怨的了不得。正经亲兄弟，鞋踋拉袜踋拉的，没人看见，且做这些东西！’”探春听说，登时沉下脸来道：“你说，这话糊涂到什么田地！怎么我是该做鞋的人么？……”宝玉听了，点头笑道：“你不知道，他心里自然又有个想头了。”探春听说，一发动了气，将头一扭，说道：“连你也糊涂了！他那想头，自然是有的，不过是那阴微下贱的见识。他只管这么想，我只管认得老爷太太两个人，别人我一概不管！就是姐妹弟兄跟前，谁和我好，我就和谁好，什么偏的、庶的，我也不知道。论理，我不该说他，但他忒昏愦的不象了！——还有笑话儿呢：就是上回我给你那钱，替我买那些玩的东西，过了两天，他见了我，就说是怎么没钱，怎么难过。我也不理。谁知后来丫头们出去了，他就抱怨起我来，说我攒的钱为什么给你使，倒不给环儿使呢。我听见这话，又好笑，又好气，我就出来往太太跟前去了。”

常言道：“开卷有益。”探春就是比喻这个的。古今中外，把读书说的无比尊贵、无比快乐的，也无非都在称赞探春。

有些修行人，动不动给佛典以外的书籍扣上“外道”的帽子。其实，人家那些典籍说不定也是有妙用的，不必一概否定。憨山大师说过，他有三样自勉的学问，“不知《春秋》，不能涉世；不知老庄，不能忘世；不参禅，不能出世”，他甚至说，明白这一点的人，就能跟他谈学问二字了（“知此，可与言学矣”），这门槛想想都吓人。憨山大师接下来说得更吓人：“而《华严》五地圣人，善能通达世间之学，至于阴阳术数、图书印玺、医方辞赋，靡不该练，然后可以涉俗利生。”这得懂多少啊！

又，根据《高僧传》的记载，净土宗的第一代祖师慧远，年轻的时候就通达儒道经典（“博综六经，尤善庄老”），出家拜道安为师了以后，不看那些书了，但是有一回，他给大家讲经说法，说到“实相”的含义，台下一位听众搞不明白，就提出疑问，两个人使用佛学术语反反复复地探讨了半天，那位听众愈发糊涂了。慧远一想，干脆用《庄子》的义理给他解释，结果对方一听就明白了（“于是惑者晓然”）。他老师道安一看，行啊，就告诉慧远，从此以后，我特许你可以没事看看闲书（“是后安公特听慧远不废俗书”）。

《红楼梦》里，上面这段情节，是修行人对于开卷有益问题的进一步认识。

探春说赵姨娘“糊涂”，“不过是那阴微下贱的见识”，“忒昏愦的不象了”,比喻修行人对于自己禀赋气质中浊恶一面的清醒认识,决心要博览群书,改变气质。她又说,“我只管认得老爷太太两个人,别人我一概不管!就是姐妹弟兄跟前,谁和我好,我就和谁好,什么偏的、庶的,我也不知道”,比喻修行人不由着先天恶习,只从正路上体会学问,靠后天的努力改造先天习气。

要是不顾喻意,只从字面上看,赵姨娘可就要气坏了,探春这孩子也太忘恩负义了吧,你老妈有这么差劲么。有道是,狗不嫌家贫,子不嫌母丑,到了你这里,怎么全变了呢?孝都没有,人都做不好,还想做佛?总之,从字面上,有一千个伤心的理由。

说到这里,咱们顺便扯扯人性善恶这个老话题。

孟子说,人性本善;荀子说,人性本恶;也有人说,人性不善不恶。几派观点,争论了两千多年。孔子就圆融得多了,他不掉在善恶里说话,只说“性相近也,习相远也”,大家本来都差不多了,只是后天习性不一样,老夫子一开口,让人想抬杠都找不着碴在哪。

要是依据佛学来看,几派观点都没错,只是站的立场角度不一样而已。

众生的“性”,六祖说是“本来无一物”,寒山说是“无物堪比伦”,没办法贴个善或恶的标签上去。比如开水一烫,管他是人也好,畜生也罢,他往往是一哆嗦,大家都有这个能知道烫的觉知之性,这个觉知之性找不着在哪,但是一切时一切处知冷知热、知明知暗,而且一切众生平等具有,不是善也不是恶。

如果不掺杂“我”这个私欲,就按照这个觉性发用,咱们就可以称为“天真”,一点都不虚伪,大家都喜欢。他看见婴儿爬到井边,自然会去拉一把,不是自己想做好人好事,而是没有掺杂个人的瞋恨、计较进去,自然会想帮一下。孟子据此说人性本善。

掺杂了私欲呢？若据佛学，众生谁天生不是有私欲的啊。虽然刚出生，他是带着上辈子、上上辈子、以前无数辈子的各种习气来投胎的，刚出胎的时候有生理限制，前世习气不明显，随着年龄的增加，就越来越暴露了。上辈子是天道的，他可能越来越表现出善良的一面；上辈子是畜生道的，他可能越来越表现出愚痴（比如猪道来的）甚至凶狠（比如毒虫来的）的一面；上辈子是修行的，他可能越来越表现出独处静思的一面，等等。不管哪种，一般都是有私欲在里面作怪的，这是多生多世对“我”的执著习气，荀子据此说人性本恶。

私欲越重，本性的发用越遭到扭曲，他的诸多言行，往往要考虑、计较半天，不再是出于本心，咱们就说他“虚伪”“不爽快”。

春秋以后中国两千多年的政治历史，就是对人性的假设从善到恶的过程，所以荀子吃瘪了两千年，到现在越来越受重视了。假设人性本善，就容易相互信任，可以搞封建制，不需要那么多的军警和官员，假设人性本恶，就必须从制度上作出各种预防，除了推行郡县制以外，军警和官员都必须配备到位。但清末以前，大家好歹还有圣贤的教化底子，一般不至于太出格，民国时期，随着某些全盘西化的思潮，好多人连最后的遮羞布也不要了，索性假设为丛林，不按套路出牌了。

从政治的角度看，性恶论有一定道理，而且随着时代的发展，越来越有道理。但从教育的角度看，还是提倡性善论更合适一点。所以，我们在倡导性善论或者性恶论的时候，不妨先反思一下自己是在哪个山上唱歌，不用以偏概全。

西方的人际关系学者卡耐基，说没有一个人发自内心地认为自己是坏人，就连穷凶极恶的杀人犯也不例外，这其实就是孟子性善论的一个版本。王阳明有一次抓住一个强盗头子，那个家伙表示，不服王阳明的“人人皆有良知”

论，王阳明叫他脱衣服，脱完外衣脱里面的，要脱裤衩的时候，那哥们不好意思了，王阳明说，你这个羞耻之心不是良知吗？

从教育的角度看，假设别人很坏，再来跟别人打交道，性格当中就会出现很虚伪的一面，孟子称这种特点为“贼”，这个“贼”字没办法翻译成白话文，只可意会，不可言传。孟子说，要善于看到别人的好处啊，这样做了领导，才会善于发现各种人才的优点，古来圣王成就大业，无非都是这个路数啊！“故君子莫大乎与人为善”，没有比这个更重要的修养了。

现代教育的实践，也越来越证明了性善论的合理。一般来说，家长或老师觉得某个孩子不行，这不行那不行的，那孩子就越来越不行；对不行的也能发现优点，善加诱导，那孩子就会越来越行。不过，现代这种流水线式的教育模式，一个老师要面对好几十甚至几百的学生，他精力有限，不行的可能就放任自流了。

告子说了个不痛不痒的论断，叫“生之谓性”，乍一听好像挺折衷的，其实完全是被表相所转了，没有起码的洞察力，还不如孟子说性善荀子说性恶。

（三）错过禅机

不想宝玉在山坡上听见，先不过点头感叹；次又听到“侬今葬花人笑痴,他年葬侬知是谁?”“一朝春尽红颜老,花落人亡两不知”等句,不觉恸倒山坡上,怀里兜的落花撒了一地。试想林黛玉的花颜月貌,将来亦到无可寻觅之时,宁不心碎肠断!既黛玉终归无可寻觅之时,推之于他人,如宝钗、香菱、袭人等,亦可以到无可寻觅之时矣。宝钗等终归无可寻觅之时,则自己又安在呢?且自身尚不知何在何往,将来斯处,斯园,斯花,斯柳,又不知当属谁姓?因此,一而二,二而三,反复推求了去,真不知此时此际如何解释这段悲伤!正是:

花影不离身左右,鸟声只在耳东西。

看书,反省,接下来就有了某些领悟,这就是开卷有益的好处。

宝玉现在有了新的领悟,于是就有了黛玉的这首诗,《葬花吟》。人、我、是非、功名、追求都在哪呢?

虚妄一场,空花水月。

繁华的背后,是永恒的寂灭。

“宝钗等终归无可寻觅之时,则自己又安在呢?且自身尚不知何在何往,将来斯处,斯园,斯花,斯柳,又不知当属谁姓?”这个时候,倒有点《金刚经》说的“无我相,无人相,无众生相,无寿者相”的味道了。

这个时候,如果幸运,碰到一个明白人,点拨一下,也许小说后面都要改写了。

宝玉没有碰到。他又找黛玉理论去了。

宝玉见这般形像,遂又说道:“我也知道,我如今不好了,但只任凭我怎么不好，万不敢在妹妹跟前有错处。就有一二分错处，你或是教导我，戒我下次，或骂我几句，打我几下，我都不灰心。谁知你总不理我，叫我摸不着头脑儿，少魂失魄，不知怎么样才好！就是死了，也是个屈死鬼，任凭高僧高道忏悔，也不能脱生；还得你说明了原故，我才得托生呢！”

禅门无门。

多少修行人为此沮丧。到底佛法在哪呢？我怎么样才能得到它呢？看了几本经，折腾一大圈，还是不得要领，一头雾水。这就是宝玉此时的心情。

于是有人站出来说，禅宗没有“次第”观念，需要来自密宗、南传等宗派的理论补充。这是他的慈悲，禅宗不否定任何次第，当然也不会跟任何次第法门有冲突。只要为了觉悟自性，什么法门都可以尝试。

但也正因为这种开放性，禅宗就容易给一些人造成错觉，不知道到底从哪下手，没着没落的。

注意，禅宗号称“教外别传”。为什么是“教外”呢？因为它超越文字，所有的文字都服务于文字之外的本心自性。可以学教，没有教理根基的话容易跑岔，但是教理毕竟只是工具，不是目的。为什么是“别传”呢？没有固定模式（或者说什么模式都不排斥），当然只能别传了。

唐宋那个时候，修行人多有博学的，师父接引的时候，教理已经不用多说了，剩下的事只是帮徒弟翻身，回到自心，所以简单的一句话，或者干脆一棒一喝，徒弟可能就明白了；假如师父还跟徒弟讲一大篇道理，可能就会把徒弟进一步往知见那边怂恿，离自心越来越远。这样，就容易给局外人（尤其是后世的）造成一个印象，你看，禅宗都在搞些啥呀，吹胡子瞪眼前言不搭后语的，让人摸不着头脑。

为什么说那时候的徒弟多有博学的呢？看看公案就知道了。里面经常隐藏着某部经典的某个义理，对答双方都没觉得障碍，不至于说师父引用了《大般涅槃经》的某个人名，徒弟还要追问一下，师父，您说的是哪部经呀，那个人发生了什么事呀？

禅门说的是不二之法，既然“不二”，一说出来，就容易成了“二”，让学人进一步掉在二元对立的陷坑里，所以只好借助棒喝、机锋让学人脱出来。

庄子没有使用过棒喝，不过庄子把这种尴尬说得非常清楚。他说：

> 天地与我并生，而万物与我为一。既已为一矣，且得有言乎？既已谓之一矣，且得无言乎？一与言为二，二与一为三。自此以往，巧历不能得，而况其凡乎？故自无适有以至于三，而况自有适有乎？无适焉，因是已。

本来是“一”的东西，没话好说，但既然我叫它“一”了，已经有文字概念了，那这个表述的“一”和本来的“一”加起来就成了“二”，这个“二”加上本来的“一”，又成了“三”，继续这样背离本来的“一”而演绎下去，无穷无尽，超级计算机都算不完，何况是咱人类的脑瓜呢？从“无”到“有”，都能搞出“三”来，何况是掉在各种现象（“有”）里迷而不返呢，那真是“学海无涯苦作舟”，不知何年何月出头了！庄子说，既然这样，那就消停消停，还往哪跑呢？

临济当初在黄檗的门下，也郁闷过。他三次问黄檗，“如何是佛法的的大意”（“的的”就是彻底、究竟的意思），三次挨打，他一想，算了，我干脆不在这呆了，换个地方走走。（公案里没有明说，但可以想像他此时的郁闷，要不也不会打算闪人了。）辞行的时候，黄檗指示他，你到大愚那去，他会告诉你的。到了大愚那儿，大愚问他，从哪来的？他说，从黄檗那来的。大愚问，黄檗说啥了？临济回答说，我三次问他“佛法的的大意”，三次被打，不知我有错没错？（言下之意，有错的话打的不冤，但我不知道错在哪；没错的话他打我，就是他的不是了！）大愚一听，哎呀，黄檗为了指点你，煞费了一番苦心，累死了，你还跑这来问有错没错！临济一听，恍然大悟，原来黄檗佛法不复杂嘛！

又如香严智闲禅师，去参访沩山，沩山说，我听说你问一答十问十答百，这只能说明你聪明，这种小聪明，恰恰是生死轮回的根本，聪明反被聪明误嘛，你倒是说说看，父母未生时你在哪？（“父母未生时试道一句看。”）这就要了香严的好看了，他答不出来，恳求沩山说破谜底，好话都说尽了，没用。沩山告诉他，我要是说破了，会把你害惨了，以后你骂死我，况且，我即使说了，也是我的东西，你理解了也没用。香严哭着走了，去到另外的一个地方住了下来。有一天他锄草，把一块瓦砾拣起来往旁边一扔，砸到竹子上，“当”的一声，他明白了，赶紧回屋沐浴焚香，朝着沩山所在的方位磕头：和尚您真是慈悲啊，当时要是说破，哪有今天啊！

贾宝玉跟黛玉说，“谁知你总不理我，叫我摸不着头脑儿，少魂失魄，不知怎么样才好”，很正常。要学佛参禅，不得其门而入的郁闷、沮丧，恐怕是必经的阶段。困，然后知学嘛。

（四）打妄语

宝玉拍手笑道："从来没听见有个什么金刚丸！若有了金刚丸，自然有菩萨散了！"说的满屋里人都笑了。宝钗抿嘴笑道："想是天王补心丹。"王夫人笑道："是这个名儿。如今我也糊涂了。"宝玉道："太太倒不糊涂，都是叫'金刚''菩萨'支使糊涂了。"王夫人道："扯你娘的臊！又欠你老子捶你了。"……宝钗听说，笑着摇手儿说道："我不知道，也没听见，你别叫姨娘问我。"王夫人笑道："到底是宝丫头好孩子，不撒谎。"宝玉站在当地，听见如此说，一回身，把手一拍，说道："我说的倒是真话呢，倒说撒谎！"口里说着，忽一回身，只见林黛玉坐在宝钗身后抿着嘴笑，用手指头在脸上画着羞他。凤姐因在里间屋里看着人放桌子，听如此说，便走来，笑道："宝兄弟不是撒谎，这倒是有的。……"凤姐说一句，宝玉念一句佛。

试图不用那么多佛学术语，尽量使用世间通常的语言说话，结果一不留神就打了妄语。

"天王补心丹"，而不是"金刚丸""菩萨散"，宝玉又说王夫人"都是叫'金刚'‘菩萨'支使糊涂了”,看着像玩笑,其实不是玩笑。天王还在三界世间,比如咱们通常说的“四大天王”,就是欲界的四位天王,地球人要受他们管辖,行善的记一笔,行恶的也记一笔。佛经上说,很多学佛的人,会经常受到四大天王的保护,不过他自己可能不知道。

学佛的到了一定的时候,专业术语懂得多了,就容易满口行话了,《红楼梦》这里拿“金刚”“菩萨”作个泛指。要说这“金刚”“菩萨”,还不够专业术语了,更专业的,让外行听得一个头两个大的,多了去了。

问题是,佛法的根基,始终不离世间,不离衣食住行,一个劲地玩高大上的术语,可能就背离了佛法本义。贩夫走卒,大字不识一个,但是他有心,这就是他成佛的种子,何必也要跟他满口术语呢?不能用他听得懂的措辞吗?

中国这片土地很神奇,以“土”,尤其是“黄土”,为重要特征。咱们常说某样东西“土得掉渣”,对不起,越是土得掉渣的,越是有名堂。再高的楼,也要植根在土地里,空中楼阁不靠谱。现代人吃惯了精米细面,开始怀念糙米杂粮了;穿惯了尼龙化纤,开始怀念纯棉麻纱了;住惯了水泥钢筋,开始怀念农家小院了;这都是对“土”的回归。在五行里,土最没个性,但是金木水火都要靠它调节。

禅宗没那么多术语。在中国这片土地上,禅宗的兴盛岂是偶然!

小说这里,修行人试图在说话的时候,更接地气一些,结果一不小心过头了。

过头了,就变成打妄语了。宝玉撒了谎,不管世法还是出世法,都说不过去,只是妄语者自己的狂言罢了,所以宝钗、黛玉都不替他圆谎,只有凤姐跟着他一唱一和的,比喻仗着狂性继续诳下去。

说到这里，咱们顺便把佛门里讲的关于打妄语的果报，一起说一下。根据《大智度论》，妄语有十种罪：一是口气很臭（现代人喜欢嚼嚼口香糖，大概跟这有点关系）；二是善神远离，邪鬼容易钻到空子；三是即使他说的是真的，人家也不相信；四是智者们讨论事情的时候，一般不会喊他参加；五是常被诽谤，说不清哪来那么多人背后说他坏话，弄的满世界都知道他不是好人；六是得不到别人尊重，说话没威信，人家不听他的；七是经常忧愁（这个逛街也没用，开心不起来）；八是种下诽谤业的因缘；九是死了以后下地狱；十是从地狱再出来做人的话，还是常受诽谤（倒霉一万年啊）。

正说着，见贾母房里的丫头找宝玉和黛玉去吃饭。黛玉也不叫宝玉，便起身带着那丫头走。那丫头说："等着宝二爷，一块儿走啊。"黛玉道："他不吃饭，不和咱们走，我先走了。"说着，便出去了。宝玉道："我今儿还跟着太太吃罢。"……宝钗因笑道："你正经去罢。吃不吃，陪着林妹妹走一趟，他心里正不自在呢。何苦来?"宝玉道："理他呢，过一会子就好了。"……宝玉进来，……黛玉并不理，只管裁他的。有一个丫头说道："那块绸子角儿还不好呢，再熨熨罢。"黛玉便把剪子一撂，说道："理他呢！过一会子就好了。"宝玉听了，自是纳闷。……宝钗笑道："我告诉你个笑话儿：才刚为那个药，我说了个不知道，宝兄弟心里就不受用了。"黛玉道："理他呢！过会子就好了。"

打了妄语，自以为没事，随便说说而已，至于那么严重么！所以宝玉说

“理他呢，过一会子就好了”。

这么一搞，又把佛法的大门关上了，所以黛玉跟他又弄得鸡飞狗跳的。

（五）热闹场里练定力

宝玉来到外面，只见焙茗说：“冯大爷家请。”……那婆子啐道：“呸！放你娘的屁！宝玉如今在园里住着，跟他的人都在园里，你又跑了这里来带信儿了！”焙茗听了，笑道：“骂的是，我也糊涂了！”说着，一径往东边二门前来。……一径到了冯紫英门口。有人报与冯紫英，出来迎接进去。只见薛蟠早已在那里久候了。还有许多唱曲儿的小厮们并唱小旦的蒋玉函，锦香院的妓女云儿。

除了前面的打妄语以外，还有哥儿几个聚在一起胡吃海喝、天南地北，这都是在世上混免不掉的事。从这个角度看，《红楼梦》的作者必是在家人，何况后面还有纳二妾三妾这些经历。

在家修行，比起出家来，有某些额外的难处，诱惑太多，俗缘牵扯太多。假如借这个机会，提醒自己不陷进去，保持清醒，那就叫“火里栽莲”，也有殊胜之处。

“茗烟”改名“焙茗”，说明修行人心态上比原来平和了，没那么着急了。这里，他居然说“我也糊涂了”，下面放逸起来就严重了。

薛大爷和一个妓女，一干人等，在那等着宝玉。

但是还有一个人也在等宝玉，这个人决定了这次聚会不是放纵那么简单，是尝试借热闹场修定力。这个人就是蒋玉函。

“蒋玉函”，即“将玉函”，把玉装进盒子里，比喻修行人的“意”不再散乱，不乱跑了。又叫“琪官”，“琪”是美玉，“官”是“管”，管住玉，也是不让“意”乱跑。

孟子说过“不动心”，佛教里也有位“阿閦（读“矗”）佛”，又叫“不动如来”。念头可以动，但不被外境牵着乱跑，心里如如不动。咱们可以看看《坛经》“惠能没伎俩，不断百思想”等说法，就知道这位“蒋玉函”“琪官”是怎么回事了。

宝玉听说，不觉欣然跌足笑道：“有幸，有幸！果然名不虚传！今儿初会，却怎么样呢？”想了一想，向袖中取出扇子，将一个玉玦扇坠解下来递给琪官道：“微物不堪，略表今日之谊。”琪官接了，笑道：……说毕，撩衣将系小衣儿的一条大红汗巾子解下来，递给宝玉道：……

“玉玦”，就是“决意”，定下心了。虽然这么火爆的场面，美酒佳人外加卡拉 OK，但我不是来玩的，我有我的修行目的。

老子说：“众人熙熙，如享太牢，如春登台。我独泊兮其未兆，如婴儿之未孩；乘乘兮，若无所归。众人皆有余，而我独若遗。我愚人之心也哉！沌沌兮，俗人昭昭，我独若昏。俗人察察，我独闷闷。”大概也是在歌舞厅里的感慨，回家记下来了。

现在这样，将来也这样，我生生世世不做胡乱放纵的人。于是，宝玉跟蒋玉函交换了信物，蒋玉函跟袭人的姻缘也埋下了伏笔。袭人比喻情识，把“意”管好，情丝不乱攀缘，所以蒋玉函跟袭人的姻缘很有意义。

蒋玉函送给宝玉的，是“系小衣儿的一条大红汗巾子”，系内衣的腰带。“衣”，即“意”。蒋玉函回赠的是把“意”约束好的决心。

说着，命小丫头来，将昨日的所赐之物取出来，却是上等宫扇两柄，红麝香珠二串，凤尾罗二端，芙蓉簟一领。宝玉见了，喜不自胜，问：“别人的也都是这个吗？”……宝玉听了，笑道：“这是怎么个原故？怎么林姑娘的倒不和我的一样，倒是宝姐姐的和我一样？别是传错了罢？”

元春赏赐的东西，只有宝钗的和宝玉一样，这是什么情况呢？

安排这段情节，也是为了接前面的脉络，入世、入世、入世，重要的事情说三遍。

热闹场里练定力、增智慧、培福报，这是一种大乘精神。离开了和人打交道，另外想找妙法，妙法在哪呢？木石前盟不靠谱，金玉良缘才是王道。

元春比喻高尚的情操。圣贤学问，孔孟老庄也好，大乘佛教也好，西方的宗教也好，一般都教人在眼前这个世界如理如法地跟人打交道，在这个打交道的过程中，反省自己的毛病，学习未知的东西，功力才能增长。

所以，元春赐的东西，专门强调宝钗跟宝玉的缘分。

宝玉听他提出"金玉"二字来，不觉心里疑猜，便说道："除了别人说什么金什么玉，我心里要有这个想头，天诛地灭，万世不得人身！"……黛玉道："你也不用起誓。我很知道你心里有妹妹，但只是见了姐姐就把妹妹忘了。"宝玉道："那是你多心，我再不是这么样的。"……宝钗原生的肌肤丰泽，一时褪不下来。宝玉在旁边看着雪白的胳膊，不觉动了羡慕之心，暗暗想道："这个膀子若长在林姑娘身上，或者还得摸一摸；偏长在他身上，正是恨我没福！"忽然想起"金玉"一事来，再看看宝钗形容，只见脸若银盆，眼同水杏，唇不点而含丹，眉不画而横翠：比黛玉另具一种妩媚风流。不觉又呆了。宝钗褪下串子来给他，他也忘了接。

原来只想局限在佛学理论里学习佛法，所以跟黛玉赌咒发誓的，表示对佛学以外的东西一概不感兴趣。

有些刚学佛的，走过这种心路的，对这段情节也许会会心一笑。局限在佛学理论里学习佛法，在特定的阶段，也许是必要的，甚至对于某些人来说，一辈子都是必要的；但是，对另一些人来说，也许还可以在阅读佛典的同时有别的尝试，咱们前面引用过憨山大师的说法，说的就是这个。老外有个说法，"只知道英国的人，他们对英国又能知道什么呢？"也是说的这个。

局限在佛学理论框架里，张口闭口都是佛门术语，这个已经很厉害了，但是，要圆融，通达世出世法，这样可不够啊！

小说写到这里，修行人自己已经明白了这个，所以在跟黛玉发誓过之后，马上就转折了。这不是宝玉爱情不专一，那是字面的东西。

原来文字之外的东西，也很不错啊！怪不得六祖说"佛法在世间，不离世间觉"！所以宝玉顿感宝钗原来如此动人。

（六）男女双修，延年益寿？

在世间法里，有一种充满诱惑的东西，叫"男女双修"。显得神神叨叨的，多少修行人不敢想却又很想。本来性就是最大的欲望了，再跟修道结合起来，这玩意居然还能让人在快乐中长生不老，杀伤力太强了。

后世有些丹士对这个也不大避讳，所以稍微接触一下道门中人，都容易听到"房中术"的有关说法。

丹道、印度教等，据说都有男女双修的法术，笔者缺乏研究，不敢妄断，但是就禅宗等汉地显教来说，从来没有听说过。从禅宗的见地上来说，从男女交合当中寻求大道，不知所云。

在世间修道，明清以后，很容易接触到男女双修的说法。《红楼梦》的作者，显然也经历过这个，所以有了下面这些胡来的情节。

前面第24、25回走火入魔，主要是淫欲习气惯性，懵懵懂懂中招。这次经历，是主动体验。曹雪芹自己经历的东西，一五一十地记录了，但毕竟只是他的个人经历，现代已经不适用了：第一，那个时代，纳妾、嫖娼都是合法的，现在时代不一样了。第二，禅门里从来就没有这个法。第三，即使拓展到密宗来说，当代一位密宗上师，写了很多书的，在其中一本书里，他说，修了密宗的“双运灌顶”之后，他不得不承认自己失败了，而且奉劝读者不要尝试。假如这么容易就能成道，那还不早就流行了。第四，失败还不严重，严重的是下地狱、入魔，《楞严经》里描述了一大堆这类的魔子魔孙，好奇害死猫啊！

第29回的标题是“享福人福深还祷福，多情女情重愈斟情”，意思是说，前面从世间法中体会修行，得了乐趣，没有刹车，走过头了，干脆跑到男女双修上了。

一时凤姐儿来了，因说起初一日在清虚观打醮的事来，约着宝钗、宝玉、黛玉等看戏去。……凤姐听说，笑道：“老祖宗也去，敢仔好，可就是我又不得受用了。”贾母道：“到明儿我在正面楼上，你在旁边楼上，你也不用到我这边来立规矩，可好不好？”凤姐笑道：“这就是老祖宗疼我了！”……

可巧有个十二三岁的小道士儿，拿着个剪筒照管各处剪蜡花儿，正欲得便且藏出去，不想一头撞在凤姐儿怀里。凤姐便一扬手，照脸打了个嘴巴，把那小孩子打了一个筋斗，骂道：“小野杂种！往那里跑？”那小道士也不顾拾烛剪，爬起来往外还要跑。正值宝钗等下车，众婆娘媳妇正围随的风雨不透，但见一个小道士滚了出来，都喝声叫"拿,拿!打,打!"……贾母听说,忙道:"快带了那孩子来,别唬着他。小门小户的孩子,都是娇生惯养惯了的,那里见过这个势派?倘或唬着他,倒怪可怜见儿的!他老子娘岂不疼呢?"说着,便叫贾珍去好生带了来。

注意这里的两个细节,一是不到贾母那边"立规矩",二是随意打骂小道士。

第一个细节,比喻不顾佛法的放纵。第二个细节,比喻慈悲心的缺失。

两个细节一叠加,好戏要开场了,要胡来了。

不在慈悲心上积累福德,却要额外搞些法术,以为那些法术能一步登天,这是许多外道的共同特征。

贾府众人去清虚观看戏,本来是"看戏",比喻以游戏的心态看看外道是怎么玩的,没想到入戏了,中招了,上面两个细节是重要原因。

为什么叫"清虚观"呢?曹公很明确地告诉了我们,外道为什么是外道。追求"清虚",死在境界上,所以是外道。像小说里这些微妙的地方太多了,没有一点佛学基础,一下就看过去了。当然他还是在比喻,不是说叫"清虚观"的都一定是在搞外道,那样的话他也冤枉,道观也冤枉。

一声未了,只见贾蓉从钟楼里跑出来了。贾珍道:"你瞧瞧!我这里没热,他倒凉快去了!"喝命家人啐他。……那贾芸、贾萍、贾芹等听见了,不但他们慌了,并贾琏、贾瑞、贾琼等也都忙了,一个一个都从墙根儿底下慢慢的溜下来了。贾珍又向贾蓉道:"你站着做什么？还不骑了马跑到家里告诉你娘母子去？老太太和姑娘们都来了，叫他们快来伺候！”

“贾珍”是认假为真，“贾蓉”（假容）是执著男女皮相，“贾芸、贾萍、贾芹”等草字头的统喻“情”，“贾琏、贾㻞、贾琼”等玉字旁的统喻“意”，这时候全都慌了，可见在旁门法术面前，修行人这时候阵脚全乱了，全身每个细胞都倾向于胡来。

这场景，描述起来很费笔墨，您只要想想86版《西游记》，“错坠盘丝洞”那一集，八戒面对女妖怪们洗澡的有关表现，就够了。

贾蓉回去把他娘母子请来，就是把“尤氏”和“胡氏”请来，看这两位的姓，您都猜得出来下面的故事了。

那张道士……说毕，又呵呵大笑，道：“前日在一个人家儿看见位小姐，今年十五岁了，长的倒也好个模样儿。我想着哥儿也该提亲了。要论这小姐的模样儿、聪明智慧、根基家当，倒也配的过，但不知老太太怎么样？小道也不敢造次，等请了示下，才敢提去呢。”

“要论这小姐的模样儿、聪明智慧、根基家当，倒也配的过”，正是喻指“匹配男女”，张道士可谓三句话不离本行。

张道士也笑道：“我拿出盘子来，一举两用，倒不为化布施，倒要把哥儿的那块玉请下来，托出去给那些远来的道友和徒子徒孙们见识见识。”……贾母听说，便命宝玉摘下通灵玉来，放在盘内。那张道士兢兢业业的，用蟒袱子垫着，捧出去了。……刚说着，张道士捧着盘子，走到跟前，笑道：“众人托小道的福，见了哥儿的玉，实在稀罕。都没什么敬贺的，这是他们各人传道的法器，都愿意为敬贺之礼。虽不稀罕，哥儿只留着玩耍赏人罢。”贾母听说，向盘内看时，只见也有金璜，也有玉玦，或有事事如意，或有岁岁平安，皆是珠穿宝嵌，玉琢金镂，共有三五十件。

“那些远来的道友和徒子徒孙们”，喻指旁门左道。他们修炼的其实不是大道，只是要借修炼之名，拿世间的各种好处来比附自家的无价之宝。

这些好处，上面列了出来，无非是金、玉、平安、如意这些，有形的、无形的，围绕着肉身利益的一系列东西。

越是旁门左道，往往越要大谈善法、因果，让你乍一听，哇，圣贤之道啊！再继续聊下去，原来它不过是借圣贤的术语，来为自己谋利罢了。佛没有鄙视这些旁门左道，只是说他们值得怜悯。

一时，贾珍上来回道：“神前拈了戏，头一本是《白蛇记》。”贾母便问：“是什么故事？”贾珍道：“汉高祖斩蛇起首的故事。第二本是《满床笏》。”贾母点头道：“倒是第二本？也还罢了。神佛既这样，也只得如此。”又问第三本。贾珍道：“第三本是《南柯梦》。”贾母听了，便不言语。

《白蛇记》的内容，小说已经提示了，是刘邦斩白蛇起义的事。

《满床笏》，说的是唐朝名将郭子仪的风光。他不光是自己位高权重，而且儿子和女婿都是朝廷大员。六十大寿的时候，七个儿子、八个女婿都来拜寿，这些大官拿的笏板，把床头都放满了。老郭这太厉害了，太经典了，简直是传说了，所以后人就拿“满床笏”当个典故，比喻家门昌盛、富贵寿考。

《南柯梦》的大意，是唐代一位游侠淳于棼先生，有一天喝醉了，睡着了，梦见被人请到“大槐安国”，做了该国的驸马兼南柯郡太守，各种风光、建功立业，后来又失宠、撤职，醒来了才知道，原来是在做梦。

神前拈的三本戏，就是“神佛”对旁门左道的评判。

咱们来看看神是咋批的。神说，旁门左道大体上分三步走：

第一步，扯起虎皮作大旗：咱们要修炼大道了，快来吧，修成了长生不老、宇宙在手！吃瓜群众马上就围过去了，轰轰烈烈的修炼运动拉开帷幕。——这是《白蛇记》。

第二步，稍微修一修，哎，有效验了，看来咱这路子走的对呀，通天大道呀！比方说打坐的、站桩的，稍微坐一坐、站一站，身心效验都来了。假如是魔缘深厚的，那就更容易有效验了，稍微配合念头上的偏差，都可能会看见什么、听见什么，甚至表演出让吃瓜群众匪夷所思的“神通”来。好一派热闹欢腾的场景！——这是《满床笏》。

第三步，继续玩下去，到头来，什么神通、长生不老，都挡不住生死轮回，原来玩了这么久，不过是南柯一梦啊！自欺，欺人。——这是《南柯梦》。

“贾母听了，便不言语”，还要说什么呢？神佛没开口，但什么都说了。

宝玉听见史湘云有这件东西，自己便将那麒麟忙拿起来揣在怀里。忽又想到怕人看见他听是史湘云有了，他就留着这件，因此，手里揣着，却拿眼睛瞟人。只见众人倒都不理论，惟有黛玉瞅着他点头儿，似有赞叹之意。宝玉心里不觉没意思起来，又掏出来，瞅着黛玉讪笑道："这个东西有趣儿，我替你拿着，到家里穿上个穗子你带，好不好？"黛玉将头一扭道："我不稀罕！"宝玉笑道："你既不稀罕，我可就拿着了。"说着，又揣起来。刚要说话，只见贾珍之妻尤氏和贾蓉续娶的媳妇胡氏，婆媳两个来了。

宝玉自己动了邪念，觉得仿佛不妥，要找个借口，正好瞟见黛玉"似有赞叹之意"，够了，理由充分了，好像佛点头了，咱可以名正言顺地男女双修了。

这里的一"瞟""似有赞叹之意"，字面上倒是简单，实际上可能要煞费苦心啦！比如某位学者，为了论证佛经跟男女性行为的关系，考证了一大番；为了论证《周易》跟男女性行为的关系，也考证了一大番。小说这里的修行人，倒不至于这么考证，但在经论里搜寻一番，估计也是要的。

原来宝玉自幼生成来的有一种下流痴病，况从幼时和黛玉耳鬓厮磨，心情相对；……故每每或喜或怒，变尽法子，暗中试探。那黛玉偏生也是个有些痴病的，也每用假情试探，因你也将真心真意瞒起来，我也将真心真意瞒起来，都只用假意试探。如此"两假相逢，终有一真"，其间琐琐碎碎，难保不有口角之事。……看官，你道两个人原是一个心，如此看来，却都是多生了枝叶，将那求近之心反弄成疏远之意了。此皆他二人素昔所存私心，难以备述。

字面上看，恋人之间的曲曲折折。

喻义上看，佛法就在身边，你偏要千山万水地去寻找，越找，越感觉远。就像宝志禅师说的，“若拟将心求佛道，问取虚空始出尘”。

接下来，宝玉跟黛玉着实生气了一场，鸡飞狗跳的，比喻一折腾匹配男女，与佛法更疏远了。

第30回的回目叫“宝钗借扇机带双敲，椿龄画蔷痴及局外”。

“宝钗借扇机带双敲”，说的是修行人对自己调情习气的觉察。宝钗骂的是丫头，针对的是宝玉，一棒子打两个人，所以叫“双敲”。

“椿龄画蔷痴及局外”，说的是对双修邪术的执迷不悟。虽说寿命有定数，何必瞎折腾，但是我一时还没有明白过来，还是想追求长寿。

宝玉道：“你死了，我做和尚。”黛玉一闻此言，登时把脸放下来，问道：“想是你要死了？胡说的是什么？……”

黛玉比喻佛法，所以对于宝玉的甜言蜜语，不仅没陶醉，而且要臭骂一顿。要是从字面上看，就有些不通了。

宝玉见他摔了帕子来，忙接住拭了泪，又挨近前些，伸手拉了他一只手，笑道：……黛玉将手一摔，道：“谁和你拉拉扯扯的！一天大似一天，还这么涎皮赖脸的，连个理也不知道。”……正说着，可巧小丫头靓儿因不见了扇子，和宝钗笑道："必是宝姑娘藏了我的。好姑娘，赏我罢！"宝钗指着他厉声说道："你要仔细！你见我和谁玩过？有和你素日嘻皮笑脸的那些姑娘们，你该问他们去！"说的靓儿跑了。

黛玉骂宝玉，宝钗骂靓儿，骂的原因一样：人跟人之间庄重点，别那么轻薄。

"靓儿"，就是美女。广东人喜欢叫任何一个年轻人"靓仔""靓女"，属于最不犯忌的称呼，谁听谁舒坦。

"靓儿跑了"，跑了就对了，嬉皮笑脸地粘在一起，对大家都没好处。

这段情节集中描述了调笑习气的不是，所以接下来金钏要死掉了。

按照佛教的理论，调情也属于"淫"的范畴。男女之间凡是带着那种心思，所作的笑、视、交、抱、触，都是淫欲。《瑜伽师地论》卷五描述了从地狱到欲界天人各个社会阶层的淫欲方式：无间地狱没有淫事，因为大家实在苦得没时间想，0.01秒的空闲都没有；鬼道、畜生、人类都是苦乐掺杂的，有淫欲，有男女交合，"不净流出"；欲界诸天虽有交合行为，但不会有"不净"流出，只是"根门有风气出"，就得满足。就欲界诸天来说，淫欲的表现层次也不一样：四大王众天，以及三十三天，都要通过身体交合；时分天的人，相互拥抱就得满足；知足天的人，相互牵手就得满足；乐化天的人，相视一笑就得满足；他化自在天的人，只需相视，不用一笑，就得满足。

宝玉正因宝钗多心，自己没趣儿；又见黛玉问着他，越发没好气起来。欲待要说两句，又怕黛玉多心，说不得忍气，无精打彩，一直出来。……王夫人在里间凉床上睡着。金钏儿坐在旁边捶腿，也乜斜着眼乱恍。宝玉轻轻的走到跟前，把他耳朵上的坠子一摘，金钏儿睁眼，见是宝玉。宝玉便悄悄的笑道："就困的这么着？"金钏儿抿嘴一笑，摆手叫他出去，仍合上眼。宝玉见了他，就有些恋恋不舍的。悄悄的探头瞧瞧王夫人合着眼，便自己向身边荷包里带的香雪润津丹掏了一丸出来，向金钏儿嘴里一送。金钏儿也不睁眼，只管噙了。宝玉上来，便拉着手，悄悄的笑道："我和太太讨了你，咱们在一处罢。"金钏儿不答。宝玉又道："等太太醒了，我就说。"金钏儿睁开眼，将宝玉一推，笑道："你忙什么？'金簪儿掉在井里头，有你的只是有你的'，连这句俗语难道也不明白？我告诉你个巧方儿：你往东小院儿里拿环哥儿和彩云去。"宝玉笑道："谁管他的事呢？咱们只说咱们的。"只见王夫人翻身起来，照金钏儿脸上就打了个嘴巴，指着骂道："下作小娼妇儿！好好儿的爷们，都叫你们教坏了！"……虽金钏儿苦求，也不肯收留，到底叫了金钏儿的母亲白老媳妇儿领出去了。

在黛玉、宝钗那里调情，碰了钉子，挨了臭骂，转过来到金钏这里，一唱一和的有意思了。

原因无它，金钏专喻轻薄。

这里也提出了一个问题，男人与女人之间为什么要调情？答案可能有一万种，对于小说这里的修行人来说，结合上文脉络来看，只有一个：交际润滑剂。

要么是已经尴尬了，要么是预防尴尬。要想不尴尬，调笑一下吧。

但是，对修行的人来说，解决这种“尴尬”的根本出路，却决不是调笑，而是进一步的反省。

所以，王夫人没有成全宝玉与金钏的好事，而是立即起身，给了金钏一个响亮的耳光！

王夫人没有睡着，一直在注意宝玉与金钏的表演，看得、听得一清二楚，比喻修行人有觉照之力，对自己的习气当下清楚了知。她的果断出手，比喻修行人对自己的调情习气当下决断，而不是一味纵容。

当然，《红楼梦》是讲修行的，很多东西只针对修行人有效，不必扩展开来，要求社会大众都这样。对修行人来说，调情是一种恶习，但是对其他人来说，有没有问题就不清楚了。

里面的原是早已痴了，画完一个“蔷”，又画一个“蔷”，已经画了有几十个。外面的不觉也看痴了，两个眼睛珠儿只管随着簪子动，……原来明日是端阳节，那文官等十二个女孩子都放了学，进园来各处玩耍。……宝玉见关着门，便用手扣门，里面诸人只顾笑，那里听见？叫了半日，拍得门山响，里面方听见了。……宝玉一肚子没好气，满心里要把开门的踢几脚；方开了门，并不看真是谁，还只当是那些小丫头们，便一脚踢在肋上。袭人“嗳哟”了一声。宝玉还骂道：“下流东西们！我素日担待你们得了意，一点儿也不怕，越发拿着我取笑儿了！”口里说着，一低头见是袭人哭了，方知踢错了，忙笑道：“嗳哟！是你来了？踢在那里了？”

贾蔷就是"假墙",比喻非分之想,老是想把不属于自己的东西弄到手,对这样的人来说,什么城墙、防火墙、防盗墙、铁墙、铜墙……通通都不是事儿。

龄官,比喻修行人对长寿的追求。这一回的回目标题里叫她"椿龄",喻意更明显了。《庄子》有个说法,"上古有大椿者,以八千岁为春,八千岁为秋",可见椿树有多长寿了。

"椿龄画蔷",比喻对长寿的非分追求。

宝玉偷看"椿龄画蔷",看的如痴如醉,比喻还在傻傻地追求长寿,没有意识到这个想法的不合理之处。

那么问题来了,我要养生,我想活得长久一些,这也算是"非分追求"?岂不见书店里卖的养生书籍,天天都在喊"寿命是自己一点一滴挣来的"?

这个问题,说来话长。让咱们按层次,由粗到细、由表及里地分析一下:

第一,追求长寿,对佛门修行人来说不一定合理,对世间其他人则是合理的。身体是革命的本钱,世间人要追求健康、追求长寿,必定要节欲、宽心、注重锻炼,凡此种种,都是天经地义,所以是合理的。

第二,追求长寿,对佛门里的大量修行人来说,是合理的;而对于某些修行人来说,则是不合理的。这么表述,显得有些含糊,我到底属于"大量"还是属于"某些"啊?干脆再简单一点说吧,想修禅宗或者往禅宗上靠的,追求长寿或许是不合理的;其他人或许是合理的。话倒是简单一点了,可是也容易犯错了,为了保险起见,又加上"或许"二字。做人难,说话更难啊!

第三,做为一种善巧方便,菩萨也可以劝人注重养生、追求长寿,劝人多读《了凡四训》之类的改造命运、福禄寿考读物,但是毕竟是"方便"。如果修行人过了最初的特定阶段,还执著长寿、改命的观念,那就不合理了,对肉身看得太重了。

禅宗号称“正法眼藏”。修禅的人，执著个什么想法，就困在那个想法上。作为禅宗的一部根本经典，《金刚经》反复谈了“无我相，无人相，无众生相，无寿者相”的道理，其中的“寿者相”，实际上就是一种对时间的执著，而时间是虚幻的，所以说“无寿者相”。

根据佛教因果报应的有关理论，人的寿命多少，是有宿世因缘的。比如上辈子杀生业轻的，这辈子就容易（注意“容易”不是“绝对”）健康长寿，哪怕他从小不刷牙，七八十岁了满口好牙嚼锅巴没问题；反之，上辈子杀业重的，这辈子就容易得病甚至短寿，哪怕他比谁都注重养生。新闻上有时会报道这种现象。

脑子里还在追求长寿，但是前面胡来、折腾双修都失败了，调情也知道没意思了，心里乱糟糟的。所以宝玉淋了个落汤鸡，丫头们和文官等戏子玩得不亦乐乎，顾不上给他开门。情急之下，连平时维持修行的那一面柔和的情识也遭了殃，所以宝玉给了袭人重重的一脚。

这日正是端阳佳节，……宝玉见宝钗淡淡的，……王夫人见宝玉无精打采，也只当是昨日金钏儿之事，他没好意思的，越发不理他。黛玉见宝玉懒懒的，……形容也就懒懒的。凤姐……也就随着王夫人的气色行事，更觉淡淡的。迎春姐妹见众人没意思，也都没意思了。因此，大家坐了一坐，就散了。

“端阳佳节”，一年当中阳气最旺的时候。戒绝调情，心思不往女色那边跑，阳气就壮盛了。但这么一来，好像生活少了些色彩，总感觉淡淡的没意思。以前吃麻辣火锅，虽然也知道对身体不好，但好歹有个刺激；现在改成喝白粥就咸豆腐，虽然对身体好，但好像总少了点什么。一时不习惯呀！所以大家到了一起，“也都没意思了”。

那黛玉天性喜散不喜聚，他想的也有个道理。他说：“人有聚就有散，聚时喜欢，到散时岂不清冷？既清冷则生感伤，所以不如倒是不聚的好。比如那花儿开的时候儿叫人爱，到谢的时候儿便增了许多惆怅，所以倒是不开的好。”故此，人以为欢喜时，他反以为悲恸。那宝玉的情性只愿人常聚不散，花常开不谢；及到筵散花谢，虽有万种悲伤，也就没奈何了。

佛门里讲，一切事物、一切现象，本来都是涅槃的、寂静的，“万法本闲，唯人自闹”。所以黛玉有这么个心态，多一事不如少一事，不折腾也罢。个人是这样，国家也是这样，万法没有例外，折腾来折腾去，跳不出《心经》上说的“不生不灭，不垢不净，不增不减”。这么说来，林黛玉的怪异心态没有问题，她太聪明了。

宝玉喜聚不喜散，这正常吗？也正常。他比喻的是人的“意”，这个东西就喜欢到处攀缘，到处抓。

偏偏晴雯上来换衣裳，不防又把扇子失了手，掉在地下，将骨子跌折。……宝玉听了这些话，气的浑身乱战，因说道：“你不用忙，将来横竖有散的日子!”袭人在那边早已听见,忙赶过来向宝玉道:“好好儿的,又怎么了?可是我说的:一时我不到,就有事故儿。”晴雯听了,冷笑道:……袭人羞得脸紫涨起来,想想原是自己把话说错了。

宝玉不喜欢散,所以以晴雯摔坏扇子为由头,围绕聚散的话题,闹了个窝里反,接下来更有“撕扇子作千金一笑”,对于“散”讨厌到极点了,就拿“扇子”发泄。“扇”者,“散”也,比方说在有些地区,伴侣之间不送扇子,就是出于这个顾虑。

晴雯听了,笑道:“既这么说,你就拿扇子来我撕。我最喜欢听撕的声儿。”宝玉听了,便笑着递给他。晴雯果然接过来,嗤的一声,撕了两半;接着又听嗤、嗤几声。……正说着,只见麝月走过来,……宝玉赶上来,一把将他手里的扇子也夺了递给晴雯。晴雯接了,也撕作几半子,二人都大笑起来。……宝玉笑道:“古人云:‘千金难买一笑’,几把扇子,能值几何?”一面说,一面叫袭人。袭人才换了衣服走出来。小丫头佳蕙过来拾去破扇,大家乘凉,不消细说。

这个时候,对于长寿、匹配男女这些妄想,虽然有了挫折,但并没有放下,所以宝玉和晴雯一起,“撕扇子作千金一笑”,表达对“散”的极度不甘心。晴雯比喻对未来高贵地位的幻想,更不愿意就这么散了,该发的飙还没发呢!

麝月比喻悟道的决心,她的扇子也被拿来撕了,比喻修行人这时候对悟道的理解,也是有为、积聚,而不是无为、放下。

袭人出来了，柔和护持意念的那一面情识浮现了：我这大概也是阶段性的正常现象吧，不散就不散，不着急，慢慢来。

佳蕙（“佳会”）拣走破扇（“破散”），大家继续聚在一起乘凉，好不快活。看来还是聚的好啊！至少这个时候的修行人是这么认为的。

湘云问宝玉道：“宝哥哥不在家么？”宝钗笑道：“他再不想别人，只想宝兄弟。两个人好玩笑，这可见还没改了淘气。”贾母道：“如今你们大了，别提小名儿了。”刚说着，只见宝玉来了，笑道：“云妹妹来了？怎么前日打发人接你去，不来？”王夫人道：“这里老太太才说这一个，他又来提名道姓的了。”……

翠缕道：“这也罢了。怎么东西都有阴阳，咱们人倒没有阴阳呢？”湘云沉了脸，说道：“下流东西！好生走罢。越问越说出好的来了。”……正说着，只见蔷薇架下金晃晃的一件东西。湘云指着，问道：“你看那是什么？”翠缕听了，忙赶去拾起来，看着笑道：“可分出阴阳来了！”……湘云举目一看，却是文彩辉煌的一个金麒麟，比自己佩的又大又有文彩。湘云伸手擎在掌上，心里不知怎么一动，似有所感。

这两段情节，都是在暗示宝玉和湘云之间的男女配对。

有些读者据此揣测，他两人之间是有爱情的，甚至有人说，《红楼梦》最后的真实结局，是宝玉和湘云坐在江边，湘云在他怀里死去，好一幅凄惨唯美的画面……这大概是西方文艺看多了，其实近些年来的欧美大片，貌似也喜欢以大圆满收尾了，主角永远是死不了的，哪怕暂时死了，最后还是活过来了。

从上下文来看，安排这两段情节，还是接着前面匹配男女的邪术来的，比喻邪法惑人之深。

麒麟是一种神兽，与凤、龟、龙一起，称为“四灵”，经常被拿来当作长寿的象征。史湘云佩带金麒麟，对女孩子来说，本来没啥，但是宝玉正好在张道士那里见过一个，就留上意了，于是这个小玩意马上就有了“配对”的含义。就像英文的 party，不过就是个聚会，咱把它翻译成“派对”，就和原来有所不同了。

宝玉动了匹配男女的念，过了不久就发生了湘云捡起金麒麟的事，这是怎么说呢？《楞严经》说：“诸法所生，唯心所现。一切因果、世界、微尘，因心成体。”动了念，这是因；随后发生特定的事，这是果。当然了，现实当中，心念是非常复杂的，因果也是非常复杂的，不是说我动个念想要 500 万，过几天就能在马路上捡到 500 万，那也太简单了。

这一回的回目里，“因麒麟伏白首双星”，就是说，在金麒麟的背后，寄托的是牛郎织女双双成仙、白头偕老的幻想。

史湘云比喻的是修行人心性当中，豪爽、达观的一面，“从未将儿女私情略萦心上”，这一次却也“心里不知怎么一动，似有所感”，比喻旁门法术的魔力。

袭人倒了茶来与湘云吃，一面笑道：“大姑娘，我前日听见你大喜呀。”湘云红了脸，扭过头去吃茶，一声也不答应。……史湘云听了，便知是宝玉的鞋，因笑道：“既这么说，我就替你做做罢。只是一件：你的我才做，别人的我可不能。”

这是接着前文，比喻旁门法术的迷惑性，不过呢，湘云没有把这个话题说下去，而是一声不吭，所以还不至于中毒太深。

“鞋”，就是“邪”。

湘云不愿意做鞋，就是不愿意“做邪”。勉强给宝玉做一双，不至于爱憎过于对立，但也点到为止了，有分寸。

这个时候，已不是当初“魇魔法叔嫂逢五鬼”那么容易中邪了，有了一定的警觉性，所以湘云能把握分寸，而且接下来就劝宝玉“仕途经济”这些正道。

（七）困惑中寻找出路

正说着，有人来回说：“兴隆街的大爷来了，老爷叫二爷出去会。”宝玉听了，便知贾雨村来了，心中好不自在。……湘云笑道：“还是这个性儿，改不了。如今大了，你就不愿意去考举人进士的，也该常会会这些为官作宦的，谈讲谈讲那些仕途经济，也好将来应酬事务，日后也有个正经朋友。让你成年家只在我们队里，搅的出些什么来?”宝玉听了,大觉逆耳,便道:“姑娘请别的屋里坐坐罢,我这里仔细腌臜了你这样知经济的人!”……宝玉道:“林姑娘从来说过这些混账话吗?要是他也说过这些混账话,我早和他生分了!”袭人和湘云都点头笑道:“这原是混账话么?”

湘云劝的是正经道理,雨村代表的仕途经济也是正事,但是这个时候,在宝玉听来,格外地闹心、刺耳,在修行上的意义,就是“反向激励”。

在第5回,解释《燃藜图》和“世事洞明皆学问,人情练达即文章”的时候,咱们已经见过了“反向激励”的作用。

两个人怔了半天,黛玉只“咳”了一声,眼中泪直流下来,回身便走。宝玉忙上前拉住道:“好妹妹,且略站住,我说一句话再走。”黛玉一面拭泪,一面将手推开,说道:“有什么可说的?你的话,我都知道了。”口里说着,却头也不回,竟去了。宝玉望着只管发起呆来。原来方才出来忙了,不曾带得扇子,袭人怕他热,忙拿了扇子赶来送给他。猛抬头看见黛玉和他站着,一时,黛玉走了,他还站着不动,因而赶上来说道:……宝玉正出了神,见袭人和他说话,并未看出是谁,只管呆着脸,说道:“好妹妹!我的这个心,从来不敢说;今日胆大说出来,就是死了也是甘心的!……睡里梦里也忘不了你!”袭人听了,惊疑不止,又是怕,又是急,又是臊,连忙推他道:……宝玉一时醒过来,方知是袭人。虽然羞的满面紫涨,却仍是呆呆的,接了扇子,一句话也没有,竟自走去。这里袭人见他去后,想他方才之言必是因黛玉而起，如此看来，倒怕将来难免不才之事，令人可惊可畏。却是如何处治，方能免此丑祸？想到此间，也不觉呆呆的发起怔来。

长沙景岑禅师有一首诗：

学道之人不识真，只为从来认识神。

无量劫来生死本，痴人唤作本来人。

他这首诗描述的，就是宝玉错拿袭人（“识神”“生死本”）当成黛玉（“真”“本来人”）的情形。

以为佛法在这里，当下表白，谁知道是拿了情识当成佛法。

《楞严经》也说：“世间一切诸修学人，现前虽成九次第定，不得漏尽成阿罗汉，皆由执此生死妄想，误为真实。”把情识当成究竟，即使修得了很高的禅定境界，也成不了阿罗汉，入不了圣位。这里的一个关键，是“误为真实”，妄想不是事儿，是不是把妄想当真才是事儿；换句话说，你是思想家，有空就喜欢天马行空、神游太虚，那没事儿，你觉得自己的思想是真理，那才是事儿。

贯休和尚有一首《山居诗》，最后一句特别经典，也可以帮助咱们理解小说这里的情节：

谁是言休即便休，清吟孤坐碧溪头。

三间茅屋无人到，十里松门独自游。

明月清风宗炳社，夕阳秋色庾公楼。

修心未到无心地，万种千般逐水流。

宝玉与袭人之间尴尬了一番，比喻修行人对于自己错误知见的发觉。发觉了之后，一时不知如何是好，所以宝玉“仍是呆呆的”。在情识的范围里，实在是找不着出路，所以袭人想了半天，还是没辙，于是“也不觉呆呆的发起怔来”。

谁知宝钗恰从那边走来，笑道：“大毒日头地下，出什么神呢？”

第21回发生过类似的事，袭人正在那郁闷，宝钗走过来问：“宝兄弟那里去了？”

宝钗这两次的出场，作用都差不多，都是在告诉咱们，一个人关起门来，在情识里寻求出路，何必呢？还不如投入到跟大伙的交际中去，为别人做点实事。

“大毒日头地下，出什么神呢”，这是公案的语言套路，里面暗喻的是：本来是佛，觉光普照的，非把自己局限起来干吗呢？

宝钗听见这话，便两边回头，看无人来往，笑道：“你这么个明白人，怎么一时半刻的就不会体谅人？我近来看着云姑娘的神情儿，风里言风里语的，听起来，在家里一点儿做不得主。……”……袭人道：“那里哄的过他？他才是认得出来呢！说不得我只好慢慢的累去罢了。”宝钗笑道：“你不必忙，我替你做些就是了。”袭人笑道：“当真的？这可就是我的造化了！晚上我亲自过来。”

为别人着想，为别人做事。

一句话未了，忽见一个老婆子忙忙走来，说道：“这是那里说起！金钏儿姑娘好好儿的投井死了！”

金钏投井而死，比喻绮语调笑习气的戒除。

宝钗笑道：“姨娘是慈善人，固然是这么想。……多半他下去住着，或是在井旁边儿玩，失了脚掉下去的。……纵然有这样大气，也不过是个糊涂人，也不为可惜。”……宝钗忙道：“姨娘这会子何用叫裁缝赶去？我前日倒做了两套，拿来给他，岂不省事？况且他活的时候儿也穿过我的旧衣裳，身量也相对。”王夫人道：“虽然这样，难道你不忌讳？”宝钗笑道：“姨娘放心，我从来不计较这些。”一面说，一面起身就走。

“他活的时候儿也穿过我的旧衣裳，身量也相对”，这是暗示金钏跟宝钗之间喻象的紧密联系。前面说过，宝钗代表了修行人不舍众生的一面，金钏儿则代表轻薄的习气。

金钏儿跳井死了，宝钗用自己的衣服给她当寿衣送终，比喻跟众生打交道时，虚华、浮浪的那层外皮蜕掉了、送走了，人变得庄重了。

跳井的死法，也有讲究，借用一句前贤的话来解释，“圣人之心如珠在渊，凡夫之心如瓢在水”，或者说“禅心已作沾泥絮，不逐东风上下狂”。

宝钗把金钏称为“糊涂人”，而且并没有什么悲伤之情，有些读者据此愈发讨厌她了，说她城府太深。如果从喻意的角度来看，就知道宝钗不用悲伤。

把原本的轻佻习气送走了，可喜可贺。

（八）不孝不弟，我真不是人

第33回的标题，叫“手足眈眈小动唇舌，不肖种种大承笞挞”，集中描述了一位爸爸恨铁不成钢的怒气。不喜欢贾政的读者，看了这一回，都觉得这位爸爸下手太狠了，同时对于传统社会的家庭伦理，又多了一分反感：你看，过去中国人讲究的所谓的“孝”，多么专制啊！儿子不就是想放开一点人性吗，犯得着这么往死里打吗？

请注意，这一回其实是围绕着“孝”和“弟”这两个关键字来展开的。“手足眈眈”，这是兄弟之间的“弟道”出了问题；“不肖种种”，这是父子之间的“孝道”出了问题。孝弟之道出了问题，没法做人了，这才是贾政狠揍宝玉的原因！而“假正”狠揍贾宝玉，不过就是比喻修行人自己的一场严厉自责。

谁说曹雪芹反对传统礼教呢？

本书一开始，咱就说过，不光是人名，连地名、回目名都是有机关的。有时候光顾着看热闹，掉到细节里了，不知道曹公葫芦里又在卖什么药，这时候不妨看看回目名，体会一下这一回他到底是要说什么。

民国以后有一种观念，试图取缔几千年来的孝道（有些人就拿《红楼梦》作为反抗的依据），这也可以理解，因为宋朝以后的道德捆绑，的确有些过了，民国人只不过是一种矫枉过正，试图让大家不再背负道德的压力，焕发人性的光辉。问题是，人永远是社会性的动物，你活在世上，永远得遵循一些基本的人跟人之间打交道的规则。父子之间没有基本规则了，社会的上下级关系就乱了；兄弟之间没有基本规则了，社会的平辈关系就乱了；夫妻之间没有基本规则了，社会的两性关系就乱了。没有了基本规则，不仅不能解放人性，反而会因为混乱，使大家活得更累。

贾政道："好端端的，你垂头丧气的嗐什么？方才雨村来了，要见你，那半天才出来！既出来了，全无一点慷慨挥洒的谈吐，仍是委委琐琐的，我看你脸上一团私欲愁闷气色！这会子又嗳声叹气，你那些还不足，还不自在？无故这样，是什么缘故？"

从前面几回到现在，修行人整天困在小我情识里计较，还差一点拿情识当成佛法，所以这里贾政责骂宝玉，说他"全无一点慷慨挥洒的谈吐""委委琐琐的""脸上一团私欲愁闷气色"。

古人说"万恶淫为首"，是有一定道理的。掉在"情"里的人，会倾向于忽视一切道德伦理，变得自私、自我。修行人对此有所警觉，所以"假正"要出场了，对自己作个反省、自责。

后文还有抄家的情节，整个贾府清算一顿，比贾政毒打宝玉更严重了，比喻全面自我反省、自我否定，把心地里的一切阴影都翻出来打扫一通。

所谓的牛人，是敢于突破自我、否定自我的人。政界、商界、学界是这样，修行领域也一样。

曾国藩虽然晚年才接触佛法，但是这个人的一生，也算是修行的一生。他的自立自强、自我否定，让人敬佩。比如他在日记中回忆自己辛卯年改号“涤生”的原因时说：

> 涤者，取涤其旧染之污也；生者，取明袁了凡之言“从前种种譬如昨日死，从后种种譬如今日生”也。

他又责备自己说：

> 呜乎！言出汝口，而汝则背之，是何肺肠？
>
> ……言多谐谑，又不出自心中之诚。每日言语之失，直是鬼蜮情状，遑问其他！

当然了，曾国藩也有两个问题，跟小说这里“假正”毒打宝玉却遭到贾母臭骂有关。

一是，他未老先衰，二是，他虽然心里想对人亲近，可表情总是十分严肃，拒人于千里之外。这两个问题，让他自己也十分困惑，日记里、家书里时不时提出来，吃多少药也没用，游山玩水、下棋散步也没用。两个问题其实是一个，那就是，执著于有个“我”，生命的活力被压制了。

曾国藩是学程朱理学的。宋朝以后的道学弊端，民国以后之所以反儒，根源都在这里：道学家还有个“我”。认为有一个理想的圣贤之“我”，然后各种修行，要打造出这个圣贤之“我”，从一开始就掉进了误区。

孔子说：“知德者鲜矣！”什么是德，怎么成圣做贤，这里面的用心，可不是简单的 1 + 1 = 2 啊！

所以，把贾宝玉胖揍一顿，只是“假正”干的事，并不究竟。代表佛祖的贾母并不认同，你管管儿子我可以理解，可也不能这么往死里打啊！这就像曾国藩经常提倡的“悔”，其实他对圣贤之道的“悔”，理解的是有问题的。把过去的事当真，然后真的使劲去后悔，不管是身体上还是精神上，都是不利的。

方欲说话，忽有门上人来回：“忠顺亲王府里有人来，要见老爷。”……宝玉也不知是何原故，忙忙赶来。贾政便问：“该死的奴才！你在家不读书也罢了，怎么又做出这些无法无天的事来？那琪官现是忠顺王爷驾前承奉的人，你是何等草莽，无故引逗他出来，如今祸及于我！”……宝玉听了这话，不觉轰了魂魄，目瞪口呆，……因说道：“大人既知他的底细，如何连他置买房舍这样大事倒不晓得了？听得说，他如今在东郊，离城二十里，有个什么紫檀堡，他在那里置了几亩田地，几间房舍。想是在那里也未可知。”

“忠顺亲王”，“忠顺王爷驾前承奉”，这些字眼，显然跟忠孝有关。“亲”

“顺”是父道,“王”“忠”是君道。他老人家来找麻烦了,可见修行人这时候在忠孝方面出问题了。

进一步看,“琪”是美玉,如今琪官不承奉忠顺亲王了,偷跑到东郊弄了个“紫檀堡”,自己玩去了。孟子说,无父无君,是禽兽也。人伦出了大问题了。东边五行属木,“东郊”,更有长草的含义,心里长草了。买田置地,泛指图利,哪是修行呢?“堡”是堡垒,自己弄个地盘以为长久之计了。檀木跟佛教关系密切,“紫檀堡”,就是打着修行的旗号,躲进小楼成一统,管他父亲与君王。

这块美玉再这么放任下去,可不行啊!所以要把琪官找回去。整个这一回,打的是宝玉,找的是琪官。

琪官在忠顺亲王府里承奉忠顺亲王,比喻人人那块美玉本来都是忠孝具足的。一自私,忠孝都打折扣了。

贾环便悄悄说道:“我母亲告诉我说:宝玉哥哥前日在太太屋里,拉着太太的丫头金钏儿强奸不遂,打了一顿,金钏儿便赌气投井死了。”话未说完,把个贾政气得面如金纸,大叫:“拿宝玉来!”……众门客仆从见贾政这个形景,便知又是为宝玉了。一个个咬指吐舌,连忙退出。……那宝玉听见贾政吩咐他不许动,……正在厅上旋转,怎得个人来往里头捎信,偏偏的没个人来,连焙茗也不知在那里。

贾环的母亲赵姨娘告诉他的,就是胡乱攀缘造下了恶业;现在他又告诉贾政,就是恶业现形了,不纠正不行了。贾环说得很夸张,比喻这时候作者回顾自己的恶业,感觉非常讨厌。

清客相公都“连忙退出”，比喻这一次强烈自责、痛改前非的决心很大，不给自己找理由开脱了。要搁往常，清客们早就围上来求情了。

焙茗本来是用火候比喻心态的，现在连他“也不知在那里”，于是下面的情况几乎要失控了。

> 贾政一见，眼都红了，也不暇问他在外流荡优伶，表赠私物；在家荒疏学业，逼淫母婢。只喝命：“堵起嘴来，着实打死！”……王夫人连忙抱住哭道：“老爷虽然应当管教儿子，也要看夫妻分上！我如今已五十岁的人，只有这个孽障，必定苦苦的以他为法，我也不敢深劝。今日越发要弄死他，岂不是有意绝我呢？既要勒死他，索性先勒死我，再勒死他！我们娘儿们不如一同死了，在阴司里也得个依靠！”说毕，抱住宝玉，放声大哭起来。……正没开交处，忽听丫鬟来说：“老太太来了。”一言未了，只听窗外颤巍巍的声气说道：“先打死我，再打死他，就干净了！”……贾母一面说，一面来看宝玉，只见今日这顿打，不比往日，又是心疼，又是生气，也抱着哭个不了。

虽然没有空闲细问（“不暇问”），但是清单也列出来了：流荡优伶、表赠私物，荒疏学业，逼淫母婢。

这都是对过去事情的具体纠缠。

具体纠缠在过去的事情上，然后后悔，这不是禅门讲的“无相忏悔”。如果不懂得方法，一味地沉浸在对过去的回忆和追悔上，可能会悔箭穿心，引发身心的严重问题。贾宝玉差一点被打死，就比喻这种严重的后果。

“悔”，在佛法术语上又叫“恶作”，即厌恶过去的某些做法，或者对于过去没有采取某种做法而深感遗憾。

曾经偷了人家的东西，回想起来，我当时怎么能那么做呢，这是“悔”。从善款募捐台经过后走了老远，回想起来，哎呀，我当时怎么没有捐点钱呢，这也是“悔”。这些“悔”都是善的。

曾经面对地上一个大钱包，别人丢失的，没人看见，过后回想起来，我当时怎么没有捡起来揣兜里呢，说不定里面有我一套房呢。这种“悔”是恶的。

昨天早餐面对油条和包子的选择，我选了包子，其实那家摊点的油条更有特色，今天在脑子里闪过的时候还有点小遗憾。这种“悔”说不上善恶，算是无记的。

懂得“悔”，有助于善法的增长、恶业的减轻。

有些典籍把忏悔分为“理忏”和“事忏”两种。

理忏，是当下观空，善恶业本来皆空，当下没事。比如《维摩诘经》里，有两个比丘犯了戒，非常惭愧，来找优波离，优波离就根据自己所知，为两个比丘讲解。维摩诘过来说，行了，别给人家罪上加罪了，“彼罪性不在内，不在外，不在中间”，当下就帮助他们除灭罪垢不好么，非要进一步扰乱他们的心？经过维摩诘的一番讲解，两个比丘“疑悔即除，发阿耨多罗三藐三菩提心”。唐朝永嘉大师《证道歌》说：“有二比丘犯淫杀，波离萤光增罪结。维摩大士顿除疑，犹如赫日销霜雪。”说的就是理忏。

事忏，是按照特定仪轨，跪在佛像前面，把过去干过的具体恶业，一一开列出来，说给佛菩萨听。这个在基督教里也有类似做法。“事忏”是有特定听众对象的，不是说一个人坐在那里胡思乱想，一味地后悔具体做过什么。

禅门的“无相忏悔”，大约不属于理忏，也不属于事忏，或者也可以说，是理忏和事忏的结合。让我们看看六祖的开示：

善知识！各随我语，一时道：

弟子等，从前念、今念及后念，念念不被愚迷染。从前所有恶业愚迷等罪，悉皆忏悔，愿一时销灭，永不复起。

弟子等，从前念、今念及后念，念念不被憍诳染，从前所有恶业憍诳等罪，悉皆忏悔，愿一时销灭，永不复起。

弟子等，从前念、今念及后念，念念不被嫉妒染，从前所有恶业嫉妒等罪，悉皆忏悔，愿一时销灭，永不复起。

善知识！已上是为无相忏悔。

忏悔过去的恶业，但不具体清点过去做过哪些坏事；决心以后不再犯类似恶业，前途仍是光明的。这样的忏悔，避免了悔箭穿心，着眼点始终在自信、自性上。

佛门术语有个“五盖”，指五种妨碍修行的因素，即：贪欲、瞋恚、睡眠、掉悔、疑。其中的“掉悔”，就是沉浸在对过去的纠缠中，悔箭穿心，这还怎么自信，怎么修行啊！智旭法师解释说：“是故行人修行五悔，正贵永断相续，勤策众善，非但追思懊恼而已。”佛门叫人忏悔，是为了增长善法，而不是叫你一味地追思懊恼啊！

小说里说“连焙茗也不知在那里”，便是喻指这种“掉悔”的情况，火候失控了。修行人自己也有所发觉，所以王夫人及时出现，哭着阻止了事态的恶化。从佛菩萨那边来说，也不赞成这种过于严刻的自责，所以贾母责备贾政。

修行主要靠“意”，贾宝玉比喻的就是“意”，这是一切众生的心肝宝贝，堕落是因为它，解脱也要靠它，只能善加护持，不能胡乱摧残。所以王夫人说，“今日越发要弄死他，岂不是有意绝我呢”，贾母说，“先打死我，再打死他，就干净了”。贾政诺诺退场，袭人暗自抱怨贾政下手太狠，都是比喻修行人自己对这场自责的清醒认识和收场。

（九）亲情的回归

第 34 回的标题，叫“情中情因情感妹妹，错里错以错劝哥哥”，又是“感妹妹”，又是“劝哥哥”的，手足之情亲密无间，孝弟之道重新回到了曹雪芹的身上。

“因情感妹妹”，“以错劝哥哥”，拿错的东西也能劝哥哥？对，您没看错。亲人之间一般没有是非可言，曹公如是说。

这里隐含了儒家一个重大的原则：亲人之间，感情是最大的，具体是非是第二位的。第二位不是说可以忽略，而且第二的地位不是绝对的，极端情况下说不定也能上升为第一位，儒学不会那么死板。

有人偷了羊，他儿子大义灭亲，把他给举证了，孔子听说了之后就感叹说，我们那不是这样的,有人偷了羊,父亲偷的,儿子帮他隐瞒,儿子偷的,父亲帮他隐瞒,真正的正直就在其中啊。

孔子的这种说法,在现代很有争议。搞儒学的,认为孔子没错,父子之间如果连这点温情都没有,社会就不像人类的社会了;搞某些西学流派的,认为孔子违背了法治精神,倡导的是人治大于法治。

我觉得,围绕孔子的这个说法,争论的双方都有一定的道理,只是批评者们把这个事引申得太厉害了。第一,偷一只羊,跟杀一个人,在严重程度上,显然不是一个级别的;第二,孔子说的是平民身份的人,普通老百姓,不是身负公职的官员,从而没有举证亲人的义务。除了某些极端情形以外,亲人之间可以不相互举证,这个在古代中国和当代很多国家的法律中,都是有悠久传统的,被称为"亲属容隐"或者"亲亲相隐",苏格拉底甚至认为,哪怕父亲杀了人,儿子都不能举证,举证的话就是对神的不敬;第三,相互帮助隐瞒了之后,孔子没有说,爸爸不用关起门来把儿子教训一顿(儿子偷羊的话),或者儿子不用劝谏爸爸(爸爸偷羊的话),相反,根据儒家一贯的教育原理,教育或者劝谏是必然的下文。

桃应问孟子,舜作为天子,万一他老爸杀了人,怎么办。孟子说,抓起来呗。桃应又问,舜不应该偷偷给法官下达指令,让他们别抓吗?毕竟这是自己的老爸啊!孟子说,那不行啊,杀人偿命,国法在这呢!桃应说,那到底舜该怎么办呢?孟子说,他本来就对权力没兴趣,扔龙袍跟扔破布似的,那就正好不做天子了呗,没有了公职,就没有了那么多法律责任,找个月黑风高的晚上,把他老爸偷出来,爷俩跑到海边去隐居起来,快快乐乐地过完一生呗。孟子这个说法,想抬杠的人可能又要说了,他怎么偷出老爸啊,岂不是又要利用公权了,云云，其实人家孟子也就是个理想化的说法，舜的老爸也没真的杀人，别太较真了，领会孟子的意思就 OK 了。

感情第一，是非第二，这条亲人相处的原则，在《周易》里是有源头的。象征亲情的《家人》卦䷤，下卦是离☲，象征见解、是非，上卦是巽☴，象征柔顺。把见解藏在里面，把柔顺流露在外面，这就是亲人的相处之道。反之，把见解流露在外面，心里又不肯柔顺，再好的亲情也扛不住，就成了《睽》卦䷥，《睽》卦䷥的下卦兑☱为刚强、不服，翻脸了。现在有些家庭，亲人之间说不拢，甚至翻脸，就是因为把是非放在第一位了。哥哥一打电话给弟弟，就问弟弟，你工资现在多少，什么，才 3000，那不行哦，你要努力，争取跳槽，找个 8000 的，你看邻村谁谁比你还小，都有房有车了，你说这兄弟之间哪还有亲情嘛！不翻脸才怪！会处理兄弟关系的就不会这么说，他可能压根儿就不会过问弟弟收入多少，而是对弟弟嘘寒问暖的，给弟弟信心，给弟弟打气，这才是儒家倡导的兄弟之道。

所以，“情中情因情感妹妹，错里错以错劝哥哥”，妹妹做得很好，哥哥做得也很好，兄弟姐妹之间，开心就好，哪来的那么多是非对错呢。不是完全不讲是非，是亲情前提下的适当、适度规劝。

修行人也是人，基本的人道规则、人伦义务不去违背。《中庸》说，君子之道，虽然前路很长，但是从眼前做起，把身边的父母、兄弟、妻子、孩子的关系先处好。

只见宝钗手里托着一丸药走进来，向袭人说道：……刚说了半句，又忙咽住，不觉眼圈微红，双腮带赤，低头不语了。宝玉听得这话如此亲切，大有深意。忽见他又咽住，不往下说，红了脸，低下头，含着泪只管弄衣带，那一种软怯娇羞轻怜痛惜之情，竟难以言语形容。越觉心中感动，将疼痛早已丢在九霄云外去了。……袭人因说出薛蟠来，……听宝钗如此说，更觉羞愧无言。宝玉又听宝钗这一番话半是堂皇正大，半是体贴自己的私心，更觉比先心动神移。

第28回，宝玉已经对宝钗很动心了，但那时候还只是停留在外貌上，说她是“脸若银盆，眼同水杏，唇不点而含丹，眉不画而横翠，比黛玉另具一种妩媚风流”。这一次，是进一步从神情、体贴私心上钟情于宝钗。

上回是发呆，这次是“心动神移”。

这比喻修行人对于“佛法在世间，不离世间觉”的更深入体会。世间法就是这样，本来不异于佛法，停留在外相上，怎么看怎么都不是佛法。用心去体会，这世界全是通的，什么学科差异、门派差异、方法差异、规则差异，都是表面的。

宝玉半梦半醒，刚要诉说前情，忽又觉有人推他，恍恍惚惚，听得悲切之声。……此时黛玉虽不是嚎啕大哭，然越是这等无声之泣，气噎喉堵，更觉利害。听了宝玉这些话，心中提起万句言词，要说时却不能说得半句，半天方抽抽噎噎的道：“你可都改了罢！”

黛玉没有宝钗话多，但一句话胜过千言万语，心有灵犀一点通。比喻修行人对于无言的佛法有了更深的领会。下面宝玉派晴雯送绢子给黛玉，两人都没说上话，但都知道对方的意思，比这里更进了一步。

六祖在曹侯村的时候，有一位无尽藏比丘尼，常诵《大般涅槃经》，六祖一听就明白了，跟她提示了一下其中的义理。无尽藏就拿经书问字，六祖说，我不识字，但是义理上你只管问。无尽藏很奇怪，字都不认得，怎么能懂义理呢？六祖回答说："诸佛妙理，非关文字。"无尽藏也很厉害，一听这话，就知道眼前这位是高人，马上请大家把六祖供养起来。

袭人道："我也没什么别的说，我只想着讨太太一个示下，怎么变个法儿，以后竟还叫二爷搬出园外来住就好了。"……袭人连忙回道："太太别多心，并没有这话。这不过是我的小见识。如今二爷也大了，里头姑娘们也大了，况且林姑娘宝姑娘又是两姨姑表姐妹。虽说是姐妹们，到底是男女之分，日夜一处，起坐不方便，由不得叫人悬心。……"王夫人听了这话，……笑道："我的儿！……你今日这话提醒了我，难为你这样细心。真真好孩子！……你如今既说了这样的话，我索性就把他交给你了。好歹留点心儿，别叫他糟蹋了身子才好。……"

前面该自责的也自责完了，要寻求出路，还是得借情识之功。比起以前，心行中的秽污之处少了许多，所以袭人开始受到王夫人的重托。

袭人建议，让宝玉跟宝钗、黛玉都隔开距离，不要天天在一起，从字面上看，她好阴险，许多读者也是这么讨厌她的。从喻意上看，这是修行人提醒自己，不管世法还是出世法，都不要太粘著，超脱一点。世法上不粘著，容易理解，比如说减少聚会、减少出镜，但是，出世法不粘著是怎么回事呢？这就很微妙了，因人而异，只拣粗浅的层面举个例子吧，比如禅宗公案里，有些人原本天天打坐的，明白了以后不再死在静坐功夫上，等等。

袭人建议叫宝玉搬出园外，这个就为时过早了，现在这个阶段，还是得有个心可观，住在大观园里。倒是王夫人的办法稳妥，把宝玉交给袭人照管，不让他再和谁粘得很深，这样渐渐用功下去，借由情识之功，超越情识。

> 晴雯道："二爷叫给姑娘送绢子来了。"……晴雯笑道："不是新的，就是家常旧的。"黛玉听了，越发闷住了，细心揣度，一时方大悟过来，连忙说："放下，去罢。"……这黛玉体贴出绢子的意思来，不觉神痴心醉。想到宝玉能领会我这一番苦意，又令我可喜。我这番苦意，不知将来可能如意不能，又令我可悲。……那黛玉还要往下写时，觉得浑身火热，面上作烧，走至镜台，揭起锦袱一照，只见腮上通红，真合压倒桃花，却不知病由此起。

这段情节，可以跟第29回宝玉砸玉参照着看。那次之所以砸玉，是都觉得对方不体贴自己的爱心；这次送绢子，则是完全通过无言的举动，来取得知心会意的效果。

宝玉知道，黛玉探望自己，哭了一场之后，回到潇湘馆肯定还会再哭的，而且谁劝都没用，所以索性送了家常的绢子给她擦泪，可见他是理解黛玉之心的。黛玉明白了这一点，非常感动。

那黛玉为什么"病由此起"呢？这就要说到她的喻象了，她比喻的只是修行人心中所理解的“佛法”，还不是那个真正的东西（这也是勉强说的，那个东西真的不是什么东西）。修行越进步，离那个真正的东西越近，离林黛玉就越远，林黛玉说白了不过就是个工具，《金刚经》里称之为“筏”，过了河，筏子就扔掉了。“病由此起”，名相理解的佛法开始病了。

原来宝钗素知薛蟠情性，心中已有一半疑是薛蟠挑唆了人来告宝玉了；谁知又听袭人说出来，越发信了。……宝钗忙劝道：“妈妈和哥哥且别叫喊，消消停停的就有个青红皂白了。”又向薛蟠道：“是你说的也罢，不是你说的也罢，事情也过去了，不必较正，把小事倒弄大了。我只劝你从此以后少在外头胡闹，少管别人的事。……”

薛蟠字“文起”，比喻的是粗暴散漫的习气，要靠诗书转化。这里宝钗趁机劝他“少在外头胡闹，少管别人的事”，把心收一收。

（十）世路不好走

宝玉只是不吃，问玉钏儿道：“你母亲身上好？”玉钏儿满脸娇嗔，正眼也不看宝玉，半日，方说了一个“好”字。……玉钏儿果真赌气尝了一尝。宝玉笑道:“这可好吃了!”玉钏儿听说,方解过他的意思来,原是宝玉哄他喝一口,便说道:“你既说不喝,这会子说好吃也不给你喝了。”……

丫头方进来时,忽有人来回话,说:“傅二爷家的两个嬷嬷来请安,来见二爷。”宝玉听说,便知是通判傅试家的嬷嬷来了。……只因那宝玉闻得傅试有个妹子,名唤傅秋芳,也是个琼闺秀玉。常听人说,才貌俱全。虽自未亲睹,然遐思遥爱之心十分诚敬。不命他们进来,恐薄了傅秋芳,因此,连忙命让进来。

金钏死了,玉钏正式登场。金钏比喻轻薄,玉钏比喻庄重相接。“钏”还是“串”,但金钏是闪闪发亮的,浮华的,玉钏是内在晶莹的,稳重的。

“傅二爷”,就是“附二爷”。“傅试”,就是“附势”。

在世上混就是这样,穷在闹市无人问,富在深山有远亲。张飞叫吕布“三姓家奴”,把吕布气得要命,人家张飞只是在说大实话。吕布认得的干爸一个比一个牛,他又认钱不认人,只好扔了先前的干爸,再认新的。像吕布这样典型的,世上极少,但他毕竟只是一个典型,有的人虽然不会做得那么极端,但心里恐怕多多少少是有一点的。

主动来亲附的人里,有些人是冲着你的品行、学问来的,想结交良师益友。但也有些人就是想利用你,这种人嘴巴像抹了蜂蜜一样,把你说成是天下第一高手,表示除了你之外,他根本不佩服地球上的任何人,用迷魂汤把你灌得晕晕乎乎的,知道你喜欢古画,专门送上唐伯虎真迹,这种人就是“傅二爷”,就是“傅试”,就是“通判”,人家来亲附之前,已经通盘判断过了,为今之计,还是你最有利用价值。

假如你是个明白人，压根不买傅试的账，那倒也罢了。问题是，小说这里，宝玉对于人家的妹子，早就“遐思遥爱之心十分诚敬”，换句话说，修行人在这个时候，还是很在乎自己的名声的，还是很希望有人前来亲附的，尤其是来自异性的仰慕（很多好名者的通病，要怪可以怪荷尔蒙），那双方就一拍即合了。和珅遇上乾隆，假如乾隆不想找一个说悄悄话的大臣，那倒也罢了，问题是，乾隆正想找一个贴心的会来事的奴才，于是就上演了一幕奸臣大戏。

“傅秋芳”，就是“附秋芳”，秋天的花开不了多久了，自己不行了，就前来亲附，找个靠山。到底是秋芳来附我呢，还是我想附秋芳呢，说不清楚，反正双方都有需要。芳也含有女人的意思。

傅试这段情节，插在玉钏和宝玉说话的中间，是表明：跟人家表面上庄重，可以；但是心底里的好名，这个习气还在啊！人家略施奉承小计，就容易中招了。

那两个婆子见没人了，一行走，一行谈论。这一个笑道：“怪道有人说他们家的宝玉是相貌好，里头糊涂，中看不中吃。果然竟有些呆气！他自己烫了手，倒问别人疼不疼，这可不是呆了吗？”那个又笑道：“我前一回来，还听见他家里许多人说，千真万真有些呆气：……”

“附势”的一般就是这样，当面好话说尽，转脸就要开骂。

莺儿笑道："你还不知我们姑娘有几样世上的人没有的好处呢，模样儿还在其次。"宝玉见莺儿娇腔婉转，语笑如痴，早不胜其情了，那堪更提起宝钗来？……二人回头看时，不是别人，正是宝钗来了。……宝钗笑道："这有什么趣儿？倒不如打个络子，把玉络上呢。"一句话提醒了宝玉，便拍手笑道："倒是姐姐说的是。我就忘了。只是配个什么颜色才好？"宝钗道："……依我说，竟把你的金线拿来，配着黑珠儿线，一根一根的拈上，打成络子，那才好看。"

黄莺是一种很讨人喜欢的小鸟，嗓子总是那么清亮、悦耳。

莺儿跟宝钗一起，构成了一种令众生喜悦的喻象。物以类聚，人以群分，林黛玉跟她的丫鬟们，比如紫鹃、雪雁，甚至还有那只鹦鹉，一起构成的就是读经、求法的喻象。

莺儿巧结梅花络，经宝钗一提醒，使用"金"线把"玉"络上，比喻宝钗跟宝玉之间心灵纽带的建立，金玉良缘的加深。

那宝玉素日本就懒与士大夫诸男人接谈，又最厌峨冠礼服贺吊往还等事，……或如宝钗辈有时见机劝导，反生起气来，只说："好好的一个清净洁白女子，也学的钓名沽誉，入了国贼禄鬼之流！这总是前人无故生事，立意造言，原为引导后世的须眉浊物；不想我生不幸，亦且琼闺绣阁中亦染此风，真真有负天地钟灵毓秀之德了！"众人见他如此，也都不向他说正经话了。独有黛玉自幼儿不曾劝他去立身扬名，所以深敬黛玉。

虽然金玉良缘天生一对，梅花络也结了，比喻修行人对“佛法在世间”越来越有体会，但是他这时候仍然想要别求佛法，骨子里的宗旨没变，所以当宝钗劝以经济之道的时候，宝玉反感死了，就拿“钓名沽誉”“国贼禄鬼”“有负天地钟灵毓秀之德”来讽刺。

佛教是不二之法，但在表现形式上，仍以出世为主。佛经一般都是劝人看开、淡泊，所以说“黛玉自幼儿不曾劝他去立身扬名”。

凤姐听了，笑道：“……他们几家的钱也不是容易花到我跟前的，这可是他们自寻，送什么我就收什么，横竖我有主意。”凤姐儿安下这个心，所以只管耽延着，等那些人把东西送足了，然后乘空方回王夫人。……薛姨妈笑道：“你们只听凤丫头的嘴，倒像倒了核桃车子似的！帐也清楚，理也公道。”……凤姐把袖子挽了几挽，……又冷笑道：“我从今以后，倒要干几件刻薄事了。抱怨给太太听，我也不怕！糊涂油蒙了心，烂了舌头，不得好死的下作娼妇们，别做娘的春梦了！明儿一裹脑子扣的日子还有呢。如今裁了丫头的钱，就抱怨了咱们。也不想想，自己也配使三个丫头？”

这段描述了修行人对钱的执著，还放不开。这时候的一条座右铭是：钱不是万能的，没有钱是万万不能的。谁挡了财路，谁就不是朋友，所以凤姐把账算得特别清楚，对于告黑状的“下作娼妇们”深恶痛绝。在这种情况下，只能是继续“深敬黛玉”了，靠着读经，慢慢培养福报、增长智慧、积累力量。

圣贤之道叫人把钱看开，不是不要钱，而是古人看得很清楚：钱这东西，你越抓越抓不住，影响幸福的一个重要原因不是因为你没钱，而是你觉得自己没钱。个人是这样，国家也是这样。当然了，话不能说死了，像那些极端情形，历史上的王朝末年，影响老百姓幸福的已经不是感觉没钱了，而是真的没钱。

孔子有个说法："君子谋道不谋食。耕也，馁在其中矣；学也，禄在其中矣。君子忧道不忧贫。"一心向道，福报自然跟着来；一心向钱，破产时刻在威胁着。根据《大学》的原理，对一个社会来说，一心向钱，会引发巨大的贫富差距，以及各种的不择手段。

（十一）本分

第36回的回目标题，叫"绣鸳鸯梦兆绛芸轩，识分定情悟梨香院"，主要是讲修行人的本分事情。干世间360行的，他的本分就是他那一行，就是咱们说的本职工作。修行人的本分事情是什么呢？是追求觉悟。

有人说，他不收徒弟，要收的话，要求是非常高的，世间法出世间法都要通，文的要会，武的也要会。乍一听，这样的徒弟真是全才，这位老师的门槛也太高了。其实，我觉得这只是他的搪塞之辞，不想收罢了。修行人就是修行人，他的重心肯定要放在读经等修行事项上，怎么可能什么都学、什么都会？我们前面引用过憨山大师的说法，大菩萨是通达诸多学问，但也未必是全才呀！

修行人可以从事世间很多正当职业，但是，他跟同事相比，有一个很大的不同，就是他的身份。他首先是一名三宝弟子，是一位修行菩萨，然后才是世间那个职业身份。

这里宝钗只刚做了两三个花瓣，忽见宝玉在梦中喊骂，说："和尚道士的话如何信得？什么'金玉姻缘'！我偏说'木石姻缘'！"宝钗听了这话，不觉怔了。忽见袭人走进来，笑道："还没醒呢吗？"宝钗摇头。

做梦说的话，往往是真心话，平时压着不敢说，梦里释放了。

宝玉表达的意思很明确，我再怎么在世间混，也是要求佛法的，那才是我魂牵梦绕的追求。

当然了，别求佛法，有所得、有所证，这还是在执迷，所以袭人说："还没醒呢吗？"是啊，要醒，还早着哪。

宝玉道："那武将要是疏谋少略的，他自己无能，白送了性命：这难道也是不得已么？那文官更不比武官了。他念两句书，记在心里，若朝廷少有瑕疵，他就胡弹乱谏，邀忠烈之名；倘有不合，浊气一涌，即时拼死：这难道也是不得已？要知道那朝廷是受命于天，若非圣人，那天也断断不把这万几重任交代。可知那些死的都是沽名钓誉，并不知君臣的大义。比如我此时若果有造化，趁着你们都在眼前，我就死了，再能够你们哭我的眼泪流成大河，把我的尸首漂起来，送到那鸦雀不到的幽僻去处，随风化了，自此，再不托生为人：这就是我死的得时了！”

借着批评那些糊涂的文臣武将，并进一步表白自己的心愿，宝玉表达了对“分工”的认识。

六祖说：“色类自有道，各不相妨恼。”这世界本来没事，三界六道，各走各的道，本来谁也碍不着谁。拿做臣子的来说，孔子提倡的臣道，是“以道事君，不可则止”，“天下有道则见，无道则隐”，没有叫人一味地“文死谏”“武死战”。假如遇个昏君，自己又不是皇亲国戚的，还赖在高位上，不挂冠而去，那就不仅糊涂，而且可耻了，因为孔子还说了：“邦无道，富且贵焉，耻也。”老百姓活得那么苦，臣子居然富贵，这是什么意思，不就说明了这臣子不是好鸟么？至于国君呢？宝玉说：“那朝廷是受命于天，若非圣人，那天也断断不把这万几重任交代。”这里隐含了几层意思，不用多说，总之，国君也有国君的分工。

宝玉批评文臣武将的言论，总结起来就是，世间各有各的分工，不用试图超出自己的本分，替别人操太多的心。

具体到修行人自己的本分呢？宝玉表示，通过你们姐妹（比喻各种用心）的配合，让我通达“无我”，就 OK 了。

宝玉见了这般景况，不觉痴了，这才领会过画“蔷”深意。自己站不住，便抽身走了。贾蔷一心都在龄官身上，竟不曾理会，倒是别的女孩子送出来了。那宝玉一心裁夺盘算，痴痴的回至怡红院中，正值黛玉和袭人坐着说话儿呢。宝玉一进来就和袭人长叹，说道："我昨儿晚上的话，竟说错了。怪不得老爷说我是'管窥蠡测'。昨夜说你们的眼泪单葬我，这就错了，看来我竟不能全得。从此后，只好各人得各人的眼泪罢了。"袭人只道昨夜不过是些玩话，已经忘了，不想宝玉又提起来，便笑道："你可真真有些个疯了！"宝玉默默不对。自此，深悟人生情缘各有分定，只是每每暗伤，不知将来葬我洒泪者为谁？

贾蔷是"假墙"，非分之想；龄官是"寿者想"；合起来比喻在时间上的非分之想，引申地说，是对于我"将来"如何如何的妄想。

从前觉得，"我""将来"会如何如何，这一次，明白了龄官为什么画"蔷"，原来一切非我所有，我什么都拥有不了，一切都是因缘和合而已，"我"在哪呢？向"无我"迈进了一大步，但是与此同时，伤感和失落也可能是在所难免的。

宝玉又说："昨夜说你们的眼泪单葬我，这就错了，看来我竟不能全得。从此后，只好各人得各人的眼泪罢了。"原先以为通过各种情识、用心的积累和合，可以成道；现在我发现，根本不是情识积累出来的，情识本身也是各走各的道。这里面涉及顿悟和渐修的一些微妙区别，讲起来相当枯燥，就不多解释了，只说明一下，有人把六祖和神秀的两首偈子统一起来、结合起来，说是可以相互补充，我认为这在实践上是可以尝试的，在见地上是不通的，毫厘之差，天地悬隔。

（十二）放开情怀

且说贾政自元妃归省之后，居官更加勤慎，以期仰答皇恩。皇上见他人品端方，风声清肃，虽非科第出身，却是书香世代，因特将他点了学差，也无非是选拔真才之意。这贾政只得奉了旨，择于八月二十日起身。

“假正”要让位了，这是为下面学诗作个铺垫。把他调开，修行人才能焕发活力，进而有品诗学诗的雅兴。

诗的高层次，是“道”，意境悠远，不温不火，措辞用字都非常自然，不讲什么道理，更没有是非，但是品读起来，通达自在其中，仿佛有无穷无尽的韵味。王维的很多田园诗，陶渊明的有些田园诗，《千家诗》里的有些诗，大约都属于这种类型。

掉在是非里，借诗歌来表达爱憎，像杜甫、陆游等人的很多诗，也许是等而下之了。他们的措辞，可以非常精炼，语不惊人死不休，但超脱不起来，经常让人觉得沉重。

《红楼梦》是禅书，下面涉及的学诗情节，瞄准的就是“道”的层次的诗。

要作这种诗，先得把心里的是是非非放开。

宝玉听说，便展开花笺看时，上面写道：……宝玉看了，不觉喜的拍手笑道："倒是三妹妹高雅！我如今就去商议。"

探春泛喻读书明理，尤其是佛经以外的世间书籍。她来信要求雅集，比喻修行人在世俗典籍中，留意到了"诗"的通灵魅力。

曹雪芹说，到了一定的时候，你不妨品诗、学诗。诗歌是一种能帮人通灵的东西。这时候看到诗，眼前一亮，许多用道理说不清楚的东西，可能一句诗就表达了。公案里面，祖师有时候也是这么玩的，所以禅诗一直受到推崇，某句诗看起来没道理，品味起来，胜过千言万语。

刚到了沁芳亭，只见园中后门上值日的婆子，手里拿着一个字帖儿走来。见了宝玉，便迎上去，口内说道："芸哥儿请安，在后门等着呢。这是叫我送来的。"……宝玉看了，笑问道："他独来了？还有什么人？"婆子道："还有两盆花儿。"

贾芸比喻偷心。在去见探春的路上，又遇到他来送白海棠，表明接下来的品诗学诗还是有目的的。什么目的呢？海棠花又叫"解语花"，"白"有"明白""表达"的意思。贾芸这时候送白海棠，说明下面学诗，是为了真正地解语。解谁的语呢？解佛的语。我要通过诗这种形式，进一步弄明白佛到底在说什么。

问题来了，这个目的不好么？居然也是偷心？是的。《红楼梦》的作者，见地是彻底的，所以不留情面，不留尾巴。虽然你是好的目的，但也泄露了你的不究竟性。徒弟在大殿拜佛，赵州看到了，打了一棒，徒弟不服："礼拜也是好事！"赵州说："好事不如无。"

黛玉道："既然定要起诗社，咱们就是诗翁了，先把这些'姐妹叔嫂'的字样改了才不俗。"

雅集之前，大家把平时的姐妹叔嫂称呼去掉，是想在"诗"的王国里打破世俗条框。

宝钗说道："一月只要两次就够了。拟定日期，风雨无阻。除这两日外，倘有高兴的，他情愿加一社，或请到他那里去，或附就了来，也使得，岂不活泼有趣？"众人都道："这个主意更好。"

把品诗学诗定为功课，而不是心血来潮。

李纨道："若论风流别致，自是这首；若论含蓄浑厚，终让蘅稿。"探春道："这评的有理。潇湘妃子当居第二。"李纨道："怡红公子是压尾，你服不服？"宝玉道："我的那首原不好，这评的最公。"

咏的是白海棠，咏完以后又论诗品，比喻读诗、写诗不是随便的。最高明的，是那些载道的、含蓄浑厚的诗，就是咱们前面说过的“道”的层次的诗，所以宝钗的诗被评为第一。其次的，是格调高雅，充满灵性，但是稍微流露了倾向性的诗，所以黛玉的诗被评为第二。什么叫倾向性呢？就是有所偏的，比如黛玉的诗，还是有些幽怨在里头。道的境界，就是天地境界，大气、无私，没有什么倾向的；人的境界，就是有所局限、有所倾向了，有时候会带些情绪，或爱或恨，或愁或怜的。

为什么宝玉的诗被评最差呢？试看一下他的诗句，诸如“出浴太真冰作影，捧心西子玉为魂”，“愁千点”，“泪一痕”，“怨笛”等措辞，不仅带有情绪，而且有很重的男女痴情在里头。

袭人听说，便命他们摆好，让他们在下房里坐了，自己走到屋里，称了六钱银子封好，又拿了三百钱走来，都递给那两个婆子，道：“这银子赏那抬花儿的小子们。这钱你们打酒喝罢。”那婆子们站起来，眉开眼笑，千恩万谢的不肯受；见袭人执意不收，方领了。……袭人回至房中，拿碟子盛东西与湘云送去，却见槅子上碟子槽儿空着。……半日，晴雯笑道：“给三姑娘送荔枝去了，还没送来呢。”……秋纹笑道：“提起这个瓶来，我又想起笑话儿来了。我们宝二爷说声孝心一动，也孝敬到二十分：那日见园里桂花，折了两枝，原是自己要插瓶的，忽然想起来说，这是自己园里才开的新鲜花儿，不敢自己先玩。巴巴儿的把那对瓶拿下来，亲自灌水插好了，叫个人拿着，亲自送一瓶进老太太，又进一瓶给太太。谁知他孝心一动，连跟的人都得了福了。可巧那日是我拿去的，老太太见了，喜的无可不可，……那日竟叫人拿几百钱给我，说我可怜见儿的，生的单弱：这可是再想不到的福气？几百钱是小事，难得这个脸面！及至到了太太那里，太太正和二奶奶赵姨奶奶好些人翻箱子，找太太当日年轻的颜色衣裳，不知要给那一个。一见了，连衣裳也不找了，且看花儿。又有二奶奶在旁边凑趣儿，夸宝二爷又是怎么孝顺，又是怎么知好歹，有的没的，说了两车话。当着众人，太太脸上又增了光，堵了众人的嘴，太太越发喜欢了，现成的衣裳，就赏了我两件。——衣裳也是小事，年年横竖也得，却不像这个彩头。”

上面说的这些事，看似不相干，其实都是一个事：慈惠。

平时可能还有点计较，这个时候却到处都是施恩，弄得大家都很开心。为什么呢？这是接着上面品诗、学诗来的，意在说明：你把大脑里那些条条框框去掉，自然就会散发亲和力，流露出慈悲、仁爱的气息，充满了人情味。

晴雯笑道：“呸！好没见世面的小蹄子！那是把好的给了人，挑剩下的才给你，你还充有脸呢！”……晴雯冷笑道：“虽然碰不见衣裳，或者太太看见我勤谨，也把太太的公费里一个月分出二两银子来给我也定不得！”说着，又笑道：“你们别和我装神弄鬼的，什么事我不知道！”一面说，一面往外跑了。

晴雯对于修行的障碍又出来了。

希望将来荣华富贵、万人仰望，这个侥幸心理不死，每每会在关键时刻跳出来作梗。

接着上面的慈惠路线走下去，就皆大欢喜了，但是晴雯比喻的这个习气不断除，就会出岔子，中途变卦，让人没法真正地融入当下生活，没法真正地谦和待人。

宝钗道："这个我已经有个主意了。我们当铺里有个伙计，他们地里出的好螃蟹，前儿送了几个来。现在这里的人，从老太太起，连上屋里的人，有多一半都是爱吃螃蟹的。前日姨娘还说要请老太太在园里赏桂花吃螃蟹，因为有事，还没有请。你如今且把诗社别提起，只普同一请。等他们散了，咱们有多少诗做不得的？我和我哥哥说，要他几篓极肥极大的螃蟹来，再往铺子里取上几坛好酒来，再备四五桌果碟子，岂不又省事，又大家热闹呢？"

品读古诗，沉浸在灵性的世界里，无拘无束，所以接下来描写了一场盛宴。这场盛宴比喻的，就是精神上的一场享受。这都是拜古诗所赐，帮人超越一些规则，直入世界的本相。只是螃蟹有点冤枉，被拿来作了道具，又宰又烹的。

在宴会上，凤姐、平儿、鸳鸯等都"没大没小"的，贾母不见怪，反而特别高兴，说"家常没人，娘儿们原该说说笑笑。横竖大礼不错就罢了。没的倒叫他们神鬼似的做什么？"佛教本来就是帮人轻松的。

下面第38回的回目，叫"林潇湘魁夺菊花诗，薛蘅芜讽和螃蟹咏"，比喻借品诗之功，不管在世间法上，还是在出世法上，修行人都有了很大的进步。

在出世法上，林黛玉的咏菊诗夺了魁；在世间法上，薛宝钗的咏螃蟹诗“讽刺世人太毒了些”，比喻对世情看的通透。这些，都是因为诗的通灵，帮助人心更空灵了一些，看东西就容易明白了。

说着，同周瑞家的带了刘老老往贾母这边来。二门口该班的小厮们见了平儿出来，都站起来，有两个又跑上来，赶着平儿叫“姑娘”。平儿问道：“又说什么？”那小厮笑道：“这会子也好早晚了，我妈病着，等我去请大夫。好姑娘！我讨半日假，可使得？”……那小厮欢天喜地，答应去了。

刘姥姥来了，投了贾母的缘，马上要上演一出喜剧了。这比喻修行人跟别人打交道，比以前有了很大进步，说话、表情、礼节等等，都放得开了，佛菩萨对此也随喜赞叹。

有些年轻人在社交方面比较拘束，常见的办法，是教他们关于人际关系的学问，希望他们掌握一些社交技巧，实际上，沟通最重要的，并不是什么技巧，而是心态。心态如果开放，什么都好说，心态如果不开放，什么技巧都显得勉强。《红楼梦》这里提供的办法，是学诗。在领刘姥姥见贾母、让贾母欢喜之前，先是平儿满足小厮的心愿，让小厮欢天喜地地去了，这都是为了说明心态开放之后，更容易与众生交际、让他们欢喜的道理。

那刘老老虽是个村野人，却生来的有些见识。况且年纪老了，世情上经历过的，见头一件贾母高兴，第二件这些哥儿姐儿都爱听，便没话也编出些话来讲。……贾母道："必定是过路的客人们冷了，见现成的柴火，抽些烤火，也是有的。"刘老老笑道："也并不是客人，所以说来奇怪。老寿星打量什么人？原来是一个十七八岁极标致的个小姑娘儿，梳着溜油儿光的头，穿着大红袄儿，白绫子裙儿。……"刚说到这里，忽听外面人吵嚷起来，又说："不相干，别唬着老太太！"贾母等听了，忙问："怎么了？"丫鬟回说："南院子马棚里走了水了。不相干，已经救下去了。"贾母最胆小的，听了这话，忙起身扶了人出至廊上来瞧时，只见东南角上火光犹亮。……宝玉且忙问刘老老："那女孩儿大雪地里做什么抽柴火？倘或冻出病来呢？"贾母道："都是才说抽柴火，惹出事来了，你还问呢。别说这个了，说别的罢。"

心态开放了以后，本来更容易交际，但也容易往另一个极端上跑，喜欢说话，甚至编谎话，就为了讨别人开心。

刘姥姥编了瞎话之后，南院马棚立即失火。懂点《周易》的都知道，南方是火地，马是午火正好在南方，两重火，又"走了水"，没有水来制（比喻修行人编瞎话讨好人的时候失去觉照），所以失火了。

佛门经常讲"觉照"，但是正在兴头的时候很难刹车，即使表面上克制一下，心里还在闹腾，所以"东南角上火光犹亮"。东南方是巽卦，属木，木是生火的，虽然大火扑灭了，火源还在呢，所以虽然贾母警告宝玉别追问了，紧接着还是"情哥哥偏寻根究底"。

《维摩诘经》提醒说，菩萨怎么观众生呢？维摩诘打了一系列的比方，"譬如幻师见所幻人，菩萨观众生为若此。如智者见水中月，如镜中见其面像，如热时焰，如呼声响，如空中云，如水聚沫，如水上泡，如芭蕉坚，如电久住，如第五大，如第六阴，如第七情，如十三入，如十九界，菩萨观众生为若此……”。小说这里，村姥姥信口开河，情哥哥偏要寻根究底，比喻修行人在交际的时候认了真，完全放倒了投入进去。

（十三）初习布施

第40回的回目，叫“史太君两宴大观园，金鸳鸯三宣牙牌令”，描述了贾府上下欢聚的情形。史太君坐镇，佛居正位；金鸳鸯宣令，所偶得宜；刘姥姥参与，众生欢喜。其中，鸳鸯比喻“偶”的意思，对修行人来说，她侍候贾母，比喻念佛。什么是念佛呢？曹雪芹这里是心想着佛。

有的人念佛，贪瞋痴还是很重。其实，不管怎样，只要念佛，都会有效验的，只是明显不明显罢了，就像一锅凉水，底下架火烧，有的凉水是冰水混合的，有的凉水是20摄氏度的，有的架的火是大火、猛火，有的架的火只是一小片木柴，不管哪种情形，水温有所升高都是肯定的，只是什么时候明显升高，会有所差别。

用《周易》的说法，这一回就类似于《坤·文言》说的，“君子黄中通理，正位居体，美在其中，而畅于四支，发于事业，美之至也。”里面是忠信、自足，外面是通达、顺利，真是潇洒死了。当然，这都是感觉、境界，不当真就没事，要是当真，马上就有烦恼接上了。

跟刘姥姥一起欢聚，是接着前面的情节，比喻对众生的欢喜对待。给了她一大堆好东西，有吃有喝又有拿的，比喻对众生的布施。

根据《大智度论》，布施有三种，一是“物施”，给人家钱物，二是“恭敬施”，尊重人家，三是“法施”，通过讲解道理，帮人家提升精神层次。

布施的好处太多了，物质上、精神上都有。物质上不用多说。精神上的好处，从根本上说，是帮助咱们把“自我”放开。烦恼都是因为自我执著太厉害了，把我拥有的东西看得太重要了，稍微受一点损失就痛心得很，训练布施，就是训练一点一点地看开，这样心量就会越来越大。

对于布施来说，最重要的，是布施时的心态。同样给乞丐一块钱，以鄙视的心给，和以怜悯的心给，福报结果是不一样的。根据《地藏经》，同样的布施，有的人只得一辈子好处，有的人可以十辈子得好处，有的人百生千生得好处，为什么呢？用心不一样。《红楼梦》这里，虽然大家欢天喜地、热热闹闹，但是潜在的问题，主要是“以法自高”“以势自高”“以读书自高”，作者也给指出来了。比如，凤姐和鸳鸯一起捉弄刘姥姥，这比喻拿底层人取乐子；带刘姥姥逛了林黛玉和探春的房间，刘姥姥眼中看着的感觉描写；等等。这些问题，一方面是见地上还不到，另一方面，也有习气的原因。

刘老老因见窗下案上设着笔砚，又见书架上放着满满的书，刘老老道：“这必定是那一位哥儿的书房了？”贾母笑指黛玉，道：“这是我这外孙女儿的屋子。”刘老老留神打量了黛玉一番，方笑道：“这那里像个小姐的绣房？竟比那上等的书房还好呢！”

以佛法自高。

刘老老笑道：“人人都说，‘大家子住大房’，昨儿见了老太太正房，配上大箱、大柜、大桌子、大床，果然威武。……我越看越舍不得离了这里了！”凤姐道：“还有好的呢，我都带你去瞧瞧。”

以势自高。

凤姐等来至探春房中，只见他娘儿们正说笑。探春素喜阔朗，这三间屋子并不曾隔断。当地放着一张花梨大理石大案，案上堆着各种名人法帖，并数十方宝砚；各色笔筒，笔海内插的笔，如树林一般；……

以学问自高。

那板儿略熟了些，便要摘那槌子去击，……板儿又跑来看，说：“这是蝈蝈。这是蚂蚱。”刘老老忙打了他一巴掌，道：“下作黄子，没干没净的乱闹！倒叫你进来瞧瞧，就上脸了！”打的板儿哭起来。众人忙劝解方罢。

刘姥姥骂板儿，是修行人在对众生欢笑的同时，心里潜伏的另一种声音。

贾母因见岸上的清厦旷朗，便问："这是薛姑娘的屋子不是？"众人道："是。"贾母忙命拢岸，顺着云步石梯上去，一同进了蘅芜院，只觉异香扑鼻。那些奇草仙藤，愈冷愈苍翠，都结了实，似珊瑚豆子一般，累垂可爱。及进了房屋，雪洞一般，一色的玩器全无。案上止有一个土定瓶，瓶中供着数枝菊，并两部书、茶奁、茶杯而已；床上只吊着青纱帐幔，衾褥也十分朴素。贾母叹道："这孩子太老实了！你没有陈设，何妨和你姨娘要些？我也没理论，也没想到：你们的东西，自然在家里没带了来。"说着，命鸳鸯去取些古董来。又嗔着凤姐儿："不送些玩器来给你妹妹，这样小器！"

朴素当中有大道，所以有"云步石梯""异香扑鼻""奇草仙藤""愈冷愈苍翠，都结了实"这些字眼。

跟众生打交道，和光同尘，不必一味地摆出朴素姿态，表明我是修行人，跟你们不一样。所以贾母批评宝钗过于朴素。

鸳鸯又道："左边一个天。"黛玉道："良辰美景奈何天。"宝钗听了，回头看着他。黛玉只顾怕罚，也不理论。……宝玉因下席，过来向黛玉笑道："你瞧刘老老的样子。"黛玉笑道："当日圣乐一奏，百兽率舞，如今才一牛耳。"众姐妹都笑了。

黛玉的表现，都是修行人目前与众生打交道时的毛病。

那板儿因玩了半日佛手，此刻又两手抓着果子吃，又见这个柚子，又香又圆，更觉好玩，且当球踢着玩去，也就不要佛手了。

佛的手是接引人的，这会儿板儿贪着柚子更好玩，“不要佛手了”，比喻修行人的慈悲心大打折扣，于是下面就描写了妙玉的尖酸表现。

妙玉忙命：“将那成窑的茶杯别收了，搁在外头去罢。”宝玉会意，知为刘老老吃了，他嫌腌臜，不要了。又见妙玉另拿出两只杯来。……宝玉笑道：“俗语说，‘随乡入乡’，到了你这里，自然把这金珠玉宝一概贬为俗器了。”妙玉听如此说，十分欢喜。……妙玉听了，想了一想，点头说道：“这也罢了。幸而那杯子是我没吃过的；若是我吃过的，我就砸碎了也不能给他。你要给他，我也不管。你只交给他，快拿了去罢。”……宝玉接了，又道：“等我们出去了，我叫几个小幺儿来；河里打几桶水来洗地，如何？”妙玉笑道：“这更好了。只是你嘱咐他们，抬了水，只搁在山门外头墙根下，别进门来。”

妙玉比喻有为、造作，在这里表现为一种洁癖。追求“清净”，自然就很烦热闹场合，看不惯别人的“俗”“脏”。

有为造作得久了，就觉得自己很有修行了，什么洁癖、傲慢、孤僻，都跟着来了。这种心理规律，志公禅师说得很清楚。在《十二时颂》的“申时”里，他说，自我所拥有的一切，包括咱们这个身体，本来就是因缘假合出来的，有什么好较真的呢？往“净”的一面跑，劳心费力的，还是在执迷不悟。在《大乘赞十首》里，他说，有的人喜欢造作，把自己局限起来，围绕着身体做文章，自己不吃酒肉五辛倒也没啥，居然看不惯人家吃，甚至“更有邪行猖狂，修气不食盐醋”，如果明白上乘法门，就不用有这么多分别了。

妙玉呢？洁癖，正是肮脏；傲慢，正是凡夫；清高，正是俗气。所以，最后她不知所终，比喻这样子修下去，不知道要跑哪里。

且说贾母因觉身上乏倦，便命王夫人和迎春姐妹陪着薛姨妈去吃酒，自己便往稻香村来歇息。……王夫人打发文官等出去，……说着，也歪着睡着了。

贾母睡着了，比喻没有念佛了。王夫人睡着了，比喻自心迷失了。

平时想求干净，想求清高，一迷失，都颠倒过来了，压着的另一面习气大爆发。于是，下面就出现了刘姥姥醉卧怡红院，弄得满屋酒屁的情节。

这世界什么都是成对出现、相反相成的，有人称之为“二元对立”。志公禅师说，小乘的人可以折腾得很像那么回事，俨然很清净似的，但那是还有功夫在撑着，一旦稍微放松，染污又找上门了。这就像逃避什么东西，越是逃避，那东西越是跟得紧，一不小心就上身了。

第42回的回目，叫“蘅芜君兰言解疑癖，潇湘子雅谑补余音”，算是对前面的布施行为作个总结提高。因为是学诗以后的事情，所以用了“蘅芜君”“兰言”“潇湘子”“雅谑”“余音”这些措辞。这就是诗歌通灵的厉害之处，以前光是学道理，好多问题自己没发现，从诗歌里放松一些了，对自己的问题就更容易发现了。

刘老老忙笑道："这个正好，就叫做巧姐儿好。这个叫做'以毒攻毒，以火攻火'的法子。姑奶奶定依我这名字，必然长命百岁。日后大了，各人成家立业，或一时有不遂心的事，必然遇难成祥，逢凶化吉，都从这'巧'字儿来！"

相信算命的人，经常会关心一个问题，我命里有贵人吗？按照八字理论，贵人得力的话，除了极端差的情形以外，一般能逢凶化吉、遇难呈祥。

从佛学的角度看，贵人从哪来呢？一般是前世修来的。前世善缘多，来生就会遇到很多贵人。算命这种东西，看起来神秘，用佛学来看，就是因果的一种显现。

所以，"巧姐"说起来巧，一点都不巧。因果不虚。

因贾母欠安，众人都过来请安，出去传请大夫。……一时只见贾珍、贾琏、贾蓉三个人将王太医领来。

"王"，"心"。"太医"，医生里阶层最高的，给皇家看病的，全国海选出来的高手。

佛被称为"大医王"，因为佛能从根源上治疗众生的心病。"王太医"的喻意呢，不光治身病，还能治心病，所以他每每手到病除，而且经常跟贾母联系在一起。

王太医给贾母看病的这段情节，穿插在布施刘姥姥的情节当中，是提醒修行的人，眼光不要只往下看，还要往上看，这叫“上供下施”。只往下看，容易增长傲慢；同时注意往上看，就可以避免傲慢，而且可以得到三宝的无尽加持。从《普贤行愿品》来看，“上供”比“下施”还要优先，这里面的原理非常深奥。儒家也是这个路数，有了“孝”，什么仁、义都是顺理成章跟着来的。

弟兄们也有爱诗的，也有爱词的，诸如这些西厢、琵琶以及元人百种，无所不有。他们背着我们偷看，我们也背着他们偷看。后来大人知道了，打的打，骂的骂，烧的烧，丢开了。所以咱们女孩儿家不认字的倒好。男人们读书不明理，尚且不如不读书的好，何况你我？连做诗写字等事，这也不是你我分内之事，究竟也不是男人分内之事。男人们读书明理，辅国治民，这才是好；只是如今并听不见有这样的人，读了书，倒更坏了。这并不是书误了他，可惜他把书糟蹋了。所以竟不如耕种买卖，倒没有什么大害处。至于你我，只该做些针线纺绩的事才是，偏又认得几个字。既认得了字，不过拣那正经书看也罢了，最怕见些杂书，移了性情，就不可救了！

宝钗劝黛玉的这段话，很符合中庸之道。

前面在跟刘姥姥宴会的时候，黛玉露了马脚，拿《牡丹亭》里的“良辰美景奈何天”作答，宝钗当时没有批评她，只是瞪着她看，这里劝勉了一番，比喻修行人事后的自我反省。

反省什么呢？一个内容，就是“见些杂书，移了性情”。看乱七八糟的东西，在心里种下了乱七八糟的种子，跟别人打交道的时候，就容易带出来了。

知道你的本分，看书懂得选择，宝钗说。

黛玉听了，“心下暗服”。

其实，《牡丹亭》倒也不算什么，曹雪芹这里是拿它作个筏子。

这些严肃一点的东西说完了，下面又是大家笑闹一番，乐一乐，即“雅谑补余音”，还是回到轻松上。

宝玉早已预备下笔砚了，原怕记不清白，要写了记着，听宝钗如此说，喜的提起笔来静听。宝钗说道：“头号排笔四支，二号排笔四支，……”

轻松了，更容易照见世界的真相。所以接下来是大家对绘画的讨论，原来宝钗对绘画这么懂。国画是什么呢？就是“目击道存”，根本不用什么道理。